消えた依頼人

田村和大

PHP
文芸文庫

○本表紙デザイン＋ロゴ＝川上成夫

消えた依頼人

消えた依頼人　　主な登場人物

大石中也……斎藤・大石法律事務所の弁護士
斎藤 澪……斎藤・大石法律事務所の弁護士
土屋……斎藤・大石法律事務所の事務員
町野……斎藤・大石法律事務所の事務員

三津野……斎藤・大石法律事務所と同じビルに入居する空間デザイナー

染井京子……吉祥寺のスナックの店主
松下……染井の店の従業員

鈴木鉄男……参見組構成員。染井のスナックの常連客
我那覇……参見組構成員

相川賢斗……染井の内縁の夫

あおい……新宿のバーの店主
佐喜花美……あおいの知人

長瀬啓助……大石の依頼人。医療過誤訴訟の原告
吉村雅也……大石の医療過誤訴訟の協力医

坂巻 治……長瀬の医療過誤訴訟の病院側の弁護士
西島英彦……日比谷商務法律事務所の弁護士。大石の元上司

真辺……武蔵野署の刑事

神原優祐……東京高裁の裁判官

1

「武蔵野《むさしの》署の留置管理からお電話です」

　俺は訴訟記録から顔を上げて、ビジネスホンを見た。外線ボタンが赤く点滅し、液晶には末尾一一〇で終わる警察署特有の電話番号が表示されている。

　しかしここ一年ほど刑事事件を受任しておらず、留置場から接見を求めてくる依頼人に心当たりはない。不審に思いながら受話器を取り上げ、点滅するボタンを押した。

「弁護士の大石《おおいし》です」

〈武蔵野警察署の留置管理課ですっ。被疑者が先生に面会を希望しとりますっ〉

　受話口から威勢のいい中年男性の声が響いた。

　やはり接見の要請で、顧問先の従業員が逮捕されたのかと思ったが、それならまず会社の法務担当者から連絡があるはずだと思い直した。

「心当たりがないんだけど。被疑者の名前は」

〈ん、大石中也《ちゅうや》先生で間違いありませんよね、先生は弁護人ではない？　ちょっとお待ちを〉

送話口を手で塞《ふさ》ぐ気配がして、〈これ弁護人宛ての連絡じゃないの？　本人がこの弁護士の接見を希望？　名前は教えていいんだよね〉と声が漏れ聞こえる。

〈お待たせしましたっ、被疑者は染井京子《そめいきょうこ》。どうされます？　もし接見を断るっつうことでしたら、本人に伝えます〉

染井京子――。

脳裡《のうり》に鮮明な映像がよみがえる。

ノースリーブの白いスタンドカラーシャツにグレーのパンツ。染井が伏《ふ》し目がちに証言台へ進みでる。八頭身どころか九頭身に近い長身で、すらりと伸びた剝《む》きだしの細い腕は、彼女の非力さを際立たせる役目をこの舞台では担っていた。法廷の無機質な白い灯《あか》りに照らされて光沢を帯びた黒髪が、うつむき加減に歩く彼女の表情を傍聴席から隠している。

証言台の前に立つと彼女は少し顎《あご》を上げ、薄く化粧の施された顔がようやく露《あら》わになった。彼女がつっと法壇に目を向けると、裁判員のみならず裁判官までもが息を呑《の》み、女性の左陪席裁判官でさえ美しさに目を瞠《みは》る。

弁護人席の俺は、被告人質問の成功を確信した。

〈先生、どうされますっ〉

我に返り、黒革《くろかわ》の弁護士手帳を開いてスケジュールを確認する。午後の予定は打合せが一件のみ、それも午後四時からだった。これからすぐに行きます、と告げて受話器を置いた。

記録ファイルを閉じ、染井の事件記録はどこに仕舞いこんだかと考えながら立ちあがる。記念すべき無罪事件だから、事務所のどこかに保管しているか。いや、段ボール三箱というけっこうな量だったので、ほかの事件と同様、倉庫業者に預けたはずだ。

斎藤《さいとう》・大石法律事務所では、終了事件の記録保管を弁護士協同組合特約店の倉庫業者に委託しており、出庫を依頼すれば三日以内に手元に届くようになっている。

若草色のパーティションに囲まれたブースの中で、普通の事務机よりひと回り大きい執務机を手早く片付けた。装飾品の類《たぐ》いはなく、左手のパネルに飾られた山岳写真のカレンダーが唯一の彩りだ。

隣のブースは事務所の共同経営者、斎藤澪《みお》の執務スペースで、今日はまだ姿を見せていない。

バックパックに筆記具と携帯用の薄い六法を納め、パーティションに吊るしていた上着に袖を通す。紺地にピンストライプのスーツは合衆国東海岸の弁護士たちが伝統的に愛用しているといわれ、五年間勤めていた日比谷商務《ひびやしょうむ》法律事務所ではイソ弁ともアソシエイトともよばれる勤務弁護士たちは着用が半ば義務づけられ、斜め縞柄《しまがら》のレジメンタル・タイを組み合わせることが奨励されていた。

　四年前に三十歳で独立した際、レジメンタル・タイをすべてゴミ箱に叩《たた》きこんだものの、十着近いスーツを全部捨てるわけにもいかず、半分は残してそのまま着続けている。買い換えるときは別の色、別の柄にしようと考えていたが、体形維持にはそれなりに気を遣っているため、ピンストライプがクローゼットから消えるのは当分先になりそうだった。

　バックパックを手に、事務局の島へ近づいた。そこでは土屋《つちや》と町野《まちの》がノートパソコンに向かっている。

　先ほど電話を取り次いだ土屋は四十代後半の女性で、差押《さしおさえ》申立書など簡単な法律文書なら作成を任すことのできるベテランの法律事務員だ。

　難しい顔でモニターを睨《にら》んでいる町野は、この春に女子大を卒業したばかり。土屋の友人の娘で、母親は花嫁修業を兼ねた社会勉強のつもりで土屋に世話を頼んだらしいものの、本人はいたって真面目《まじめ》に法律事務の仕事に励んでいる。

　土屋に接見に行くことを告げ、染井京子の事件記録を倉庫から取り寄せておくよう指示する。

「染井京子！　懐かしい、先生が無罪をとった殺人事件」

黒い腕貫《うでぬき》をつけた土屋がいう。独立開業に際して日比谷商務から引き抜いてきた事務員だから、俺がこれまでに扱ったほぼすべての事件を把握している。

「先生、無罪をとったことがあるんですか！」町野が驚く。「しかも殺人事件なら裁判員裁判ですよね。被告人は女性の方？」

「そう、それも凄《すご》い美人。顔が小さくてお人形さんみたいな人。ダメ夫のＤＶに苦しめられていて、その夫を死なせちゃったの」と土屋が答えたのを、「籍は入れてなかった。いわゆる内縁の夫というやつだ」と訂正する。

「正当防衛で無罪になったんですか」

「いや、実行行為がないとして犯罪が成立せずに無罪。被告人はその日も暴力を振るわれ、包丁を持ってマンションの部屋から逃げだした。ところが夫が摑《つか》みかかってきて二人は階段を転げ落ち、夫の胸に包丁が刺さった。判決は、包丁が刺さったのは偶発的なものと認定、つまり事故と判断されたわけだ」

賞賛の眼差《まなざ》しに気をよくしつつ説明する。

「その夫というのが、どっかの病院のボンボンでね。いろんな事業に手を出しては失敗し、飲み屋で知り合った染井の家に転がりこんだ」

「それで暴力を振るってたんですか。どうしようもない人ですね」

「まさにそういった印象を裁判員が持ったんだろうな。同情すべきは被害者ではなく被告人という流れができた。被害者遺族が法廷で処罰感情を証言することもなく、証拠的には危なかったがなんとか事件性なしという判決に持ちこめた」

「じゃあ先生の戦略勝ちといったところですか」

町野の言葉にさらに気をよくする。

「でも何で染井さんの記録を？」土屋が不思議そうに訊いた。

「また逮捕されたらしい。今から行く接見がそれ」

二人の表情が強張《こわば》り、やがて土屋が息を吐きだしながらいった。

「薄幸そうな女性でしたからね。今度も冤罪《えんざい》ならいいんですが」

「まずは事情を訊かないと。受任するかどうかもまだわからない」

「それなら、受任が決まってから記録を出庫します？」

「俺が受任しなくとも別の弁護士が弁護人につくだろうから、そいつに渡してやろう。今回の事件がどんなものであれ、過去の事件記録は参考になる」

土屋がうなずくのを見て、バックパックを肩に掛け事務所を出た。

2

ビルの通用口を通って外に出ると、二階のテナント主である三津野《みつの》がタバコを吸っていた。

我が事務所が四階に入る、JR中野《なかの》駅よりも地下鉄丸ノ内線の新中野駅に近いペンシルビルは、各フロア一戸の間取りで二階に空間デザイン事務所、三階には会計事務所、五階には建築設計事務所が入居している。

三津野は俺とさして歳のころは変わらず、その看板からすれば空間デザイナーということになるが、寝癖の付いた髪に脂《あぶら》の浮いた眼鏡、一年を通じて洗いざらしのTシャツとジーンズという格好で、冬でも両腕をさすりながら通用口でタバコを吸っている。かなりのヘビースモーカーで、通用口でこの男の姿を見かけないことのほうが珍しい。おまけに電子式ではなくいまだにショートホープを吸っている。

「お出かけかい」

「ちょっと警察署までね」

「ほうペリイ・メイスンの出番かい」

「ショッポといい、ちょっと趣味が古いんじゃないか」

三津野はホープを挟んだ手をうるさそうに振った。

中野駅で総武線《そうぶ》に乗り、閉まったドアから薄く曇った関東平野の空を見上げていると、染井の罪名を留置管理の係官に訊き忘れたと気づいた。しばらく刑事事件から離れてカンが鈍ったか、ペリイ・メイスンにはほど遠い。

三鷹《みたか》駅で降り、北口からのびる中央大通りを歩く。ランチタイムに入ったこともあり、サラリーマンの集団や財布を手にしたOLの姿が目立つ。

交差点の一角を占める灰汁色《あくいろ》の建物の入口には「警視庁武蔵野警察署」と墨書された古風な木製看板が掲げられており、それを横目に署内に入った俺は一階フロアを抜け留置管理課へと通じる階段を上《のぼ》る。一般面会の受付時間外とあって、面会受付の窓にはカーテンが引かれていた。構わず窓を軽くノックし、カーテンの隙間から職員が顔をのぞかせたところで身分証明カードを見せ、「染井京子に接見」と告げる。警察署での弁護人接見は、一般面会時間外でも可能だ。職員に示したカードは、向日葵《ひまわり》に天秤《てんびん》の紋章と俺の顔写真が入った日本弁護士連合会発行のものだ。

染井の接見に来ることは係で周知されていたようで、職員はうなずいて面会申込用紙が挟まれたクリップボードを突きだした。

用紙に記入しながら「昼メシは終わった?」と巡査長の階級章をつけた職員に訊く。

「ええ、身柄はすぐに出せます。お持ちの携帯電話は預けてください」

携帯電話で被疑者が外部の人間と連絡をとるのを防ぐ、という理由で弁護士であっても面会室に携帯電話を持ちこむことが禁止され、窓口で注意されるようになった。警察における弁護士の信用は無に等しい。

「いや、携帯電話は持ってないよ」と答えてから、スマホは持ってるけどね、と心の中で付け加える。スマホには依頼人の電話番号や仕事関係のメールなど、守秘義務の範囲に含まれる情報がぎっしり詰まっている。それを警察署という、いわば敵陣で自分の目の届かぬ所に置くつもりはない。弁護士を信用しない警察は健全だ。

職員が疑わしげな目を寄越してきたので真面目な顔でうなずくと、諦《あきら》め口調で面会室に入るよういった。令状のない強制的な身体検査は違法だから職員がすることはない。もし検査してくれれば特別公務員暴行陵虐罪で告訴してやろうと思っているし、そう考えている弁護士が少なくないことを警察官も知っている。こうした些細《ささい》なところでも暗黙の了解によって平和の均衡が保たれている。

面会室に入ってパイプ椅子に腰を下ろし、バックパックからリーガルパッドを取りだした。法律用箋ともよばれるリーガルパッドは、黄色地の紙に青の罫線が入ったノートパッドで、Ａ４サイズより縦が短く横に長い、レターサイズという大きさのものを俺は愛用している。用紙を切り離してファイルに綴《と》じたとき、Ａ４書類の束からよい加減ではみ出し、しかも紙の色も違うため索引しやすく重宝《ちょうほう》している。

面会室は四畳半ほどの広さで、部屋の中央で、机を兼ねる横長のカウンターとそこから天井《てんじょう》までのびるアクリル板によって二分割されている。そのアクリル板の向こうで扉が開き、染井が入ってきた。

扉が閉まっても、染井は大きな目に涙を浮かべ、自らを守るように両腕を胸の前で組んで佇《たたず》む。

「座ったらどうだ」

できるだけ素っ気ない口調でいい、アクリル板越しにパイプ椅子をボールペンで指し示した。

染井はうなずき、腕組みを解かずに腰を下ろした。白のズボンに、藍と白のボーダーシャツを着ている。留置場では化粧は許されないがしみそばかすは見当たらず肌理《きめ》は細やかで、柳眉《りゅうび》は濃くはっきりとしていて、漆黒の髪は後ろに流されている。

「お久しぶりです、先生」潤んだ瞳で大石を見つめる。

「ああ」俺はやはり素っ気なく答える。

「殺人事件で初めて会ったのは五年前で、その無罪判決は四年前。しかし、こうしてきみはまた留置場にいる」

「すみません……。でも、なぜ逮捕されたのかわたしもよくわからないんです。先生なら、ここから出してくれますよね」

「まだ引き受けると決めたわけじゃない。近ごろは刑事弁護をやってなくてね、実際、留置管理課から電話をもらったときも、どんな罪名で逮捕されているかを訊き忘れた」

「それは少しでも早くここに来ようとしたからでしょう。先生は、わたしのために駆けつけてくれた」

どこか恍惚《こうこつ》としたように染井はいったが、俺は態度を変えない。

「あいにくだがイレギュラーな用事を早くすませようと考えただけでね。このあと別の予定がある。それでどんな罪名なんだ」

「暴力団排除条例違反といわれ、昨日の朝早く自宅で逮捕されました」

「暴排条例違反？」

予想外の罪名だった。五年前の染井に暴力団との交際はなく、死亡した内縁の夫、相川賢斗《あいかわけんと》も暴力団とは関わりのない人物だった。俺の困惑を読みとったらしく、染井が説明を加える。

「刑事さんは、わたしの店が暴力団にみかじめ料を払ったたって」

「わたしの店？　雇われじゃないのか」

「三年前に店を開いたんです、吉祥寺《きちじょうじ》に。誰かのために働くのはもう懲りごり」

誰かのために、とは相川のことだ。内縁の夫とはされているが、相川はヒモのようなもので、二人の生活は染井の稼ぎに支えられていた。

「十五坪ほどのスナックです」

それなりの広さといえ、一人で切り盛りするのは難しく従業員が必要となる。入居費や備品、消耗品代に加えて人件費も要したとなれば初期費用は嵩《かさ》む。

「けっこう広いな。ぜんぶ自分で賄ったのか」

「ええ」染井は誇らしげだった。

無罪事件の補償を四百万円ほど国から得たから、それに判決後の収入を合わせればパトロンがいなくても出店は可能かもしれない。

バックパックから六法を取りだし、東京都暴力団排除条例を調べた。持ち歩いている六法には、罰則のある東京都の条例のうち主要なものが収録されている。

「法定刑は一年以下の懲役または五十万円以下の罰金。無罪判決のあとに警察の世話になったことは？」

「ありません」

　前の事件のときに染井に前科はなかった。その後も警察沙汰《ざた》になったことがないのであればまだ初犯ということだ。

「初犯ならまず間違いなく罰金刑だ。刑務所に入るようなことにはならないから安心していい」

「冗談じゃないわ、みかじめ料なんて払っていません！」染井の頬《ほお》に赤みがさした。

「まさか争うつもりか」

「当たり前です、やってないんですから」

「争うのは勝手だが、暴力団と関わりがないと主張するつもりなら厳しいぞ。みかじめ料違反で逮捕状をとってるんだから、組関係者が店に出入りしている証拠を警察は摑《つか》んでる。パトロンか、出入り業者か、常連客か、そこらあたりに組関係者がいるんじゃないのか」

「いったでしょう、店は自分でだしたって。パトロンなんていません。出入り業者は飲食店組合の推薦業者を使っています。それに……お客さまのなかには関係者がいるかもしれませんが、初めてのお客さまが暴力団関係者かなんてわたしたちにはわからないし、たとえそうかな、と思っても追いだすことなんてできません」

「ケツモチはいないのか」

染井が軽く笑った。

「先生も意外と古いんですね、今どきケッモチなんてありません。暴対法と暴排条例、それに飲食店業界あげての浄化作戦が効果を上げてますし、警察も今では暴力団のボの字が出ただけで飛んできます」

俺も笑ったが、同意したからではない。暴力団の資金集めがより狡猾《こうかつ》に、より見えにくくなっているだけで、カネという養分を吸いとる根があちらこちらに張りめぐらされていることに今も昔も違いはない。しかし飲食業の第一線で働く人間が「ケツモチなんて古くさい」と公言できるようになったのはよいことだ。

「つまり、客筋に組関係者はいるかもしれないが、みかじめ料といわれるような金のやりとりに心当たりはないということだな。逮捕時に読みあげられた被疑事実にはなんて書いてあった」

染井は、太ももの上に置いていた両手に目をやり、指を曲げて爪先を見る。無言でその動作を眺めていると、最後に五指を揃えて伸ばしてから、顔を上げずに染井がいった。

「鈴木鉄男《すずきてつお》が暴力団構成員であることを知っていながら、店の用心棒をさせるためにわたしが金を払ったと」

「ようやく具体的な名前がでてきた。鈴木鉄男という男は知ってるのか」

「お客さままで、歳のころは二十代後半、店では黒部《くろべ》鉄男と名乗ってました」

「暴力団の構成員？」

「はい。初めは知りませんでしたが、何度か店に来られるうちにわかりました」

「通ってたのか。どれくらいの頻度で」

「月に一、二回。店をだしてすぐにおいでになったお客さまなので、ぜんぶ合わせればかなりの回数になると思います」

「暴力団員だと気づいたのはいつ」

「一年ほどたってから。いつもは一人なのに、その日は珍しく二人でいらっしゃって、お連れの方があまりお酒の飲み方がよろしくなくて、格好もその筋の人っぽくて。その人が黒部くんのことをしきりに『アニキ、アニキ』というものだから、ひょっとしたらそうなのかもと。そのあと、それとなく確かめてみたら、最後は観念したように認めました」

「弟分を連れて飲みに来たわけか。鈴木のほうはどんな格好なんだ？　ヤクザ屋さんの風体《ふうてい》じゃないのか」

鈴木の姿を思い浮かべたのか、うつむいたまま口元にかすかに歯をのぞかせる。

「いいえ、そんな雰囲気はありませんでした。いつもカーキ色のジャンパーにジーンズという、どちらかというと、若い労働者といった格好で。実際、建築現場で働いていることでしたし」いってからまた指先を見つめた。

暴力団員は会費や運営費という名目で組に金を納めるよう求められ、決まったシノギを持たない者はそれら上納金を稼ぐために日雇いで働くことも珍しくない。もっとも最近の建築現場は、下請会社、協力業者として登録された者だけが働くことができ、日雇い労働者を使わないようになってきており、そういった面でも末端の暴力団員の収入は絶たれつつある。

ともかく上納金のために建設現場で働くというのは、一次団体を頂点とする暴力団組織のピラミッド構造のなかで一次団体構成員や二次団体幹部といった人間がすることではなく、鈴木の地位は低いと知れた。

「どこの人間なんだ」

「参見《さんけん》組と聞いています」

弁護士会主催の民事介入暴力対策研修には毎年参加しており、東京都下の主要暴力団名は押さえているつもりだ。しかし染井が口にした組に心当たりはない。すると染井は全国組織の指定暴力団名を挙げ、そこの四次団体らしいと付け足した。

「それで鈴木とは、金のやりとりがあったのか」

「貸したことはあります。お金に困っているようなことをいうものだから、少し融通しましょうかと」

「暴力団員にか」

「常連さんでしたし、思ったより少額でしたし」

「金銭消費貸借契約書、あるいは借用書は」

「そんなものは作っていません」

染井はうつむいたままだ。俺はボールペンを胸ポケットに差した。

「よくわかった。黒部こと鈴木鉄男という組員に金を渡したことはあるが、みかじめではなく、金を貸しただけということだな。当番弁護士を呼んで、警察や裁判所を説得してもらうといい。まあそんな話を信じる刑事はいないだろうが。そんな話を信じる判事もね」

リーガルパッドをバックパックに仕舞い立ちあがると、染井は目を見開いた。

「待ってください」

「スナック店主と客という関係で、義理があるわけでもなく、暴力団員と知って金を渡したが単なる金の貸し借りだっただと。一つ忠告しておくと、その鈴木とやらが自白すればきみの弁解はすべて吹っ飛ぶ。そりゃ暴排条例違反が認定されれば店の風営許可を失うかもしれないが、だからといって無闇に争うのは考えものだぞ」

じゃあ、といって染井に背を向け、面会室のドアノブに手をかけた。

「黒部くんがしゃべることはありません。死んだんです」

振り向くと、染井が目に涙をためていた。先ほどとは違い、本物の涙のように見えた。

「……殺人事件か」

染井がうなずく。

指導もせずに暴排条例違反でいきなり逮捕というのはいささか性急で、何か重大事件が隠れた別件逮捕ではないかと疑っていたものの、まさか殺人事件だったとは。染井の顔を見ながら椅子にゆっくりと腰を下ろす。

「鈴木が殺されたのはいつ」

「三日前、自宅アパートで。包丁で刺されたそうです」

スマホを取りだしインターネットで検索すると、記事はすぐに見つかった。

曰《いわ》く、武蔵野市のアパートで死体が発見され、警視庁は死体遺棄事件として捜査している。亡くなったのは住人の鈴木鉄男さんとみられ、刃物で刺されたような傷がある。

通信社の第一報をそのまま載せたかのような簡略な記事だ。

「取調べで、殺人事件のことは訊かれてるのか」

「黒部くんとの関係は訊かれているけど、殺人事件のことはまだ何も」

「鈴木との関係について、具体的にはどんなことを訊かれている」

「黒部くんが初めて店に来たのはいつか、誰と来たか、どれくらいの頻度で来たか、店でどんな会話をしていたか、一回あたりの支払いの額は、どんな服装が多かったか、いつ黒部くんが組員だと気づいたか、組員と知って応対を変えたか、ほかのお客さまに黒部くんの知り合いはいなかったか……そういったことです」

暴排条例違反で逮捕勾留《こうりゅう》し、暴力団員である鈴木との関わりについて情報を引きだしつつ、取調室の外で客観的証拠を収集し、証拠が揃ったところで殺人罪で逮捕状を請求する。手堅い捜査手法といえた。

「無罪事件のことは訊かれたか」

「訊かれていません。やはり避けているような感じです」

染井の無罪事件は武蔵野署の隣、荻窪《おぎくぼ》署の担当だが、隣の管轄での出来事だからここの刑事組対課も把握しているはずだ。

「警察が殺人事件を視野に入れているのは間違いない。そうでなければ、罰金刑が確実な暴排条例違反でいきなり身柄をとるとは考えがたい。できるだけ長く留置しようと勾留延長までもっていって、その間に詳細な情報を集める腹積もりだ。そうすると、こちらが採りうる手段は二つ。徹底して黙秘するか、それとも捜査に協力して知りうる限りの情報を提供するか」

「黙秘したら、逆に犯人だと疑われませんか」

「その可能性はある。でも黙秘せずにしゃべったところで、話した内容が警察のお気に召さなければ嘘つき呼ばわりされるのが関の山。結局は警察がどんな絵図を描いてるかが問題で、その絵図がきみの供述によって左右されることはない。黙秘しておけば、少なくとも嘘つき呼ばわりされることはない」

「でも、知っていることを話して黒部くんの仇《かたき》を討ちたい気持ちもあるんです」

「それならしゃべればいい、誰もきみの気持ちに反してまで黙秘させようとは思わないさ。いずれにせよ、当番弁護士とよく相談するんだ」

「先生はやってくれないんですか！」

「暴力団絡みで殺人罪の裁判員裁判となれば、私選で受けるのは割に合わない。労力と報酬が見合わないし、自社の代理人弁護士が暴力団関係者の私選弁護人となることを嫌がる企業もあるから、民事の仕事にまで影響が出かねない。国選弁護人を頼むんだな」

「お金ならあります」染井は縋《すが》るようにいう。

「わかっちゃないな。私選弁護だと、何をするにつけても費用が嵩む。証拠書類のコピーだって、一枚あたり白黒で三十円、カラーだと八十円。殺人事件の捜査書類となると数千枚になるからコピー代だけで十万近くになるし、事件によっては二十万、三十万とかかる。しかし国選弁護ならコピー代も国の費用で賄《まかな》える。悪いことはいわないから、前のように国選弁護にしたほうがいい」諭して立ちあがる。

「だから、お金ならありますってば！」

　ふたたび頰に赤みのさした染井を、できるだけ冷徹に見下ろす。

「本当にわかっちゃいないようだから、率直にいおう。私選弁護を引き受けるには依頼人との信頼関係が必要だ。嘘つきの依頼を引き受けるわけにはいかない」

「どういう意味ですか」

「水商売をやってる人間が、常連客というだけで貧乏組員に金を貸すわけがない。そこには必ず何らかの理由、つまり金銭の趣旨というものがある。警察はそう考えるし、裁判官もそう考えるし、私もそう考える。あと、黒部くんといっていたな。常連客なら黒部さまか、せいぜい黒部さんだろ。しかも黒部はヤクザだ。くん付けしてる時点で、二人がただの店主と客という関係でなかったとわかる。私が気づくんだから警察もとっくに気づいてる、あまり人を舐《な》めないことだ」

染井の大きな目がすっと細まり、頬の赤みが消え、口元が引き締められた。

「いいわ。信頼なんかクソくらえよ」

4

　染井はパイプ椅子の背もたれに体をあずけ、華奢《きゃしゃ》な体に似合わぬ豊満な胸を突きだして腹の上で手を組み、長く細い足を組んだ。

「信頼なんかなくても、金があるのは本当よ。二、三百万円の金ならすぐに用意できる。待ってもらえれば一千万でも。どう？」

「ようやくらしくなってきたじゃないか。最初から可愛《かわい》い子ぶらずそうしてりゃよかったんだ」

「黙って座りなさい」

「あいにくだが、お前さんから仕事を受ける気はない。ほかをあたってくれ」

「座りなさい。帰るんなら警察にタレこむわよ。あなたが証拠隠滅したって」

「くだらん。お前さんが捕まってると知ったのは今日だぞ。そんな俺が、どうやって証拠を隠滅できるというんだ」

「勘違いしてるわね。わたしがいっているのは前の事件のこと」

「前の事件？　夫殺しか」

「嫌みな言い方はやめて。あれは賢斗《けんと》が転げ落ちた拍子《ひょうし》に包丁が刺さった事故だった。そう裁判で認められたじゃない」

「それは正確じゃない。判決は、その可能性を否定できない、といったんだ」

「世間的には同じことよ。ともかく、あの事件でわたしの主張が認められたのは、賢斗が落ちるところを見た目撃者がいなかったから。でも本当に目撃者はいなかったのかしら」

　俺が三たび腰を下ろすと、染井は満足したように鼻を鳴らした。

「目撃者がどうした」

「あの晩、賢斗に殴られたわたしは、家から逃げだす前に友だちに電話して助けを求めた……あおいのことよ」

「知っている。だから警察はあおいさんから話を聴き、供述調書を作った。俺もその調書には目を通している」

「彼女は、すぐにわたしのマンションに向かったそうね。でもマンションに着いたときにはもう警察が来ていて、事件のことは何も見ていないと」

「ああ。調書にそう書いてあったし、俺もあおいさんに会って確認した」

「でもね、わたしは階段の踊り場からあおいの姿を見たのよ、警察が来る前に。街灯の下からこちらをじいっと見ていた」

　染井は足組みを解いて上半身を乗りだし、アクリル板に顔を近づけた。

「何も見ていないなんて彼女が警察に話したのは、あなたがそう唆《そそのか》したからじゃないの」

「……想像力が逞《たくま》しいな。どこからそんな話を思いついた」

「わたし、無罪になってからあおいの店に行ったの。姿を見たことを話そうかと迷ったけど、なんとなくやめたほうがいいと思っていわなかった。だって、わたしのために口を噤《つぐ》んでいるとしたら、『あなた警察に嘘をついたわね』と脅すようなまねをわたしがすべきでないと思ったから。警察に話を聴かれたでしょう、迷惑をかけたわねって謝ることしかできなかった。するとあおいは、大丈夫よ、警察には慣れてるし、弁護人にも話していたから、と答えたの」

　染井はカウンターに両腕をのせ、下からのぞきこむように俺の顔を見た。

「そのときは大して気にも留めなかった。でもよくよく考えてみると、あおいの口ぶりは、警察から話を聴かれる前にあなたと会ったかのようだった。それで次にお店に行ったときに訊いてみたの。警察とあなた、どちらが先にあなたのところに来たのって。すると、いつも落ち着いて笑みを絶やさない彼女が、すこし慌てた感じで、さあどうだったかしら覚えていないわ、と答えた。どんな些細なことでも覚えてる、あのあおいがよ」

「何事にも例外はあるさ。助けを求めてきたお前さんが相手を殺したと知って、気が動転していたんじゃないか。そんな状況で警察と俺、どっちが先に訪ねてきたかなんて覚えてなくてもおかしくはない」

「あの人を見くびらないほうがいい。ヤマを踏んできた鉄砲玉に涼しい顔で酒を出したという噂もあるんだから。そんなあおいが慌てたのは、あなたに何か言い含められていたからじゃない？　考えてみれば、あなたは早くから事件ではなく事故として弁護する方針を立てていた。唯一の目撃者であるあおいを押さえたことで、事故として処理できると踏んだんじゃないの。目撃者の口封じは証拠の隠滅で、立派な犯罪よね」

「警察より先に俺があおいさんに会ったという証拠はないし、たとえ会っていたとしても虚偽の供述を唆したという証拠はない」

「でも警察は興味を持つと思わない？　無罪判決が弁護人の証拠隠滅のせいだったと知ったら、怒る人はたくさんいるでしょう」

「俺が証拠隠滅罪に問われたら、お前さんもただじゃすまないんだぞ」

「素人《しろうと》みたいなことをいわないで。一事不再理の原則というものがあるそうね。無罪判決が確定したわたしは、同じ事件で裁判にかけられることはない」

俺はアクリル板に顔を近づけ、卵形の整った顔から十センチと離れていないところで声を低くしていった。

「なかなか面白い話だ。繰り返しになるが、証拠はない」

「証拠にこだわるのは弁護士の悪い癖。証拠がなくても疑惑だけで充分と思わない？　あなたの弁護で実際に無罪になったわたしがいえば、警察はきっと興味を持つ。それだけであなたにはダメージになる」

「まさか無罪をとってやった相手から脅されるとはね」

アクリル板から顔を離して両手を広げた。

「お願い、わたしを守って。本当に身に覚えがないの」

染井が一転して懇願の表情になる。

「金はあるんだろうな」

「さっきもいったでしょう。三百万までならすぐに用意する」

「捜査段階の着手金として百万、再逮捕されるごとに三十万を追加。起訴されればさらに五十万、起訴罪名に殺人が含まれていればこの追加は百万にアップ。起訴されることなく終結した場合の成功報酬は百万、起訴されて無罪になった場合は二百万。執行猶予でも成功報酬として百万もらう。すべて消費税別で、交通費や謄写費用などの実費も別」

早口の説明を、染井が片手をアクリル板にかざして押しとどめる。

「よくわからない。わかりやすくいって」

俺は椅子に深く座りなおし、ゆっくりという。

「まず最初に百万をもらう。死体遺棄や殺人で再逮捕されるごとに三十万を追加。ここまでが着手金で、最大で百六十万となる。逮捕された全部の罪について起訴されなかった場合には、成功報酬として百万。この場合、合計で二百六十万円が弁護士報酬となる。どれか一つでも起訴された場合には、その段階では成功報酬は発生せず、公判に向けた追加着手金をもらう。起訴された罪に殺人が含まれていなければ追加着手金は五十万、含まれていたら百万。裁判員裁判は手間がかかるからな。そして裁判で無罪になれば成功報酬として二百万。つまり殺人で起訴されて無罪になれば、弁護士報酬の合計は最大で四百六十万円になる」

「弁護士が怠慢《たいまん》でたくさん再逮捕された挙句に、裁判になったほうが合計額が高くなるのはおかしくない？」

「手間と労力を考えろ。再逮捕が繰り返されればそれだけ事件に費やす時間が長くなるし、さらに裁判員裁判になれば、朝から晩まで法廷に詰めて事務所に帰ったら翌日の準備という日々が続き、ほかの事件を処理する暇もない。搾りとられる労力と時間は半端じゃないんだ。これでも格安だ」俺は肩をすくめた。「こちらがやらせてくれと頼んでるわけじゃない。不満があるなら国選を頼め」

　染井は軽く唇を嚙《か》み、それからいった。

「いいわ。とりあえず百万円を用意すればいいのね」

「契約書と弁護人選任届はあとで持ってくる」俺は立ちあがった。

「もう行くの？　黒部くんの住所なんかは訊かないでいいの。それに店のことで伝言して欲しいこともあるんだけど」

「このあと用事がある」半身になってドアノブを握り、付け加えた。

「今お前さんの顔を見ていると気分が悪くてね。脅されて引き受けたなどと決して思わないことだ。俺を脅迫してまで無実を主張するのなら、本当に冤罪かもしれないと思って引き受けた。事務所に帰って吐き気が収まったらまた来る。それまで黙秘してろ」

5

事務所に戻り、町野に委任契約書と弁護人選任届の書式を用意するようにいい、ついで過去の新聞から事件の記事を拾うよう指示する。

「事務所では新聞をとっていません」

戸惑う町野に、土屋が説明する。

「過去の新聞は区の図書館で閲覧できるから、そこで調べるの。中央図書館なら過去一年分がストックしてあるし縮刷版もある。ちなみに雑誌の記事を調べるんだったら永田町の国会図書館まで行ったほうが早いわ」

「国会図書館？　私でも使えるんですか」

「普通の図書館と一緒で登録さえすれば誰でも使えるし、弁護士会館からも近いから、会館に行くついでに調べ物をすることもできる」

「でも新聞も雑誌も、今はインターネットで調べることができるのでは」

町野の疑問に、土屋が遠慮がちに俺を見てから小声で答えた。

「そういったデータベースは有料でしょ。事件の都度《つど》、図書館に行ったほうが安上がりなのよ」

「それだけが理由じゃない」

経営者が吝嗇《けち》であるかのような土屋の物言いに俺は慌てた。

「データベースは、著作権や個人情報の問題で検索に制限がかかるんだ。たとえば無罪や不起訴になった事件は逮捕当時の記事が検索できなかったりする。確かな情報を得るには、現物にあたるのが一番なんだ」

町野は得心したようで、土屋はちろりと舌を出した。

「わかりました。区か国会の図書館に行ってきます」

「事務所からは区の図書館が近い。頼むよ」

自分のブースに戻ろうと床に置いていたバックパックを持ち上げたところで奥から声がかかった。

「中也くん、染井京子の事件なんだって」

斎藤澪がパーティションの上から顔をのぞかせている。

「ええ、受任してきました」ブースに戻りながら答えた。

「受任したんだ。彼女がヤバい奴だって気づいてると思ってたけど」

パーティションの上辺に顎をのせて、澪がいった。

小柄な澪は、立ってもパーティションに目線を遮られるため、ブースから辺りを見渡すときは椅子に膝《ひざ》立ちするのが常で、かわいい顔がまるで生首のようだ。

自分の椅子にバックパックを置き、中身を取りだした。

「わかってますよ、五年前から。俺も関わりたくなかったんですが、是非に、といわれてしまって」

我ながら言い訳がましいと思った。

五年前に逮捕された染井の裁判は、およそ一年をかけて公判の準備が行なわれた。その一年間は独立開業に向けて準備を進めていた時期と重なり、事務所開設の打合せついでに澪に弁護戦略を相談していた。だから澪は隠れた弁護人ともいえ、無罪の功績の半分は澪によるものだ。そして染井の本性を見抜くのも俺より早かった。

「いくら頼まれても受けないほうがよかった。彼女、綺麗だけど近づいたら鱗粉《りんぷん》で身動きがとれなくなる毒蛾《どくが》みたいな人だから。後ろから撃たれないよう、キミも気を付けたほうがいい」

後ろから撃たれる、というのは依頼人から裏切られるという弁護士間の隠喩《いんゆ》だ。すでに撃たれていると思いつつ、気を付けますと答えた。

「それに刑事事件なんか受けていると、エンタメ・ロイヤーを目指すという、中也くんの夢が遠ざかってしまうんじゃない。だって、テレビ局や芸能人に刑事事件が得意ですと胸を張っても何の訴求力もないでしょ。まあ私からすればその夢自体どうかと思うけどね。エンタメ業界に行きたいなら芸能事務所に社員として就職すればよかったのよ。芸能人のための労働組合を創るというのなら話は別だけど、キミは単に華やかな世界に憧れているだけでしょ。それじゃ何のために弁護士になったのかわからない。軽佻浮薄《けいちょうふはく》だわ」

取りだした携帯用六法を右手に持ったまま両手を上げ、降参の意思を示した。この話題で澪から説教されるのはいつものことだ。

芸能や文芸、スポーツなどエンターテインメント業界における知的財産権を取り扱う弁護士をエンタメ・ロイヤーといい、俺が常づね専門にしたいと思っている分野だ。澪の意見はもっともで、だからこそ最近は刑事事件を忌避していた。

澪は三十八歳になる十二年目の弁護士で、大学の先輩にあたる。今日もポニーテールに髪を結んでいるが、労使紛争の労働者側、消費者問題の消費者側に立って大企業と争うことが多く、負けん気の強さは自他ともに認めるところだ。

中堅の弁護士らしく世慣れたところもある一方でいまだに社会正義を信じているふしもあり、弁護士会の公益活動にも積極的に参加し法曹界での顔も広い。

澪が頭を引っこめたので、俺はバックパックを机の下に納め、午前中に読んでいた訴訟記録を後ろの棚から取りだした。明日の証人尋問に備え、尋問事項を検討していたところに武蔵野署から電話がかかってきたのだ。

訴訟記録は、原告と被告がそれぞれの言い分を記した主張書面と呼ばれる書類のファイルと、当事者が裁判所に提出した証拠書類を綴ったファイルに分かれる。

明日の訴訟は証拠書類が十センチ厚のパイプ式ファイル三冊にもなっていて、持ち運ぶのもひと苦労だ。そのため事務局に証拠書類をすべてPDFにしてもらい、参照する必要があるときはパソコンで見るようにしていた。取りだしたのは主張書面のファイルで、こちらは六センチ厚のファイル一冊に納まっている。

ファイル表紙に記入された依頼人名は長瀬啓助《ながせけいすけ》、事件名は損害賠償請求事件。いわゆる医療過誤訴訟だ。

長瀬の十九歳になる息子、蓮《れん》が二年前、高熱と喉《のど》の痛みで浜田武蔵野《はまだむさしの》病院を受診した。ウイルス性疾患を疑った病院は、検査のため蓮を隔離待合室で待機させていたが、その待合室で蓮は意識を失った。病院は応急処置を施して数時間にわたり経過観察を行なったものの、最終的には手に負えないと判断し、蓮を高次の救急病院へと転送する。救急病院に到着したときにはすでに手遅れで、蘇生措置も虚しく蓮は死亡した。病名は急性喉頭蓋炎《こうとうがいえん》。

病名を聞いたとき、その字面からして喉が痛くなる程度の病気だろうと思ったが、長瀬が持参した医学書を読んで認識を改めた。急性喉頭蓋炎は、インフルエンザ菌など細菌に感染して生じる喉頭蓋の炎症で、気道の急速な閉塞を伴う緊急度の高い疾患であり、予後が悪く死に至ることも多いと書かれていた。

長瀬は、浜田武蔵野病院がもっと早く救急病院へ蓮を転送していれば命が助かったはずだと考え、俺を代理人にして病院を訴えた。

「土屋さん」

ブースの中で声をあげると、はい、という落ち着いた声が返ってきた。

「長瀬事件の診療経過一覧表をＡ４一枚に入るよう縮小してプリント。この前作った医療用語の一覧表も」

証人尋問では、原告の主尋問時間は三十分、被告の反対尋問時間は四十分などと、裁判所によって当事者に手持ち時間が割り振られる。尋問中に記録をめくったり証拠を探したりするのに手間どれば、それだけで時間を浪費することになる。時系列表や専門用語集といった、尋問中に参照する頻度の高いものは、コンパクトにまとめていつでも見られるようにしておかねばならない。

「医療過誤訴訟、人証調べに入ったの」

澪がまたパーティションの上から顔をのぞかせた。

民事訴訟は大まかにいって訴訟提起、争点・証拠整理手続、証拠調べ、判決という流れを辿《たど》る。医療過誤訴訟では、これに複数の医師が争点についてディスカッションするカンファレンス鑑定などの手続が入ることもある。このうち、人証調べとも呼ばれる証人尋問や当事者尋問は、証拠調べ、いや訴訟全体の最大のヤマ場であり、判決が近いことを意味していた。

「ええ明日」

「医療過誤にしては進行が早いわね。カンファレンスには付されなかったの」

「現段階では不要ということに。原告と被告から医師の意見書が出てますし、争点も転送義務違反の有無とシンプルなので。裁判所は尋問が終わってから再度検討するといってますけど、やる気はなさそうですね。被告も早く訴訟を進めたがってるし」

「ふうん、争点整理が順調だったのね。人証は誰を調べるの」

「こちら側が協力医の吉村《よしむら》先生と原告本人の長瀬さん。敵性証人が、治療にあたって転送の判断をした医師と、その場に立ち会った看護師。合計四名」

「明日で終わり？」

「いいえ、被告側の人証調べは後日になりました。明日は原告側だけ」

澪が顔を曇らせる。

「珍しいわね、四人ぐらいだと一日で終わらせそうだけど。日があくと被告側が有利になるわよ。こちらの証言内容を聞いて、反論を準備する時間があるから」

「俺もそう思ったんですが、裁判所のスケジュール上、四人まとめて尋問をするとなるとだいぶ日程が先になるらしくて。事実認定というより医学的知見の争いだし、その点に関しては双方の医師の見解が書面で明らかになっているから、二つの期日に分かれるデメリットより迅速性を優先ということで」

「なるほど」と澪は納得顔でうなずく。そして「私の取り越し苦労だったかな」と呟《つぶや》いた。

6

長瀬事件の受任をめぐっては、澪と意見がぶつかった。

「私はやらない。中也くんも、やめといたほうがいいと思う」

澪はきっぱりと受任を断り、俺の受任にも反対した。その真意を計りかねて、「西島《にしじま》先生の紹介だから?」と理由を問い質《ただ》した。

長瀬は当初、知人のつてを頼って日比谷商務法律事務所の経営弁護士、いわゆるボス弁の西島英彦《ひでひこ》に相談しようとした。ところが西島は、浜田武蔵野病院の理事と知り合いだとして相談を受けず、代わりに俺を紹介した。

相談に訪れた長瀬は、蓮の死亡診断書や除籍謄本、診療記録などに加え、急性喉頭蓋炎に関する医学書や、さらには医師の意見書を持参し、浜田武蔵野病院を訴えたいと強く望んだ。俺はとりあえず書類を預かり、司法研修所で学んだ法医学の知識とインターネットを活用しながら数日かけて検討し、勝訴の見込みありと結論づけ、受任する意思を固めた。息子を亡くしたことには同情するものがあったし、長瀬が自ら協力医を見つけてきたことも大きかった。

　それで澪にも声をかけたのだが、予想に反してつれない返事だったので、西島の紹介だから受任したくないのかと疑ったのだ。

　澪は、西島の回す事件を俺が受任するのを好ましく思っていない。

　西島は一九八〇年に日比谷商務法律事務所を創立し、株主総会対策で名を上げて企業法務の世界に橋頭堡《きょうとうほ》を築いた。不動産バブルのころにいち早く企業コンプライアンスに目をつけて経済団体が主催する経営者向けセミナーの講師を務め、経済誌が企画するビジネスロイヤー・ランキングで上位に入ったことで、日比谷商務は数十の上場企業を顧問先に抱える、日本有数のブティック型企業法務事務所へと成長を遂げた。

　俺も西島の名声に惹かれて日比谷商務に入所したクチだったが、いざ入所してみると西島自身がコンプライアンスからほど遠い人間だった。パワーハラスメントを日常的に行なっていたのだ。うつを患《わずら》って辞めていくイソ弁は少なくなく、辞表を叩きつけて去っていく者はもっと多いという有様だった。事務所に所属する弁護士数はおおむね三十名と一定しているものの、その顔ぶれは常に変動していた。

幸い俺は被害を免れ、三年目にはいくつかの顧問企業の担当を任されるようになったが、西島の性格に辟易《へきえき》したこともあり、いつまでも腰巾着《こしぎんちゃく》ではいられないと考えていたところに澪が事務所を開業するとの話を聞きつけ、思いきって共同経営者として独立することにした。

想定外だったのは、担当していた顧問先企業のうちの四社が、俺の独立開業に合わせ斎藤・大石法律事務所に顧問契約を切り替えるといいだしたことだった。

「参ったわね、西島さんの逆鱗《げきりん》に触れるわよ。断るわけにはいかないの?」

内装工事を終えたばかりの事務所で、澪はスターバックスのロゴタンブラーを片手にいった。

「俺を認めてくれた担当者の顔を潰すわけにはいきません。そんなことしたら、顧問を頼もうという企業はもう現れなくなってしまう。それに四社からの顧問料は馬鹿にならない」

「きちんと仁義は切りなさいよ。西島先生、ただでさえお気に入りのキミが出ていくのを腹立たしく思っているでしょうし」

澪にいわれた翌朝、俺はデスクに座る西島の前に立った。髪を後ろに撫《な》でつけ、陽に焼けて浅黒い頬は少し弛《ゆる》み、天地幅の深いスクエアの金縁眼鏡をかけている。

「独立にあたって、いくつかの会社が私と顧問契約を結んでくれるそうです」

西島が怪訝《けげん》そうな顔をする。

「そのうちの四社は、いま私が担当している会社です」

いうや否や眼鏡の奥に憎悪の炎を見た気がして、俺は「申し訳ありません」と声を張りあげ頭を下げた。西島の座るプレジデント・デスクは合衆国から取り寄せたものといわれ、前板に浮きでた鷲の彫刻が俺を睨む。

数秒後、西島がいった。

「よかったな。顧問契約はありがたいものだ、固定経費が顧問料で賄えるようになれば事務所経営は楽になる」

ゆっくりと顔を上げると西島は笑っていたが、その粘着質な性格を知っているだけに俺は後難を恐れ、話を伝え聞いた澪もまた同様だった。

ところが、開所披露式に訪れた西島は、不快そうな気配を微塵《みじん》も窺《うかが》わせることはなく、むしろ上機嫌にも見える様子で祝い金を気前よく置いていき、これには澪と顔を見合わせた。

不気味さすら感じた俺の心境をよそに、西島はその後事件を回してくれるようになり、そんな事件はたいがいは複雑で実入りの少ないものだったが、独立直後で貯金も収入も少ない身にはありがたいものだった。

澪にいわせれば、西島が事件を回すのは自分のイソ弁を使って処理すると赤字になるからで、西島との付き合いはやめたほうがいいと事あるごとに俺に忠告していた。

そんな経緯があったため、長瀬の紹介を受けたときも俺はさしてためらうことなく法律相談を引き受け、澪が長瀬事件の受任に反対するのも西島の紹介だからかと勘繰ったのだ。

「西島さんの紹介ということもある。だけど大きな理由は医療過誤訴訟だから。中也くん、医療過誤なんてやったことないでしょ。私もよ」

「でも協力医がいます。吉村雅也《まさや》という内科医で、彼の意見書には、蓮くんが倒れた直後に転送していれば充分に救命可能性があり、転送させるという判断も可能だったと書いてある。しかも吉村先生は、法廷での証言も承諾しているというんですよ。弱者の味方の澪先生が、何を怖《お》じ気《け》づいてるんですか」

医療過誤で医師や病院を訴えるには、患者側に立って意見を述べてくれる協力医が欠かせないというのは弁護士の常識だ。

しかし医師対患者という構造をとる医療過誤訴訟で、いつ自分が訴えられるかもしれない医師たちは、患者側に立つことに本能的に抵抗を覚えるらしく、さらに勤務先や医師会での他の医師の目もあり、協力医を引き受けようという者は極めて少ない。

　患者側がようやく協力医を見つけても、協力の度合いには様々なものがあり、匿《とく》名《めい》を条件に診療録を検討してメモの作成に応じるだけの者や、名前を出しての意見書作成は承諾しても法廷での証言は拒否する者もいる。意見書を書いたうえに法廷で証言してもいいという協力医は、稀有《けう》で貴重な存在だ。

　そんな協力医を見つけだしてきたのだから、長瀬の熱意、執念は相当なものと評価していた。

「それでも、この事件には手を出さないほうがいいと思う。医療過誤訴訟は専門訴訟のなかでも難易度が高い。今後そちらを専門領域にしようというなら話は別だけど、そうじゃないなら専門家にお願いしたほうがいい。医療問題弁護団とか、医療事故研究会とか、医療過誤追及弁護団とか、独自の協力医ネットワークを持っている弁護士集団があるんだから、そっちにお願いすべきよ。それが依頼人のためにもなる」

「それじゃあ報酬が入らない。大学浪人だった十九歳の死亡事故となると、損害賠償の請求額は一億を下らない。仮に一億としても訴訟の着手金は三百六十万円ぐらいにはなる。これをみすみす逃す手はないでしょう」

　澪は顎を掻《か》きながら事務所を見渡した。午後五時を過ぎ、事務員は二人とも帰宅している。弁護士の赤裸々な金銭事情を聞かれなくてよかったと思ったのだろう。

「確かに気持ちはわかる。それだけの着手金があれば、当分は事務所の経費も心配いらない。でも、火傷《やけど》しては元も子もないわよ。医療過誤訴訟は感情的なもつれも大きいと聞くし、下手《へた》な訴訟活動で依頼人から恨まれたら目も当てられない」

「依頼人対応には気を付けます」

そこまでいわれれば澪も説得を諦めざるをえない。稼げるときに稼いでおかねば後悔することは自営業者ならば誰しも身に沁《し》みている。仕方ないというようにため息をついた。

「わかった。私はやらないけど、キミが受任することには反対しない」

澪とは対等の共同経営者だから、事件を受任するのに澪の許可はいらない。それでも澪が反対している事件を受任するのは気が引けるものだ。

安堵《あんど》の息を吐き、それを見ていた澪は、

「でも、訴訟になればいつでも辞任できるわけじゃないわよ。危ないと思ったら早めに見切りをつけなさい」

と助言をくれて、それを最後に長瀬事件について触れることはなかった。

7

「勝ち負けはともかく、無事に終結しそうでよかった」

意見の衝突した事件が人証調べに行き着いたと知り、澪の顔も明るい。

「明日が勝負なのに、勝ち負けはともかくなんて、不吉なことを」

軽く澪を睨みつけた。

「あらごめん。でも医療過誤訴訟での患者側の勝率は二割をきるそうだから、敗訴しても決して恥ではない。だから節度をもった尋問を心がけなさい。依頼人に格好をつけようと、尋問にかこつけて医者を怒鳴ったり侮辱したりする弁護士がいるそうだから」

「尋問者は紳士淑女たれ、でしょ。法廷技術研修で叩きこまれていますからご心配なく」

澪がうなずいて頭を引っこめたので、尋問の準備を続けた。

箇条書きにしていた尋問事項を、具体的な質問の形にして詳細な尋問メモを作成する。

主尋問の検討では、まず、これまでに裁判所に提出した主張書面や証拠書類の重要と思われる点を強調し、補強する質問を作る。次に、予想される敵性証人の証言に反論、弾劾《だんがい》する質問を加え、最後に質問順序を検討する。主尋問では時系列に沿って尋問するのが基本だが、だらだらと経過を追っていけばいいというものではなく、メリハリが重要だ。

医療過誤訴訟では、カルテなどの証拠書類のみならず、主張書面でも医学用語が多用され、一読しただけでは理解できないものが多い。このため、尋問の準備をするにしても逐次意味を確かめなければならず、感覚的にはいつもの倍の準備時間を要し、医療過誤訴訟の難しさを実感する。

気が付いたら午後四時近くになっていた。長瀬が事務所に来る時間だ。

打合せをメールや電話ですますこともできる。しかし尋問に向けた打合せは、直接面談して行なうのが西島から学んだやり方だ。本番さながらの模擬尋問を行ない、法廷でのしゃべり方から表情や仕草についてまで助言する。そんな事細かなアドバイスは対面でなければ難しい。

本来なら尋問期日前日の打合せは避けるべきで、というのも記憶違いや証拠の不足が明らかになっても前日では対処する余裕がないからだ。長瀬との打合せも、もともと三日前に行なう予定だったが、当日になって長瀬から体調がよくないという連絡があり、やむなく今日になってしまった。

ファイルを閉じ、尋問メモの最新版をプリントアウトする。尋問事項はすべて頭に入れているが、尋問の流れを時々確認するために、手控え用のハードコピーはあったほうがいい。

そのとき内線の呼出音が鳴った。受話器を取ると、〈先生、長瀬さんからお電話です〉と町野が告げ、不吉な予感を覚えつつ、外線ボタンを押した。

「大石ですが」

〈先生、長瀬です。すみません、今日の打合せに行けなくなりました〉

受話器を持つ手に力が入る。

〈先生？〉

「……どうしたんです、尋問は明日ですよ」

〈わかっています。でも家内の調子が悪くなってしまって……。これから病院に連れて行こうと思います〉

暗く深刻そうな声色《こわいろ》に、追及と叱咤《しった》の言葉を失った。

長瀬の妻に会ったことはない。長瀬から聞いたところでは、息子を失ってから塞《ふさ》ぎこみがちになり、一日床につくこともあるという。めまいを訴えることもあり、長瀬が病院へ引っ張っていったら、軽度うつとメニエール病の診断がついたそうだ。「妻本人は先生との打合せに同席したいといっているんですが、私の判断で止めています」と長瀬はいっていた。

「長瀬さん、大変な状況であることはわかりますが、明日の尋問も重要です。奥様を病院にお連れしたあとで、少しでもいいから事務所にお越しいただけないでしょうか。なんなら、私がご自宅におうかがいしてもいい」

〈私もできるならそうしたいのですが、妻を独りにしておくわけにはいきません。最近、その……死にたいなんて言葉も口にするようになっていまして……。明日、私が裁判所に行っている間は親戚に来てもらうことになっていますが、今日は私以外に付き添える者がいなくて。かといって、病気の妻の前で打合せをするわけにもいきませんし……〉

死にたいという言葉を口にする妻を独りにしておけないというのはもっともで、実際、希死念慮のあるうつ患者が自死を図る確率は高い。俺はゆっくりと息を吐いた。

「では、後ほど尋問事項書の最新のものをメールしますので、目を通しておいてください。前もいったように、事前に答えを考えて丸暗記するようなことはしないでください。こんな質問が私からある、という認識を持ってもらうだけで結構です。もしうまく答えられないようなら、私のほうで質問を変えて聞き直しますので。それよりもご自身の陳述書を繰り返し読んでおいてください。裁判所に提出した長瀬さん自身の陳述書と矛盾《むじゅん》した答えをすれば、それだけで致命傷になりかねません」

〈わかっています、陳述書は何度も読み返しましたし、今夜も読みこんでおきます。吉村先生のほうは大丈夫でしょうか〉

「お会いしたのは長瀬さんとご一緒した一度だけですが、電話で何度も要点を確認しています。それに専門家の方は、弁護士にあれこれと指図されるのを嫌うものです」

吉村は、血中酸素濃度が九十パーセント後半から七十パーセント前半へと二回急激に低下するなどした時点で急性喉頭蓋炎の診断が可能だったことや、経口気管挿管に二回失敗した時点で高次救急病院へ転送の判断をしなければならず、そのように判断すべきことは診療ガイドラインからも読みとれることを証言する予定だ。

「吉村先生の医学知識はしっかりしていますし、裁判所に提出してある意見書どおりの内容を証言してもらうだけですから、心配はしてません」

明日の待合せ場所を弁護士会館のエントランスホール、時間を正午と決めて電話を終える。

依頼人と尋問前に打合せができなかったのは弁護士になって初めての経験だ。

人証調べは事前準備で八割が決するともいわれる。長瀬に主尋問の予行演習を行ない、さらに反対尋問の練習をさせておきたかった。それも事実を確認するだけの反対尋問ではなく、感情を高ぶらせ、失言を引きだすべく企図された、意地悪で狡猾な反対尋問。一度経験しておくだけで、感情のコントロールはずっと容易になる。

しかし、これは依頼人である長瀬の選択なのだ。

打合せの機会を二度つくり、そのいずれも長瀬が自らの都合でキャンセルした以上、もはやできることはない。明日の法廷で散々な目に遭い、ひいては敗訴で終わろうとも、その責任は長瀬が引き受けるべきものといえる。

そう自分を納得させ、長瀬事件の訴訟記録を棚にしまった。

8

ささくれだった気持ちを静めようと、染井の接見メモを取りだした。

依頼人と違って警察相手ならば何の遠慮もする必要はなく、刑事事件のよいところはその点だ。相手は強大で、無慈悲で、だいたいにおいて正義で、だからこちらも全力でぶつかることができる。武蔵野署の代表番号に電話をかけ、交換手に刑事組対課へと回してもらった。

「被疑者染井京子の弁護人で、大石といいます。染井氏の担当の方とお話ししたいのですが」

ちょっと待ってください、との野太い声に続いて保留音が流れる。待たされるかと思ったが、すぐにやや甲高《かんだか》い、若い男の声が受話口から聞こえた。

〈牛込《うしごめ》といいますが……〉

落ち着きのない上擦《うわず》った声だ。刑事になりたての司法巡査だと踏んで、内心ほくそ笑んだ。

「染井弁護人の大石です。もうすぐ四十八時間《ヨンパチ》ですが、勾留請求はするんですか」

警察は、被疑者を逮捕してから四十八時間以内に検察官に被疑者と事件記録を送致しなければならない。送致を受けた検事は、二十四時間以内に、被疑者の十日間の勾留を裁判所に請求するかどうかを決める。

〈勾留請求は検事の権限なのでなんとも……大石先生は弁護人選任届を出されてますか〉

「いいえ、今日接見して受任したばかりで。それで選任届をどこに出したものかと悩んでましてね。理屈からいえば、まだ送致前ですから警察署に提出すべきでしょう？　でも明日送検されるなら、それを待って検察庁に提出したほうがいいような気もして」

〈だったら検察庁のほうがいいですね。明日午前に送致予定です。弁護人選任届を警察署に持ってくる弁護人は少ないですよ〉

若い刑事はあっさりと送致予定を口にした。

「送致は間違いないんですね。前科もないし、条例違反にすぎないから在宅切替えや在庁略式もあるかなと思ってたんだけど」

在宅切替えは被疑者を釈放して在宅事件として捜査すること、在庁略式は逮捕中に略式起訴して罰金刑を求めることで、いずれも軽微な事件で適用される手続だ。染井が殺人事件に絡んで逮捕されたことはほぼ間違いないが、逮捕の罪名はあくまで東京都暴排条例違反で、有罪になっても罰金刑ですむ可能性が高く、それなのに身体拘束を続けることはバランスを欠くのではないかと牽制したつもりだった。しかし若い刑事は「はあ」という間の抜けた答えを返すだけだ。牽制と理解できなかったようで、ならば作戦を変えるまでだと、砕けた口調でいった。

「ところで、牛込さんは暴力団係？」

〈ええっと、なぜそんなことを？〉

「そう警戒しなくてもいいじゃない。みかじめ料の取り締まりで逮捕して勾留なんて珍しいから、どういうことかと思ってさ」

〈勾留請求は検察官の判断です。それに、微罪でも逮捕するときは逮捕しますよ〉

「もちろんそうでしょうとも。でも逮捕は仕方ないとしても、勾留はどうかなあ。たかだか懲役一年が上限の条例違反なのに、勾留請求までするのは何かウラがあるかなと疑ってもおかしくはないでしょ」

〈ですから勾留請求は検察官の権限ですって。私は何もいえませんよ〉

「だから警戒しなくていいって。ウラに何かあるの」

〈被疑者本人から聞いてるんじゃないですか〉

「ん、やっぱりあるんだ。どんな事件？」

無知を装い、できるだけ牛込から情報を引きだそうと試みる。

〈……被疑者から聞いていないなら、いうわけにはいきません〉

「冷たいなあ。何かあるんでしょ、気になるじゃない。被疑者に対する手前もあるし、どんな事件か教えてよ」

〈本当に被疑者は心当たりがないんですか〉

「さあ、少なくとも僕は聞いてないなあ。まあ、警察にはベラベラしゃべっても、弁護人には何も話さない被疑者もいるからね。世間が思ってるほど被疑者が弁護人になんでも話すわけじゃないって、牛込さんもわかってるでしょ。ウラがあることを教えてくれたんだし、もうちょっとだけ教えてくださいよ、お願いしますって」

徹底して下手《したて》に出る。日ごろ目の敵《かたき》にしている弁護士の優位に立っていると思いこませ、口を柔らかくしてやらねばならない。

〈ウラがあるって教えたわけじゃ……ただ、金を払った相手が問題でしてね〉

「みかじめの相手？　どういうこと？」

〈これ以上は話せませんよ、本人に確認してみてください。本人に確認した内容を教えてくれれば、私ももっと話せるかもしれません〉

弁護人が接見内容を警察官に話すと思っている、この牛込という刑事の頭はどうなっているのだろうと呆《あき》れたが、「そうかあ、わかりました、本人に聞いてみようっと」といって電話をきり、すぐに牛込との会話を書きつけたメモを読み返す。暴排条例違反での逮捕が鈴木の殺人事件に関連していると確定でき、十日間の勾留請求がなされることも確実だとわかった。

さてどうしたものかと、足を組んで考える。

まず、十日間の勾留を阻止すべく勾留裁判官に意見書を提出する方法がある。これは基本に忠実な一手ではあるものの、効果はあまり期待できない。手元にある情報が乏しく、裁判官に勾留をためらわせるほど中身のある意見書を書くことは難しいからだ。

次に、勾留が決定した場合、準抗告という不服申し立てを行なう手があり、こちらは少しは期待できる。というのも、東京地裁と大阪地裁には令状を集中的に扱う部が存在し、専門の裁判官が身体拘束の必要性を厳格に判断するため、当番制で裁判官が副業的に判断するほかの裁判所と違って、不服申し立てが認められやすいといわれる。逆にいえば、東京や大阪では勾留されない罪でもほかの地域では勾留される「地域格差」が生じているということだ。

考慮しなければならないのは、勾留請求が却下されたり準抗告が認められたりして、染井が釈放されることになったときの警察の出方だった。

釈放を阻止するため、殺人罪や死体遺棄罪で逮捕するという強硬策に出てくるかもしれない。そしていちど殺人罪で逮捕してしまえば、重大犯罪での誤認逮捕は許されないという圧力から、警察は何が何でも起訴、有罪へもっていこうとするだろう。結果、無罪方向の証拠は無視され、警察は有罪方向の証拠のみを収集するようになる。

染井が無実だとすると、無罪方向の証拠もどこかに残されている可能性が高く、警察にはそのような証拠にも目を向けて収集してもらわねばならない。そうすると条例違反で勾留されている間に警察に捜査を尽くさせたほうがいいようにも思え、勾留阻止に向けて積極的な手を打つべきか悩ましい。

内線が鳴り、思考が妨げられる。受話器を上げると、武蔵野署から電話だと町野がいい、牛込が何かいい忘れたのかと思って外線に切り替えた。

〈武蔵野署刑事組対課の真辺《まなべ》といいます。先ほど牛込と話されたのは、大石先生で間違いないでしょうか〉丁重かつ落ち着き払った声だった。

「ええ、私です」

〈弁護人と牛込にいわれたそうですが、弁護人選任届がありません〉

「さっき牛込さんに説明しましたよ。今日受任したばかりで、弁選《べんせん》の提出先の相談でお電話したんです」

〈そうではなく、弁選の作成もまだのようですが、というお尋ねです〉

丁寧ながらもどこか高圧的な口調は場数を踏んだ警察官特有のもので、警戒心が首をもたげた。牛込と違って真辺は捜査の中心人物とみえる。

弁護人選任届には被疑者本人の署名指印が必要で、弁護人は留置管理の係官を介して選任届を被疑者とやりとりしなければならない。真辺は、牛込から報告を受けて即座に留置管理課に確認を入れ、弁護人選任届がまだ作成されていないと知ったのだろう。しかし、わざわざ嫌みをいうためだけに電話してきたはずはなく、本題はほかにあるはずだ。

「弁選の作成はまだですが、選任されたことは間違いありませんよ。書類は今夜にでも作るつもりです」

〈そうなると、こちらとしてはまだ大石先生を弁護人とみなすことはできません〉

「法律的には選任届がなくても弁護活動はできます。それに牛込さんは、届け出は検察庁に、という話でしたが」

〈先ほどの牛込の話は忘れてください。ついでにいえば、被疑者の処分についてはまだ何も決まっていません〉

「でも明日午前に送検し、勾留請求も決まっているかのようでした」

〈ですから牛込の話は忘れてくださいと申しあげている。検察官送致の要否を含め

て鋭意捜査中です。牛込は誰か別の被疑者の話と勘違いしたのでしょう〉

「失礼ですが、真辺さんの役職は？　牛込さんの上役ですか」

〈署の刑事組対課で課長代理を務めています〉

課長代理ということは警部か、警部昇任待ちの警部補で、捜査現場を仕切る一人だ。

〈ところで、先生が接見してから被疑者が黙秘に転じました〉

「そういわれても、弁護人として認められてない者としてはコメントのしようがありませんね」

〈公式見解としては先に述べたとおりですが、先生は染井の弁護人として無罪をとられた実績がおありだ。現時点でご意見をうかがっても捜査の支障にはならんでしょう〉

過去の無罪事件のみならずその弁護人まで把握しているとは、なかなか目端が利《き》く。しかも建前を述べたそばから意見交換を持ちかける腹芸をみると、少しは懐《ふところ》が深いらしい。

「警察官に無罪事件を褒められても、皮肉にしか聞こえません」

〈これはこれは。私の言い方が悪かったのなら謝ります〉

言葉とは裏腹に、動ずるふうもなく真辺はいった。

〈しかしこのまま黙秘でいかれるおつもりですか。いや誤解しないでいただきたい、黙秘は被疑者の権利ですのでそれ自体どうこういうつもりはありません〉

「正直なところ、状況がわからないのでとりあえず黙秘を指示したまでです。勾留請求から勾留延長となると長丁場だ。状況がわからない以上、黙秘は仕方ないと思いませんか」

〈勾留すれば準抗告しますか〉

「黙秘と一緒です。見通しが立たないと、打てる手はすべて打たざるをえない」

〈互いに無駄は省きませんか。先生もみかじめの摘発が我われの目的とは思ってないでしょう〉

「鈴木の殺しの件ですね」

〈やはりご存じだった。別件であることを認めるわけにはいかないが、我われは視野を広く持って捜査にあたっている〉

真辺の口ぶりが変わった。話が核心に近づいている。

「染井は本ボシではないと？」

〈今はあらゆる可能性を探っているとしかいえない。しかし一つはっきりといえるのは、こちらは決め打ちをしているわけではなく、判断材料を集めている段階だということだ。だから先生も、黙秘や準抗告が本当に染井のためになるのか、よく考

えてもらいたい〉

「いま釈放されれば別罪での逮捕もありうる？」

〈別件逮捕であることを認めるわけにはいかない。しかし、今の段階で染井の身柄を出すわけにもいかない〉

単なるはったりかもしれず、どこまで信用したものか悩みどころだが、暴排条例違反で勾留できなければ殺人か死体遺棄で逮捕に踏み切りそうだと感じた。

「わかりました、勾留に対する準抗告はしない。勾留延長を含めて存分に捜査すればいい。だが黙秘は別問題、弁護人が付いていながらみすみす自白調書をとられるわけにはいかない。事実関係について確認したいことがあれば、私を通すこと」

〈上が納得しない。調書は作成しないので黙秘を解除して取調べに応じてほしい〉

「取調べは録音録画してるんでしょう？　調書がなくても自白すればそのビデオが証拠になる。黙秘については譲れない」

少し間があって真辺が応じた。

〈では十日間は黙秘してもらって構わないが、延長後は状況に応じて協議するということでどうだ？　加えて、そちらは勾留や勾留延長に不服申し立てをしない〉

「いいでしょう、おとなしくしてます」

唐突に電話が切れた。ゆっくりと首を回し、肩の緊張をほぐす。

捜査機関に二十日間の余裕を与えたが、それは染井にとって二十日間は殺人罪での逮捕を免れたということでもある。

弁護人選任届と報酬契約書をバックパックに入れ、二度目の接見のために武蔵野署へと向かう。武蔵野署に着いたときには五時を過ぎていて、当直との交代時間を迎えた警察署の中では人が慌《あわただ》しく行き来していた。

真辺もどこかにいるだろうが、顔を合わせるつもりはない。対面よりも電話のほうがスムーズに話が進むことがあり、今回がまさにそれだ。階段を上りながら、しっかり仕事しろよと、すれ違う警察職員に心の中で声をかけた。

9

二階講堂で市民向け憲法シンポジウムが開かれるらしく、日比谷公園西側に位置する弁護士会館のエントランスホールは多くの人で溢れていた。ガラス壁の向こうには陽光に照らされた日比谷公園の濃い緑が見え、秋の陽気に誘われたのか、この種のイベントにしてはいつにない人出だ。胸元に弁護士バッジを付けた人間が多いのは当然として、中高年の市民団体らしき集団もあり、ラフな格好の大学生らしきグループもいる。

そんな賑やかな集まりを尻目に俺は二階講堂へと続く吹抜け階段に立ち、長瀬と吉村の姿を探していた。時刻は十二時四十分を過ぎ、待合せ時間から四十分以上が経過している。二人の携帯に繰り返し電話をかけても、電源が入っていない旨のアナウンスが流れるばかりだ。

法廷に直行したかもと思ったが、長瀬とは昨日の電話で待合せ場所を確認しているし、吉村にも弁護士会館の地図を貼り付けたメールを送っている。二人が二人とも待合せ場所を間違えたとは考えがたかった。ＪＲか地下鉄で事故が起きたのかと思い、スマホで運行状況を調べてみても通常どおりの運転となっている。

午後一時を回り、シンポジウムが始まるとホールの人間が目に見えて減った。証人尋問期日は午後一時三十分からだ。スマホを握りしめたまま、人の少なくなった無機質な空間をふたたび見渡す。

午後一時十五分になり、事務所に電話をかけた。

〈あ、先生、合流できました？〉土屋が心配そうに訊く。

「ダメ、でももう裁判所に行かないと間に合わない。事務所から二人の携帯に電話をかけ続けてくれ。連絡がとれたら大石は法廷に向かったと伝えてほしい」

〈わかりました〉

急ぎ足で会館の裏口へと向かい、裁判所合同庁舎の駐車場を抜けて建物へ入る。裁判所のエレベーターは空いていて、五分もたたず法廷の扉に辿りついた。扉に付いている小窓を開け法廷をのぞくと、傍聴席には誰もいない。

二人が法廷に直行していて、おや先生、待合せ場所は法廷ではなかったのですか、それはとんだ失礼をしましたと二人が揃って謝罪するという淡い希望は潰《つい》えた。

被告席には、病院代理人である二人の弁護士がすでに座っている。一人は医師会の顧問弁護士で医療過誤訴訟を専門とする坂巻治《さかまきおさむ》、もう一人は西島だ。法廷で初めて顔を合わせたとき、俺が咎《とが》めるような視線を送ると、西島は仕方ないだろうというように肩をすくめた。西島は長瀬と直接会ったことがなく、法律相談も受けていないのだから、病院の代理人に就任しても利益相反行為には当たらない。依頼人にしてみれば気心の知れた弁護士が代理人のほうが意見や文句をいいやすいから、おおかた知人という病院の理事に頼みこまれたのだろうと合点《がてん》したものだ。

小窓を閉じてさらに五分近くを扉の前で過ごし、その間に長瀬の携帯に三回電話をかけ、二人が間に合うことはないとしぶしぶ認めると、重い足を引きずり法廷に入った。

俺が原告席に着席するのを見計らい、書記官が近づいてきた。

「証人の方は?」

「来ていない」

座ったまま、ぶっきらぼうにいう。

書記官は怪訝そうな顔をしたものの、「来られたら記入してください」と証人出頭カードと証人宣誓書を隅に置き、法壇前の席へと帰っていった。

扉を見つめる。二人が入ってくる姿を思い浮かべたが、しょせんは空想にすぎない。扉から目を戻すと、対面に座る西島と目が合った。スーツは今日も上質なウールのピンストライプで、臙脂《えんじ》と金のレジメンタル・タイをつけている。

俺が誰も同行していないことに好奇心を刺激されたようで、メガネ奥のギョロリとした目が楽しそうに二度三度と瞬いた。俺は動揺を悟られまいと下を向いた。

開廷時刻の一時半になり、黒衣をまとった三人の裁判官が法壇後ろの扉から入廷する。二人の陪席裁判官の先頭に立つ平岡《ひらおか》裁判長は、今日もグレイヘアを几帳面に七三に分けていた。医療集中部を総括する部総括判事で、最高裁事務総局での司法行政の経験もあるエリート司法官僚の一人だ。いずれどこかの高裁長官だろうといわれているが、最近東京地裁所長になった同期に遅れをとっているとも噂されている。

裁判官たちの入廷に合わせて立ちあがり、裁判長とともに法廷に一礼してからまた腰を下ろす。書記官が事件番号、事件名を読みあげた。

裁判長が手元にノートを広げて法廷を見渡し、そこで何かに気づいたように身を乗りだして前に座る書記官に囁《ささや》いた。裁判長を振り返った書記官も小声で答えを返す。「証人はどこにいます」「まだ来ていないらしいんですよ」――そんな会話が聞こえた気がした。

裁判長は卓上マイクを口元に引きよせた。

「原告代理人、今日は原告請求の人証調べの予定ですが」

今まさに二人が姿を現さないかと、未練がましく扉を見つめたが、開くことはない。俺はゆっくりと立って裁判長に顔を向けた。

「人証調べの予定であることは承知しています」

「証人はどこにいますか」

「出廷しておりません」

「急病か何かですか」

「わかりません」

法廷で不測の事態が起きたときは、確実なことだけを答えて憶測はいっさい口にするな——目の前に座る西島に叩きこまれたことだ。

「では原告本人は出廷していますか」

「出廷していません」

「どのような理由で出廷が遅れているのですか」

「わかりません」

「このあと法廷に来るのでしょうか」

「わかりません」

三人の裁判官が、揃って俺を眺める。火ばさみで摘まみあげてゴミ袋に落としたいといった顔だ。たまらず下を向いてリーガルパッドを見つめていると、こめかみの血管が脈打ち、背中に汗が噴きだすのを感じた。

「原告代理人は、今日の期日を、いったいどのようにお過ごしになるつもりなのでしょうか」

答えを求めているのではない、裁判長の皮肉に満ちた声だった。俺は下を向いたまま沈黙を保つ。リーガルパッドの罫線の青がいやに鮮やかだった。

「今日、証人予定者と原告本人は出廷する予定だったのですね」

気を取りなおしたように裁判長が尋ねる。

「はい、弁護士会館で待ち合わせていました」

顔を上げたものの、裁判長を直視できず、法壇の手前、書記官の頭上あたりに視線をさまよわせて答える。

「それなのに二人は現れなかったと。連絡は何もないのですか」

「ありません」

「被告代理人、今後の訴訟の進め方についてご意見はありますか」

裁判長は被告席を向き、意見を求めた。

西島の隣、法壇に近い席に座る坂巻が立ちあがる。

「本日の期日は一か月前から予定されていました。それなのに証人どころか原告本人すら姿を現さない。これは原告の立証放棄といえます。即時に結審し、請求を棄却する判決を求めます」

一気にしゃべると、憤《いきどお》りを体現するかのように勢いよく腰を下ろした。その大袈裟《おおげさ》な仕草に反感を覚えたが、もっともな意見だと認めざるをえなかった。もし逆の立場だったら俺も同じことをいっただろう。

「原告代理人、今の意見に対して何かいいたいことはありますか」

「二人の不出頭の理由が明らかではありません。不出頭が不可避的な事情による場合、今日結審してしまえば取り返しのつかないことになります」

「では原告代理人はどのような進行を望むのですか」

「もう一回だけ、原告立証の期日を与えていただきたく」

「つまり、次回に予定されていた被告側証人尋問を先延ばしにして、次回を原告側の人証調べにあてると、そのように希望するわけですね」

被告席で坂巻が立ちあがった。

「裁判長、次回期日も一か月前に調整ずみで、被告側の医師はその日に合わせてスケジュールを組んでいます。原告の都合で予定を変えることは承服しかねる」

「原告代理人、ご意見は」

「次回期日は二十日後です。その後さらに期日を設けるとすれば、早くてもその二週間後、つまり今から一か月以上後になります。医師のスケジュール変更が不可能とは思えません」

「よくもそんな口がきけるな、依頼人も連れて来ないで！」

激しい口調で坂巻がいい、反射的にいい返そうとしたが、西島が視界に入ってすんでのところで思いとどまる。西島は目をつむって口を真一文字に引き締め、何かに耐えるように腕を組んでいた。その姿に、己の至らなさに気づく。考えてみればこちらに非があるのは明らかで、いま何をいっても裁判所の心証を悪くするだけだ。

俺は鼻で大きく息を吸い、口を開いた。

「被告の証人予定者にご迷惑をおかけすることについては、誠に遺憾《いかん》に思いますし、原告代理人としてお詫びします。そのうえで、改めて再度の証人尋問期日をお願いします」

歯を食いしばりながら頭を深々と下げる。視線の先にあるパッドの青い罫線が、うっすらと滲んだ。

「合議します」

裁判長が陪席裁判官を率いて法壇裏の合議室へと消え、法廷に静寂が訪れる。俺は腰を下ろした。合議を待つときの常で、書記官は期日調書作成用のメモに忙しく、代理人たちは手帳を開いて後の予定を確認したり、訴訟ファイルの頁を意味もなく捲《めく》ったりしながら時間を潰す。

裁判官たちは五分ほどで戻ってきた。着席した裁判長はまずこちらを見、次いで被告席に目を向けた。

「合議の結果、不出頭の理由がわからないこともあり、もう一期日だけ、原告側の人証調べの期日を設けたいと思います」

坂巻が発言しようと腰を浮かしたのを、裁判長が手のひらで押しとどめる。

「ただし、次回期日に両名が出頭しなかった場合、原告の立証がなかったものとして直《ただ》ちに結審します。その場合、原告の立証放棄について弁論の全趣旨として充分に斟酌《しんしゃく》します」

立証放棄を弁論の全趣旨として充分に斟酌——つまり原告の請求を棄却する判決を下すということだ。中腰の坂巻が満足げにうなずき、ゆっくりと着席する。

「裁判所も被告代理人も、一つの期日を無駄に過ごすことになりました。いかなる事情があるにせよ、その原因と責任は原告にあります。そのことは原告代理人もわかりますね」

大きくも激しくもなく、むしろ静かな声だったが、それだけに裁判所の怒りが伝わってくる。

「原告本人と原告請求証人が出頭しなかった事実は、本日の期日調書に記載します。次回期日はこのようなことのないよう、原告代理人において最大限の努力をしてください」

裁判長に加え陪席裁判官二人からも冷たく見下ろされた。被告席の二人もこちらを注視している。坂巻の目には侮蔑《ぶべつ》の色が明らかだ。

それらの視線に耐えつつ、俺は座ったまま「努力します」といったが、乾涸《ひか》らびた口からは不明瞭な音が漏れただけだった。

裁判官が退廷し、俺はのろのろと訴訟記録とリーガルパッドをまとめ、隣の席に置いたバックパックに仕舞いこんだ。

椅子に重く沈んだ体を起こすのが億劫《おっくう》で、ため息をつきながら法廷を見渡した。傍聴人が一人もおらず、失態を第三者に見られなかったのが唯一の救いだ。扉に近い被告席の二人はさっさと退出していて、法廷の片付けが残る書記官はいささか迷惑そうにしていたが、それでも眼差しには憐れみがあり強いて退廷を求めてくることはなかった。俺はようやく立ちあがると、「お疲れさま」と書記官に声をかけ、法廷を後にする。

「大石」

いま一番顔を合わせたくない相手、西島が廊下で待っていた。

「どういうことだ」

少し離れて坂巻も立っている。ほかに人影はない。坂巻の手前もあってか西島の声音《こわね》は厳しいが、そこはかとない気遣いも含まれており、それが余計に鬱陶《うっとう》しかった。

「どうもこうもありません、依頼人が姿をくらましただけです。よりにもよって尋問の日に。忘れているといけませんので念のためにいうと、あなたが紹介してくれた依頼人です」

「おいおい、いいがかりはやめろ。紹介するときに、面識がないとはっきりいったはずだ。私は話を聴いてやってくれといっただけで、そこから先は弁護士としてのお前の判断だぞ。事件を受任すると決めたのはお前だろう」

正論を吐く西島の顔なぞ見たくもなく、視線を逸《そ》らすと今度は坂巻と目が合った。すると坂巻が睨みながら近づいてくる。

「西島先生、行きましょう。元イソ弁とはいえ、自分の不始末を他人《ひと》のせいにする人間を相手にすることはありません。時間の無駄です」

「何だと」

拳《こぶし》を握り、十歳は年上に見える坂巻に向かって一歩踏みだす。

そのとき傍《かたわ》らで扉が開き、書記官が姿を現した。法廷の片付けが終わって書記官室に戻るところのようで、両手で訴訟記録を抱えている。突然出くわした弁護士の睨み合いに戸惑った表情を浮かべた。

「行こう、坂巻さん」

西島が坂巻に声をかけ、二人は体を翻《ひるがえ》す。

「どうかしましたか」書記官が俺に尋ねた。

「いや、何でもない。でも、ありがとう」

礼をいわれた書記官は要をえない表情だ。遠ざかる西島の背中を見つめた。短軀《たんく》で肩幅が広く、反り返るようにして歩くため少しガニ股気味で、それでいて歩くのが速い。

西島と働いた期間は長いとはいえないが、裁判所の廊下をその背中を追いかけるように歩いていたとき、俺は間違いなくあの男を信頼しており、依頼人に手酷《てひど》い仕打ちを受けた今となっては、その当時が懐かしく思い出された。

10

日比谷商務法律事務所の新人の初仕事は、決まって議事録の作成だ。

毎年二人か三人の弁護士が採用され、その全員が西島に付き従って依頼人との会議に出席し、一人ひとりが議事録を作成する。会議で発言することは許されず、パソコンの使用はタイピング音がうるさいとの理由で禁止されているので、ただひたすらにボールペンでメモをとり続けなければならない。

依頼人のほとんどが法人で、それぞれ担当のイソ弁がいるから、西島の参加する会議には西島、担当弁護士、それに新人たちという四名ないし五名が出席することになる。弁護士ごとの業務時間数で報酬が計算されるタイムチャージ式を採用する事務所ではとても許されないだろうが、日比谷商務はタイムチャージではなく一件いくらという事件ごとの報酬制をとっているため、一回の法律相談を弁護士一人で処理しようが五人で処理しようが依頼人への請求額は変わらず、だからこそできる新人育成方法といえた。

西島は新人の作成した議事録すべてに目を通し、出来の悪い作成者を呼びだしては叱責《しっせき》し、罵倒《ばとう》し、議事録を面前で破り捨てた。この西島による議事録作成競技会は入所から半年間にわたって毎日行なわれ、夢と希望を抱いて入所した新人は一か月もするころには退職を考え始める。

俺は学生時代にマスコミへの就職を考えたことがあり、レポートの書き方や要点のまとめ方を就職試験対策セミナーで受講していたことが役に立った。議事録作成をそつなくこなし、それで西島に気に入られたようで、他の同期が欠勤しがちになった入所半年後には、西島が出頭する法廷への同行が許されるようになった。

西島は総会屋対策と企業コンプライアンスで名を上げたが、裁判にも強いとの評価を企業法務担当者の間で得ていた。俺は法廷に同行するうち、その強さが「負けない強さ」であるということに気づいた。勝てるかどうか微妙な事件、あるいは負けて当然の事件でいかに負けを避けるか、というのが企業側弁護士の腕の見せどころで、西島はその手腕に長けていたのだ。

勝ち負けが微妙な事件では裁判官が心証を明らかにするまで書面を延々と出し続け、旗色が悪いとみると和解に持ちこむ。相手が和解に応じなければとことん訴訟を長引かせ、相手が根負けするのを待つ。

訴訟を長引かせたいと企業が望む事件は意外と多い。というのも新聞沙汰になった事件でも時間の経過とともにニュース性は薄まるし、相手が個人ならば長期間の訴訟に耐えられず訴えを取り下げ、あるいは意外な低額で和解に応じたりするからだ。また、訴訟の長期化を嫌う裁判官が、強力に、半ば無理やり和解を勧めることもある。西島は、そのあたりの機微に通じていて、負け判決をもらうことを慎重に避けていた。

法廷への同行を許されるようになった俺は、西島から、民事訴訟法と民事訴訟規則についての条文メモを作成するよう命じられた。リーガルパッドを使い、用紙の上部に条文を書き写し、解説書を三冊読んで要約した条文解釈と関連判例をその下に書く。それを毎日十枚ずつ、つまり十条ずつ西島に提出した。

民事訴訟法を学んだ法曹は多いが、最高裁の制定する、法の内容を具体的な手続に落としこんだ民事訴訟規則にまで習熟している者は少ない。西島は俺の勉強のためといったが、その実、西島自身のために要約書を作らせていたのではないかと思う。しかしおかげで民事訴訟のルールにはずいぶんと詳しくなった。

ある証人尋問期日でのこと、俺たちはいつものように大企業の代理人として被告席に座っていた。主任を務める先輩弁護士（いわゆる兄弁）が法壇に一番近い席に座り、西島、俺の順に座っていた。依頼人の法務部の人間が傍聴席で見ている。

　事件は製造物責任訴訟で、観賞用アクアリウムなどに使う家庭向けの水冷却装置を、生け簀《す》（活魚水槽）に利用していた居酒屋の店主が、装置の故障で活魚が全滅したと、魚の代金、生け簀の新設費用、店を休業した期間の逸失利益など合計二百万円余りを請求してきた訴訟だった。

　依頼人である製造会社は、通常の使用方法ならばたとえ業務に使っても故障するはずはないと主張し、裁判では店での使用方法が争点となり、店主の尋問が行なわれることになった。

　故障の原因は電子基板に塩の結晶が付着したことによるもので、会社によれば、厨房《ちゆうぼう》の床排水口の近くに装置が置かれていて、水の入換えなどで生け簀の海水が床に流されたとき、排水口が詰まれば装置内に海水が浸入し、電子基板に塩分が付着することも考えられるという。海水に浸かるような環境での使用は通常使用の範囲とはいえない。

　俺は、不動産業者から店の図面を入手し、グルメサイトにあった店内の写真と照らし合わせた。すると、生け簀は店のカウンターの横にあり、冷却装置はその下の床に直置《じかお》きされているようだった。図面では、厨房の奥のほかにカウンター近くにも排水口がある。

　なぜ床排水口がカウンター近くにもあるのかといえば、もともと流し台があった箇所をカウンターに改装しており、そのときに流し台に繋《つな》がる排水口を潰さず、モルタルで床に傾斜をつけて床排水口としたのだ。二か所の口を設ければ床の洗浄が簡単になると思ったのかもしれないが、無理に傾斜をつけた排水口付近には水が溜まりやすい。

俺は兄弁に報告し、兄弁は図面を尋問で使うことにした。

「生け簀は、厨房と客席を仕切るカウンターのすぐ横に置いていました」

原告側の、年老いた弁護士による主尋問で店主はそう供述した。

「装置は生け簀の下の床に置いていましたが、生け簀の水がかかったりすることはありません」

日常的に水がかかったりすることはありませんでしたね、という弁護士の念押しに、店主は「はい」と断言した。

反対尋問で、兄弁はまず、生け簀の水の入換えは、水槽からポンプで水を抜きだすのではなく、バケツで汲んで床に流していたと認めさせた。

「でも」と店主は弁解を試みた。「床に流すといっても、床には溝が掘ってあって排水はすぐに厨房の奥に流れていきますから」

兄弁は素知らぬ顔で、「排水口は厨房のところ、つまり客席からは離れたところにあるんですね」と誘導する。これに店主は乗ってしまった。

「そうです、厨房の奥です」

「では生け簀からは離れたところにあるんですね」

「そうですね、離れてますね」

原告席に座る老弁護士の顔が青ざめた。依頼人が嘘をついていると気づいたのだ。きっと心の中で「やめろ、大変なことになる！」と叫んでいる。

兄弁は、いやらしい笑みを浮かべた。図面を店主に示して嘘を暴く快感を味わおうと、コピー三枚を持って席を離れ、一枚を裁判官に、一枚を原告席の弁護士に渡した。

「お配りしたのは本件店舗の図面です。原告本人に示します」

兄弁は最後の一枚を手に、証言台に近づく。店主は自らの失態に気づいたのか、救いを求めるように原告席を見た。

「異議あり！　証人尋問で使う文書は、尋問期日の前に提出しなければならんはずだ！」

老弁護士が叫び、兄弁は立ち止まった。この場面で異議が出るとは思っていなかったようで、驚き半分、憤り半分の顔で、「何をいってるんですか、尋問でいきなり文書を示すなんて、みんなやってるじゃないか」と反論する。

「みんながどうかなんて知らん。だが規則では、尋問で使う文書は相当期間前までに提出しなければならない、とあったはずだ。私は断固、異議を唱える」

兄弁は困ったように壇上の裁判官を見上げた。この事件は三人の合議体ではなく、一人の裁判官が担当している。三十代前半の若い裁判官は、考えこむように顎に指をあてた。

「確かにそんな民訴規則がありましたね。どうでしょう、原告代理人もこうおっしゃってますし、この図面は日を改めて、証拠として提出しては」

兄弁は証言台のそばで立ちすくんだ。後日の証拠提出では効果が薄い。弁解を考える時間を与えることになるからだ。尋問で証言と矛盾する証拠を突きつけてこそ、証人を弾劾《だんがい》できる。

その時だった。隣に座る西島が、肘《ひじ》で俺の脇腹を突いた。痛みに西島を見ると、目をつむったまま顎を一つしゃくる。

わかりましたよ、と俺は立ちあがり、裁判官に向かっていった。

「異議には理由がないものと思料します。原告代理人ご指摘の民訴規則は第一〇二条だと思いますが、同条には『証人等の陳述の信用性を争う証拠として使用するものを除き』という例外が定められています。本件はまさに法廷での陳述の信用性を争うための使用であり、事前提出は義務ではありません。異議の却下を求めます」

裁判官が慌てて六法を開いた。しばらくして「なるほど」と呟く。

「原告代理人、大石弁護士指摘のとおりです」

裁判官は開いたままの六法を前に座る書記官に渡し、書記官はそれを原告席に届け、老弁護士は目を皿のようにして読んだ。そしておもむろに顔を上げると、「異議は撤回する」と力なくいい、裁判官は「尋問を続けます。被告代理人は原告本人に図面を示してください」と兄弁に許可を与えた。

俺はやれやれと思いながら腰を下ろした。今度は背中を西島に叩かれた。見ると西島は目を閉じたままだったが、唇には笑みが浮かんでいて、俺は誇らしい気持ちになった。

西島と同じ側に座っていた日が遠い昔のように思える。西島の下にいるときは、依頼人が裁判所に来ない事態なんて考えたこともなかった。

弁護士が恐れるべきは不誠実な依頼人、という先人の教えが身に沁みる。

11

事務所で土屋と町野の気遣わしげな顔に迎えられた。

二人に法廷での顚末《てんまつ》を話す気力はなく、逃げるように自分のブースに入り、声もなく椅子にへたりこむ。

背もたれを倒して我ながらだらしなく脱力していると、カレンダーの山岳写真が見るとはなしに視界に入った。

十月の写真はノコンギクの群生を近景とした五竜岳《ごりゅうだけ》の写真で、薄い紺色の花弁と山肌を覆うハイマツの濃緑、抜けるような青空のコントラストが見事だった。

司法修習時代に同期に誘われて山登りを始め、三千メートル級の山も一度だけ往復したことがある。弁護士になってからはいっときの熱も冷め、すっかり山から遠ざかっているが、五竜岳にはゴンドラやリフトがあったはずだから、ブランクがあっても登ることはできるかもしれない。

「逃げるなら海のほうがいい。山は内省的になりすぎる」

頭上の声にゆっくりと視線を上げると、澪の顔があった。

「船酔いするんでダイビングは苦手なんです」

「ビーチで寝そべっているだけでも気持ちいいよ。阿嘉島《あかじま》の宿を紹介しようか」

「どこです、それ」

「慶良間諸島《けらましょとう》。ケラマは座間味島《ざまみじま》が有名だけど、その隣の阿嘉島もおすすめ。ニシバマビーチは間違いなく日本一」

「知りませんよ、そんなとこ。澪先生は傷心旅行で行ったんですか」

澪はハハハと笑って「失礼ね、といいたいところだけど半分当たり。テニスのコーチと初めての旅行だったんだけど、那覇《なは》で喧嘩《けんか》してそれっきり。もったいないから独りで阿嘉島で遊んで帰ったわ」と明るくいった。

「事情は町野ちゃんから聞いた。長瀬さんが姿を見せなかったんだって？」

俺がうなずくと、澪が舌打ちをする。

「情けない格好ね。キミ、こんなところで物思いに耽《ふけ》ってていいの」

「わかってますよ、これから依頼人の自宅に行きます。でも、ちょっとぐらい休んだっていいでしょう」

「それなら車の中で休めばいい」

澪は右手に持った車のリモコンキーをかざした。

「私のジュリエッタで送ってあげましょ」

澪の申し出に、俺は姿勢を正した。

「えらく親切ですね、どうしたんですか。仕事はいいんですか」

「夕方の予定は夜に変えてもらったわ。これは斎藤・大石法律事務所の問題。キミがしくじれば事務所は信用的にも経済的にも立ちゆかない」

それに、と澪は笑顔で付け加えた。「私はいつも親切よ」

これにはうなずくほかなかった。

「わかったら、さっさと腰を上げなさい。尋問期日がとんだのだから、予定は空いてるでしょ」

急《せ》かすように車のキーを振った。


事務所裏にある月極の機械式駐車場で、澪のアルファロメオ・ジュリエッタに乗りこんだ。澪は黒のローヒールからドライビングシューズに履き替え、革製のグローブをはめている。白亜色のワンピースとはミスマッチだ。

澪の自慢によれば、ジュリエッタはコンパクトカー並の車体に一・七リットルターボエンジンを積み、同サイズ国産車の三倍近い最大トルクを誇るそうだ。六速マニュアルの白い車を操る澪の運転は大胆で、スピードこそ控えめながら信号からの発進や並走車の追い抜きで加速性能を存分に引きだし、その間、特別仕様というレザーシートの助手席で俺は加減速に耐え続ける。カーナビで約四十分と表示された所要時間を澪は三十分とかからず走破した。

「あそこね。いったん通り過ぎるわよ」

澪が指さす家は、再開発から取り残された住宅団地の一角にあった。二階建て瓦《かわら》葺《ぶ》き、切り妻屋根の建て売り住宅の前をゆっくりと通り過ぎ、五十メートルほど離れたところで澪は車を停める。停車した家の塀には「売り家」の看板が掛けられていた。

「ここなら車を駐《と》めても文句は出ないでしょ。さ、行くわよ」

澪は、後部座席から葬祭用礼服のジャケットを取った。事務所に常備しているものだ。

車を降り、澪の後ろを歩いていた俺は、長瀬宅前の駐車スペースを見て思わず呻《うめ》き声を漏らした。青いセドリックが駐めてある。

「どうしたの」

「俺が乗った長瀬の車は、トヨタのクラウン・マジェスタでした」

栃木《とちぎ》に住んでいる協力医の吉村に会いに行くとき、長瀬に車で迎えに来てもらい、一緒に指定されたホテルへと赴いた。そのときに長瀬が乗っていた車は、木目のインパネに本革のレザーシートという高級感のあるクラウンだった。

足の止まった俺を置いて、澪は緑青《ろくしょう》の浮いた小さな門に近づき、その脇にある黒いインターホンのボタンをためらうことなく押す。

〈はい〉

枯れた男の声がインターホンから聞こえた。

「突然申し訳ありません、私は弁護士の斎藤と申します。長瀬蓮さんのことでお聞きしたいことがあってうかがいました」

しばらく間が空いたのち、〈蓮はもう……〉と掠《かす》れた声が聞こえた。澪が神妙な口調で「存じております、お参りさせてください」と答える。

「それと不躾《ぶしつけ》とは思いますが、お父さまの啓助様とお話しさせていただきたく。お時間は取らせません、十分もあれば充分です」

インターホンがぷつりと切れた。

澪と顔を見合わせていると、玄関の鍵を開ける音がして扉が開く。そこに立っていたのは、白髪が頭頂近くまで後退し、顔にしわの目立つ男性だった。

「わたしが長瀬啓助です。どうぞ」

手振りで中に入るよう促す。

俺はめまいを感じ、膝が崩れそうになった。男は、俺の知る長瀬とは似ても似つかぬ人物だ。

澪が「お邪魔します」と玄関に入り、覚束《おぼつか》ない足取りで俺も後に続く。玄関は午後の陽射しに熱せられた空気がこもり、三和土《たたき》の隅には綿ぼこりが転がっていた。

名刺を出す間もなく促されるまま家に上がると、玄関脇の和室へと通された。畳は色あせて擦り切れが目立ち、わずかに開けられた窓にはレースのカーテンがひかれ、裾《すそ》が風に揺れている。部屋の奥の壁際に、澪の背丈より少し低い仏壇が置かれていて、みずみずしい菊花と澄んだ緑茶が供されていた。

男が火立《ひたて》のろうそくを灯す。

「お参りさせていただきます」

澪が仏壇の前で正座し、線香を一本取りあげて火をつけ、香炉にさして両手を合わせ、俺も澪に倣《なら》う。ご本尊の下の段に、鏡面のように漆《うるし》の光る位牌《いはい》が置かれていた。

「ご愁傷さまです」

澪は、仏壇の傍らに座る男に頭を下げた。

「ありがとうございます。いま家内がおりませんので、お茶を差し上げることもできません」

線香の煙がゆっくりと漂うなか、男も頭を下げた。

「弁護士さんといわれましたか。どのようなご用件なのでしょう」

「こちらのご用件をお話しする前に、一つだけ確認させてください。蓮さんがお亡くなりになられたのは、浜田武蔵野病院でしょうか」

澪の問いに、男はやや顎を引いて不思議そうな表情を浮かべた。

「息子が死んだのは救急病院です。はじめに浜田武蔵野病院を受診したのですが、そこで急に具合が悪くなって、救急車で大きな病院に運ばれて」

「ご病気は急性喉頭蓋炎ですか」こらえきれずに俺は口を挟んだ。

「ええ。でも、いったい？」

ようやく目の前の二人組の不審さに気づいたとでもいうように、男の眉間のしわが深くなる。

「失礼しました、私は浜田武蔵野病院でお子さまを亡くされたという方から相談を受けていまして、その病名が急性喉頭蓋炎でした。長瀬蓮さんも同じ病気で亡くなっていることを知り、お話を聴けないかと思いまして」

俺は早口に説明する。澪は一瞬不満げな顔をしたが、調子を合わせるように真面目な顔でうなずいた。

「浜田武蔵野病院で何か気になることはありませんでした？」俺は言葉を継いだ。

「いや何も……。病院にはよくしてもらいました。あの、あなたに相談した人というのは、どういった方なんです」

「すみません、詳しくお話しできないんです。弁護士には守秘義務というものがありますので」

「こっちには息子のことを訊くのに、自分たちは話せないと」

「すみません、ご理解ください」

　頭を下げたが、男の眉間のしわは深くなるばかりだ。今後、この長瀬啓助と話す機会がそうそうあるとは思えない。ここは無理にでも話を進めるしかなかった。

「蓮さんは、たとえば、救急病院への転送が遅れたということはありませんか」

「何をいってるんですか、あなた。あの病院はよくやってくれました。倒れた息子に手当てをして、救急病院に運んでくれたんです」

「倒れてから二時間ほど、経過観察と称して放っておかれたということはありませんか。それで心停止し、ようやく救命措置を始めたとか」

　男の顔が紅潮し、目が吊り上がっていく。

「どういうつもりなんです。息子を、息子の死を貶《けな》すつもりか。あの病院はよくやってくれた、それを疑うのか」

　男の口調に怒りが混じり、慌てた様子で澪が割って入る。

「申し訳ありません、この者は相談者の力になりたいという思いが強くて。お父さまの心を乱すつもりはありませんでした。ご容赦ください」

「お引き取りください。あなたたちのことは病院には黙っておく。それが子供を亡くしたという方への、せめてもの情けと思ってください」

長瀬は立ちあがって部屋から出ていった。しばらく仏壇の前に座っていたが、男がふたたび姿を見せることはなく、諦めて寂寥《せきりょう》として音もない家を辞した。

「別人だったのね」

車まで歩きながら、澪が訊く。

「ええ、俺の知る長瀬啓助は、あんな侘《わび》しい男じゃありません。もっとこう、生気というものを感じるというか、脂《あぶら》ぎったものがあるというか」

「それも不自然といえば不自然ね、息子を亡くしたというのに」

澪が運転席のドアを開け、俺も助手席のドアを開く。熱塊《ねっかい》と化した車内の空気が逃げていった。

「訴訟に生きがいを見出したんだろうと思ってました」

「自宅に郵便物を送ったことはなかったの」

「訴訟書類や連絡文書はＰＤＦにしてメールで送ってくれといわれていて」

書面をデータで欲しがる依頼人は珍しくはない。

車に乗りこんだ澪は、エンジンをかけてエアコンを強めてからいった。

「これではっきりした。氏名冒用訴訟ね」

澪の発した単語がゆっくりと脳に沁みこんでいき、俺はレザーシートに深く体を埋《うず》めた。

12

「お帰りなさい、長瀬さんには会えました？」

土屋が心配そうに声をかけてきた。返事に詰まる俺に代わり、澪が答える。

「本物の長瀬さんには会えたけど、依頼人の長瀬には会えなかった」

謎かけのような返事に土屋が怪訝な顔をした。

「一杯食わされたってこと。氏名冒用訴訟よ」

土屋が派手に仰《の》け反《ぞ》る。

「氏名、冒用、訴訟？」

町野が繰り返す。

「冒用というのは不正使用のこと。だから氏名冒用訴訟というのは、他人の名前を勝手に利用して行なう訴訟のこと」

澪の解説に、「他人の名前で訴訟なんて、何のためにそんなことをするんですか」と町野が困惑した表情を浮かべた。

「たとえば、ある土地を狙っている詐欺師がいるとするでしょう。詐欺師は、ありもしない借金を取り立てる訴訟を、登記簿上の土地所有者Aさんに提起する。そして裁判所には、Aさんのふりをした詐欺師の仲間Bが出廷する。詐欺師とBは、裁判官の前で、借金返済の代わりに土地を譲渡するという和解を成立させる。裁判上の和解は判決と同じ効力があるから、詐欺師が法務局に和解調書を持っていけば、土地の名義をAさんから自分に書き換えることができる」

なるほど、と町野はいったんうなずき、

「でも、BがAさんのふりをするって、そんな簡単にできるんですか。Aさんが裁判所に行けばバレちゃいますよね」と疑問を口にする。

それには土屋が答えた。

「まだ法廷見学に行ってなかったわね。裁判所はほとんど本人確認をしないの。原告は名前を告げるだけでいいし、被告は裁判所から送られてきた呼出状を見せるだけでいい。だからBは、Aさんに届けられるはずの呼出状を横取りすれば裁判所でAさんのふりをすることができ、呼出状を横取りされたAさんは裁判を起こされたことに気づかない。呼出状は、特別送達といって郵便局員が宛名本人に直接届けることになっているんだけど、郵便局も訴状に記載された住所に行って印鑑をもらうだけだし、同居者への交付も認められているから、横取りはそんなに難しいことじゃない。訴状の住所をごまかすという方法もある」

「弁護士が代理人につけば、呼出状すら必要ない。弁護士が出頭すればよく、裁判所が被告の本人確認をする機会はまったくない。本人確認は弁護士がしているはずだから、裁判所はそれを信頼するという建前ね」と澪が補足する。

「中也くん、依頼人である長瀬の本人確認はどうやってしたの」

「ヤツは戸籍や蓮のカルテ、死亡診断書を持参したんです。住民票もね。偽者と疑う理由がないでしょう」

法律上も弁護士倫理規程上も、マネーロンダリングが疑われる場面を除いて、依頼人の本人確認手続を定めた規定は存在しない。

いったい誰が自分と関係のない事件を弁護士に相談する？

そもそも法律と紛争のプロである弁護士を騙そうとする奴なんているのか？

本人確認を求めて顧客の機嫌を損ねてしまったらどうする？

そんな傲慢《ごうまん》ともいえる矜持《きょうじ》と遠慮が、弁護士による本人確認を難しくしているといわれ、俺も例外ではなかったと臍《ほぞ》を嚙む。

「仕方ないわね、顔写真付き書類で本人確認なんて、私も滅多にしないいし」

澪が腕を組み、視線を足元に落とした。ポニーテールがふわりと跳ねる。

「氏名冒用訴訟にそれと知らず巻きこまれるのは、弁護士にとっての悪夢よ。事情を知りながら加担するのは論外として、法律相談に来た相手にまんまと騙されて詐欺の片棒を担ぐようなことになれば、共犯者と疑われて資格を失う破目になりかねない。実際、氏名冒用訴訟に絡んで弁護士会の懲戒処分を受けた弁護士もいる。仮に懲戒処分を免れたとしても、裁判所や同業者の信用を失うことになる」

澪が顔を上げ、厳しい目付きで俺を見た。

「中也くん、どうするつもり」

「訴えを取り下げるか、原告の表示を訂正するか。いずれにせよこのまま訴訟を続けるわけにはいかない」

澪が相槌《あいづち》を打つ。「本人に追認してもらうわけにはいかないでしょうしね」

「追認は難しいんですか」

土屋が澪に訊く。

「無理ね。本物の長瀬さんは、病院にはいい印象しか持っていないみたい。というより、病院が全力を尽くしたんだから仕方ない、と自分に言い聞かせることで息子の死を受け容れようとしている印象を受けた。病院を訴えるのに自分の名前が使われたと知ったら、怒り狂うと思う」

「だから取下げか、原告表示の訂正が必要なんですね」土屋が納得する。

「そう、訴えの取下げなら、却下判決と同じように当初から訴訟がなかったことになるので本物の長瀬さんに影響はない。これが請求棄却判決となると、長瀬さんに影響が及びかねない」

「却下判決と、棄却判決の違い……」

心許《こころもと》なげに町野が呟いた。

「訴えの却下判決は、形式的要件を満たしていないと門前払いする判決だから、形式を整えれば同じ内容でもう一度訴えを起こすこともできる。請求棄却判決は、原告の主張は間違ってる、被告のほうが正しいと裁判所が判断する判決だから、同じ内容でふたたび訴えを起こすことはできない。『却下』と『棄却』では判決の効力が違うのよ」

事務員として基本的な知識だから覚えておいてね、と土屋は町野に教え、

「でも、今回の訴訟、長瀬さんはまったく関与していないから、棄却判決でも長瀬さんに効力は及ばないのでは」と疑問を口にする。

「微妙なところね。学説上は及ばないとする説が有力なんだけど、判決がなされた以上、判決で当事者とされた人間はそれに従うべき、という考え方もある。最高裁判例もこの考え方に近いという人もいる」

「そんな無茶な。だって誰かが勝手にやった訴訟ですよ」

町野が少し憤ったようにいう。

「あら意外？　裁判所も国の統治機関なのよ、お上の判断に問答無用に従えというのは裁判官にとって当たり前。彼らが権力側にいることを忘れてはいけないわ」

消費者側弁護士として行政訴訟や国家賠償訴訟を闘い、そのほとんどで苦渋を舐めてきた澪の言葉は重く、町野は押し黙った。

「それにしても、なぜ偽長瀬はこんな訴訟を起こしたのかしら」

澪が俺を見ながらいう。

「病院からカネを巻き上げるためでしょう。いいがかりであれ、和解に持ちこめばいくらかの金が入る」

「そうね……そう考えるのが自然なんでしょうけど、医療過誤は原告の勝訴率が低い。被告のほうは勝ち筋だと思っているから、和解に持ちこむのもひと苦労よ。金が目的で氏名冒用訴訟を起こすなら、それこそ土地持ちを狙ったほうがいい」

「含みのある言い方ですね。何がいいたいんです」

「わからない。でも根は深そうだなと思って。とにかく、偽長瀬の正体を突きとめないと。訴えの取下げにしろ原告表示の訂正にしろ、仮にもキミの依頼人なんだから、その意向は無視できない」

俺は不本意ながらうなずいた。

13

〈取下げがあっても、こちらは同意しない〉西島が俺に告げる。〈これまでの訴訟活動を無駄にせず、棄却判決をもらうというのがクライアントの意向だ〉

受話器をフックに叩きつけたくなったが、ここで決裂してしまっては失うものが大きい。気を静めて受話器を握りなおした。

「先生、判決に絶対ということはありません。万が一にでも医療過誤が認められれば病院の信用と評判に傷がつく。取下げに同意したほうが病院のリスクは少ないはずです」

〈私も説得はしたんだ、まさに今お前がいったとおりにな。だが病院もこれまでにだいぶ費用を注ぎこんでいる。自分でいうのもなんだが、弁護士報酬だって安くはない。それをなかったことにしてくれといわれれば、腹が立つのも当然だろう〉

昨日、恥を忍んで西島に電話を入れ、訴えを取り下げるかもしれないのでそのときは同意してほしいと要請した。

訴えの取下げは訴訟をなかったことにする行為だから、それまでの当事者の訴訟活動は無に帰する。被告にしてみれば、「原告の請求を棄却する」という棄却判決、すなわち裁判所が原告の言い分を認めなかったという判決を得る利益が害されるため、法律は、被告が同意することを訴え取下げの条件としている。

原告本人が法廷に現れなかったことで取下げの可能性を予期していたのか、西島はいやにあっさりと浜田武蔵野病院との協議を約束し、その折り返しが今朝一番のこの電話だった。

〈坂巻さんが訴訟の続行を強硬に主張していてな。まあ当事者が尋問期日をすっぽかしたのだから無理もない。結局、不出頭はどういう理由だったんだ〉

まさか依頼者が偽者だったとはいえず「守秘義務があるので申しあげられません」とごまかして受話器を戻し、机に突っ伏した。

被告が取下げに同意しない以上、訴訟は続行される。

「西島先生からの電話だったんでしょ。なんて？」

澪が、顔を見せることなく隣のブースから訊いてきた。顔を机に伏せたまま、「取下げ書が出ても同意しないそうです」と答える。その声は、自分で思った以上に弱々しく響いた。

「そう……どうするの」

「どうしましょうかね」

「朝っぱらから気の抜けた声を出さないの。追認もダメ、取下げもダメなら、残された方法は一つでしょ」

「……放っておく」

「本気でいってるの」

澪の声に怒気がこもり、俺は体を起こしながら「冗談です」と返した。

「偽長瀬を見つけだし、原告の表示をそいつの名義に訂正したうえで、請求を放棄する」

「どこから手を付けるつもり」

「まずは吉村でしょうか。俺と同じく偽長瀬に騙されているのか、それとも偽長瀬の仲間なのか。そこらへんはわかりませんが、勤務先の病院に電話してみます。勤務先への電話はNGということでしたが、そうもいってられませんから」

「偽長瀬の携帯番号から追っていく手もあるわよ」

「二十三条照会を使って通信会社に照会するつもりです。照会申出書は澪先生の名前を使ってもいいですか」

「なんで」

「弁護士報酬を払わずに依頼者が所在不明になったので住所を確認する必要がある、という理由で照会しようと思うんですが、私的利用と思われそうで。俺が澪先生に債権回収を委任したことにして、澪先生から照会すればそんなことといわれないでしょう」

弁護士は、弁護士会を通じて公私の団体に情報を照会することができ、その根拠条文が弁護士法二十三条の二であることから、二十三条照会と呼ばれる。二十三条照会は、弁護士が受任した事件の処理に必要な範囲でのみ認められ、正当な照会かどうかを弁護士会が審査し、私的利用と判断されれば照会は認められない。

「いいわよ。でも私に事件を委任するなら、着手金をもらわなきゃね」

澪の言葉にまた机に突っ伏した。それきりパーティションの向こうは静かになり、澪はどうやら自分の仕事に戻ったらしい。

気を取りなおして訴訟記録を開き、裁判所に提出した吉村の経歴書の控えを探す。勤務先として記載されている、栃木県の総合病院の電話番号をインターネットで調べ、電話をかけた。

交換手に「内科の吉村先生をお願いします。先生にお世話になっている、東京の大石といいます」と告げたところ、かなりの時間、保留状態で待たされた。

〈吉村ですか？　吉村、何といいます〉

保留音が終わって聞こえてきたのは、きびきびとした貫禄のある女性の声だった。

「吉村雅也先生です」

〈吉村雅也でしたら、今は海外です〉

「海外？　出張ですか」

俺は勢いこんで尋ねた。急な海外出張で期日に出頭できなかったのであれば、裁判所に申し開きのしようがある。

〈出張ではなく、退職しての留学です〉

「退職？　留学？　いつから」

〈あなたはどちらさま？〉

「これは失礼。私は東京の弁護士でして、ある患者の診療録に関する意見書を先生からもらった者です」

〈弁護士さんですか〉警戒の響きが声に加わる。〈吉村とはどういう関係のお知り合い？〉

「どういう関係、といわれても……患者の父親が先生に意見書を依頼し、その意見書について先生に裁判での証人をお願いしています」

〈どなたか別の先生と勘違いされてるようですね。吉村は二年前からドイツです〉

経歴書には留学のことなど何も書かれていないし、俺が会ったときもそんな話はひと言も出なかった。しかし簡単に諦めるわけにはいかない。

「たまに日本に帰ってきてらっしゃるとか」

〈その裁判のために？　やはり別の方ですよ〉

それに、と不機嫌そうに電話の声はいった。

〈ドイツに行ったきっかけは、医療過誤で訴えられて心身ともに疲れ果てたからです。先生が弁護士に協力するとは思えません、どんな裁判であれね。ついでにいえば、看護師の私も一緒に訴えられて、証人尋問でそれはそれはとても不愉快な思いをしました。ともかく吉村はいません、さようなら〉

通話がきれ、俺はため息をつきながら受話器を置いた。

どうやら吉村も偽者らしい。俺は頭の後ろで手を組み、目を閉じた。

長瀬に続き吉村も偽者だったということは、誰かが確固とした意思で何かを進めているということだ。その確信がありながら、「誰か」と「何かを」が皆目見当がつかない。

法律問題ならいくらでも対処のしようがあるが、こんな得体の知れない状況は経験がなく、ともすれば体が闇に沈みこんでいくような感覚に襲われ、たまらず目を開けた。

14

午前十一時を過ぎ、そろそろ夜の世界の住人も起きだすころだろうと、染井の店の従業員、松下《まつした》に電話をかけた。

松下には、染井と接見した日の夜、「店の営業は続け、売上と経費は松下が管理するように」「弁護士の口座に百万円、消費税を付けて振り込むように」という染井からの指示を伝えるため、一度電話していた。

「金の管理を任せてるのか。ずいぶん信頼してるんだな」

伝言を預かる際、意外に思って尋ねた。

「幼馴染《おさななじ》みの弟で、小さいころから知ってるの。格闘技のジムで働いてたんだけど、ジムが潰れちゃって、それから店を手伝ってもらってて、いつも夜間金庫まで売上金を持って行ってもらってる。逮捕される直前に、ネット銀行の取引に必要なパスワードを教えておいた」

電話口の松下はハキハキとした口調で愛想もよく、好青年という印象を抱いた。指示の処理も迅速で、電話の翌朝には着手金が振り込まれており、染井が信頼している理由が垣間《かいま》見える。

今日も、夕方開業前に店で話を聴きたいという俺の要請を快諾してくれた。

電話を終えると速やかに頭を別の事件に切り替える。

今は訴訟事件を二十件ほど、訴訟以外の案件をやはり二十件ほど抱えていて、作成すべき書類は山ほどある。そのなかで重要性が高いもの、あるいは「塩漬け」になっているものを優先して処理していく。すると重要性の低い書類は後回しになり、そんな書類がまた「塩漬け」の書類となる。打合せを除いた業務時間のほとんどは起案とも呼ばれる書類作成に費やされ、弁護士である限り起案から逃れられず、この果てしのない労苦が弁護士業務の本質であることはロースクールでも司法研修所でも教えてくれない。世間から注目されがちな法廷での活動は、業務のごく一部にすぎない。

午後一時に依頼人との打合せがあるため外で昼食をとる暇はなく、町野にコンビニでおにぎりを買ってきてもらい、起案を続けながらお茶で流しこむ。

〈先生、高宮《たかみや》さんがおみえです〉土屋が内線で依頼人の到着を知らせる。

それから二件の打合せと一件の起案をこなし、午後四時を過ぎるまで染井や偽長瀬のことを思い出すことはなかった。

「店はどんな様子？」松下に訊いた。

「いつもとあまり変わりません。常連さまには、オーナーは疲労が溜まってしばらく休みをいただきます、と伝えています。驚く常連さまはいらっしゃいますが、オーナーはほぼ毎日カウンターに入ってましたから、どちらかというと皆さま、早く元気になるといいね、とご同情くださっています。逮捕されたことは報道されていないようで、それが救いですね」

松下がきれいに剃った顎を撫でながら答える。染井が従業員に自分のことをママではなくオーナーと呼ばせていることは最初の電話で聞いていた。

カウンターに座った俺に、松下は咳こむほど辛いジンジャーエールを出してくれた。自家製だという。

松下はワイシャツに蝶ネクタイ、黒服の上下という服装で、体は細く威圧感はない。しかし一つひとつの動きに無駄がなく、いざとなれば酔客の一人や二人は難なくつまみだせそうだ。頭の回転も悪くないようで、幼馴染みの弟というだけで染井が重用《ちょうよう》しているわけではないとわかる。

店はカウンターとボックス席が六つ。オーセンティックバーに近い雰囲気で、カウンターには一枚板が使われており、ボックス席も木製の円卓を囲んで一人掛けソファがゆったりと配してある。円卓は開店前の煌々とした照明の下でも鑑賞に堪えうるものだ。聞けば女の子たちはソファ間に置かれたスツールに座ってサーブするのだという。もっとも、ソファや壁に染みついたタバコの匂いはいかんともしがたく、ヤニの香りが鼻につく。

「ただ、刑事がボーイや店の女の子に聞き込みをして、それで何人か辞めてしまいそうです」

　表情を翳《かげ》らせていう。従業員にもオーナーは体調を崩したと説明していたらしいが、刑事の聞き込みで事情が知れ渡ったようだ。

「店に来た刑事のなかに、一人タチの悪いのがいましてね。はっきりいわないまでも、オーナーが組員にみかじめを払っていて、その組員が常連客だとわかるような聞き込みをしていったんです。おかげで女の子たちの間にちょっと嫌な空気が流れています」

「暴力団員が常連客だったから？」

「それもありますし、みかじめ料を支払っていた、というところにも引っかかるようで。店が暴力団に繋がっていると思って、私が誤解をとこうとしても聞く耳を持たないのが何人か。時勢柄、仕方ないのでしょうが」

「鈴木……黒部さんが暴力団員ということは、みんな知らなかったのかい」

「ええ。私も黒部さまが反社の人間だなんて思ってもいませんでした。間違いがあってはいけないので、普通、そういう情報は共有しているのですが」

そこで松下が含み笑いを漏らした。

「黒部さまの本当の名前が鈴木だということも、刑事から教えられて初めて知りました。鈴木という常連客について訊きたいと刑事にいわれ、ありふれた名前ですが常連さまにはいらっしゃいませんと答えたら、ちょっと押し問答になって。しばらく嚙み合わないやりとりをしてから、刑事が思い出したように鈴木というのは本名で、普段は黒部という名前を使ってると教えてくれてようやく話が通じました」

「この店に反社の人間が来ることは珍しい？　まあ新宿あたりに比べれば少ないだろうけど、この辺にもいないわけじゃないだろう」

「そうですね、多いわけではありませんが、珍しいというほどでは。こちらも、騒いだりしない限り店から追い出すことはありません。ですから、もしオーナーが黒部さまが反社の人間だと知っていれば、私たちにもその旨を伝えればすんでいたはずです。それを伝えていなかったというのが不思議で。黒部さまはヤクザだと、本当にオーナーは知っていたんですか」

「それは間違いなく。じゃあ、オーナーが黒部さんに金を渡していたことも知らなかった」

「知りません。というより想像もつきません。オーナーは金銭には厳しい人ですから。金のやりとりの管理は徹底しています」

　客が従業員に渡すチップはすべて回収し、店の経費などを控除してから給与に上乗せして支払う。チップも店で働いているからこそ、という考えらしい。松下以外の従業員には必ず終電前に店を出るように指導しており、残業によるタクシーの使用は認めない。

「それは厳しい。ホステスの定着率も悪そうだ」

「それがそうでもないんです」

　深夜まで働く必要はなく、給与の支払いが遅れたこともない。客がボトルを入れたときなどにはわずかながらインセンティブが固定給に付加され、スナックにしては給与もいい。クラブではなくスナックだから同伴や売上のノルマもない。

「要するに、女の子にとっては『堅い』勤め先なんです。この辺には大学も多いですから、女子大生もそれなりに働いてますよ。ホステスとして大きく稼ぎたい子は、もとから武蔵野で働いたりせずに山手線内の高級クラブに行くでしょうし。そういったわけで、暴力団と繋がりがあると思われるのは女子大生に働いてもらう店として痛いんです」

「すると、これまで店の評価は悪くなかったということかな。従業員にとって、という意味で」

「従業員にしてみれば割り切って働きやすいという感じじゃないでしょうか。面倒見のよいところもあって、私なんかバーテンダー協会の研修に店から通わせてもらっています」

「バーテンダー協会？　シェイクとかステアを学んだりするの」

「それだけじゃなく、新製品のリキュールの使い方とか、カクテルコンペティションで優勝した新しいカクテルのレシピなんかを教えてもらいます。そのうちバーをやりたいと思ってて、たまに振らせてもらっています」

　両腕を肩の高さにあげて上下前後に動かし、シェイカーを振るまねをした。

「店の評判だけど、客からはどうなんだろう」

「お客さまにとって安く飲むにはいい店だと思いますよ。雰囲気も店の女の子もそれなりだし。地元の方でも常連さまが多くいらっしゃいます」

　どうやら染井は店をきちんと経営しているらしい。あの染井が開いた店だからさぞ居心地は悪かろうと思っていたが、だいぶ偏見があったようだ。

「黒部さんの雰囲気というか印象というか、店での様子は」

「そうですねえ」松下はまた顎を撫でた。

「真面目そうで、ボーイや女の子にも丁寧に接していましたよ。だいたい独りで来て、カウンターのオーナーと話しながら飲んで、あまり長居せずに帰る感じでしょうか。入れたボトルで水割りを二、三杯飲み、一時間くらい。酒はあまり飲めないようでした」

「相手をするのはいつもオーナーだった？」

「そうです。普段はオーナーとチーママがカウンターに入っていて、黒部さまにはいつもオーナーが接客されていました。もともとオーナーの知り合いに紹介されて店に来た方ですし、お客さまがオーナーとチーママのどっちを好んでいるかというのは自然とわかりますし」

「知り合いの紹介？　誰から」

「名前は存じませんが、新宿でバーをなさっている方だそうです。女性で、オーナーと親しいと聞いています」

あおいだと直感した。彼女の店は新宿ゴールデン街の近く、花園街から少し北側に入ったところにある。店の土地建物を父親から相続しており、その父親が当局にも反社会勢力にも繋がりのあるいわくつきの人物であったことを、俺は司法修習同期の麻雀仲間で、検察官になった男から教わった。

電話で助けを求めてきた染井の様子について重要証人となりうるあおいの素性を

調べていたとき、電話をくれてあまり彼女に深入りしないほうがいいと忠告してくれた。余計なお世話だと返したら、警察関係者から知らせてやれといわれて電話したんだ、わざわざ教えてやったのにこの恩知らずめが、との心温まる言葉を残して電話を叩ききった。ばればれの役満《やくまん》に早々と当たり牌《はい》を振り込むような奴が、どうして東京地検に勤めていられるのだろうと不思議に思ったものだ。

鈴木があおいの紹介で染井の店を訪れたなら、染井は最初から鈴木が暴力団員であることを知っていたはずだ。あおいが、断りもなしに染井の店を暴力団員に紹介するとは考えられない。しかし染井は、鈴木の素性に気づいたのは店に弟分を連れてきたときだといっていた。やはり染井は何かを隠している。

「黒部さんはどんな仕事をしているように見えた」

そうですねと松下はまた顎をさすって、ちらりと腕時計を見た。時計は五時を回っており、六時の開店時間が気になるようだった。

「ジーンズにジャンパーという格好が多いので、会社勤めには見えません。こういってはなんですが、金回りはあまりよくなさそうで、カツカツなんだろうなと思ったことがあります」

「へえ、何でまた」

「財布の中身です。お会計のときに財布が見えてしまうのですが、万札が入っていることはほとんどなく、万札を持っているのはボトルを入れるときだけです」

「キャッシュレスを心がけているのかもしれない」

　俺の言葉に、松下はお義理のような笑みを浮かべた。

「そうかもしれませんが、だったら当店でもクレジットカードを使われると思います。しかしこれまで一度も使われたことはありません」

　俺はうなずいた。もとより鈴木がキャッシュレス派だとは思っていない。

　銀行の取引約款に暴排条項が記載されて以来、暴力団員は銀行口座を作ることができなくなり、同様にクレジットカードも作ることができなくなった。既に保有している銀行口座にしても、警察が口座名義人は暴力団員であると通知すれば、すぐに口座は凍結される。自然、現金を持ち歩くことになるが、スナックで飲むのに財布に万札が入っているのが珍しかったというのであれば、金回りがよくないという見方は妥当といえる。

　松下がふたたび腕時計を見て、落ち着かない様子でタイの位置を直した。

「あと少しだけ。オーナーと黒部さんが、言い争ったり喧嘩したりしたことは？　あるいは、黒部さんがオーナーに何か頼んだり、お願いしたりしていたようなことは」

「まさか、あしらい上手のオーナーに限ってお客さまと喧嘩するようなことはありません。頼みごと、というのは私にはわかりかねます。お二人の会話に常に注意を払っているわけではありませんので」

「二人の関係は、店主と客、店の中だけのことだったんだろうか」

「……存じません。オーナーとは、プライベートでの付き合いはありませんので」

松下が初めていい淀《よど》んだ。改めて値踏みするように俺を見る。その視線に言外のメッセージを読みとった。

「安心していい、ここで聞いた話をオーナーに伝えるつもりはない。包み隠さず話してくれたほうが、結局はオーナーのためになる」

松下はまた腕時計に目をやり、それから声を落として話し始めた。

「私の親族で、オーナーとかなり親しくしている人間がいます」

親族というのは染井の幼馴染みのことだろう。

「その親族が、オーナーが若い男と一緒にいるのを見たそうです。風体を聞く限り、どうもその男が黒部さまではないかと」

「店の外で二人は会っていた。しかし一緒にいるといっても、並んで歩いたりとか、お茶しているとか、いろいろある。具体的にはどんな様子だったのか、聞いてないか」

「なんでも、井《い》の頭《かしら》公園の木陰で熱烈な抱擁《ほうよう》を交わしていたとか」

まだ若い松下の口から抱擁という古めかしい単語が出たことに面食らい、遅れて内容にも驚いた。

「二人は付き合っていた？」

「さあどうなんでしょう、はっきりとしたことまでは。でもここではそんな雰囲気はありませんでしたし、私もその話を聞いたときには驚きました。オーナーが黒部さまみたいな方……もとい黒部さまのようなタイプと付き合うというのは意外な気もしますし」

松下の言いようが面白く、余計なこととは思いながら「オーナーにはどんなタイプが似合う」と訊くと、「オーナーは上昇志向の強い方ですから、政治家とか、起業家とかでしょうか」と松下は答え、これには同感だった。染井が鈴木のような末端組員と交際していたとはなかなかに信じがたい。

訊くべきことは訊いたと思い、礼をいって立ちあがった。

「ところで、言葉遣いがいやに丁寧だね」

店の入口まで俺を送る松下を褒めた。

松下は相好《そうごう》を崩し、そして背筋を伸ばして答えた。

「前に働いていたジムで叩きこまれました。礼儀に始まって礼儀に終わる、それは柔道だろうが総合格闘技だろうが変わりはないといって。本当のところ、強い後輩が弱い先輩に逆らわないようにする教育だろうとは思いますが」

「しかしこうして役に立っている。いいジムだったんだろうね」

松下がはにかんだ様子で年相応の笑顔を浮かべる。しかしすぐに「暴力団員か」と困惑した表情を見せた。

「何か」

「いいえ、この前のバーテンダー協会の研修が、ちょうど暴力団排除推進の内容だったものですから。黒部さまへの対応も気を付けないと」

「その心配は無用だ、彼がこの店に来ることはもうない」

「え？」

「死んだよ。五日前に」

15

幅三メートルにも満たない路地の両側にモルタル壁の木造建物が隙間なく立ち並び、軒先《のきさき》といわず壁といわずネオンサインがあちらこちらから路上に張りだし、辺りは観光客と酔客の声で喧《かまびす》しい。かつて猥雑《わいざつ》な街だったというゴールデン街も、最近ではすっかり観光地だ。

雑踏から逃れるように路地を曲がり、人ひとりがようやく通れる小路に入った。少し歩くと赤いレンガ壁に設《しつら》えられた潜《くぐ》り戸が見えてくる。

あおいの店に看板はなく、戸も黒鉄、おまけに成人男性の腰付近までしかない潜り戸とあって、一見客は極めて少ない。

あおいに、なぜこんな半端な高さなのかと訊いたことがある。あおいは、頭をぶつける人がいたら、その人は酔っ払ってると私も客自身もわかるでしょう、と笑って答えた。しかし俺は、警察にもヤクザにも顔が利いたというあおいの父の自衛策だろうと睨んでいた。一人しか通れず中腰を強制されるとなれば殴りこむにも勢いが削がれ、拳銃やナイフを懐に忍ばせていても丸見えになる。

最後に店を訪れたのは一年近く前だ。かつては一週間と空けずにくぐっていた戸を、覚悟を決めて開いた。

カウンターの中にあおいが立っていた。ほかに客はいない。

「お久しぶり」

皮肉のないさらりとした口調であおいがいった。

無言でうなずき、カウンターの一番奥のスツールに座る。なんとなく気後《きおく》れして顔を上げられず、考えていた無音《ぶいん》の言い訳を口にすることもできなかった。

奥に細長い店内はカウンターのみで席は八つ。内壁は外壁と同じくレンガ壁だが、こちらの赤はややくすんでいて目に障《さわ》らない。装飾品は乏しく、ただカウンター後ろの壁いっぱいに黒い線で描かれた大きな一羽のフクロウの絵が印象的だ。「Owls' Bar（オウルズ・バー）」という店名に因《ちな》むものだろうが、名前が先か絵が先かは知らない。店の奥に階段があるものの、上り口は鎖で塞がれている。

あおいがおしぼりを差しだす。微かに柑橘系の香りをまとったそれを受けとり、ようやくあおいを見た。店と同じく一年前と何ら変わりはなかった。

毛先がうなじにかかるショートカットで、前髪はきれいに切り揃えられている。

やや垂れ目で、鼻は高くも低くもない。唇は薄く横に長く、朱で曲線を描いたかのようだ。総じて目立たない顔といえ、歳のころは二十代から四十代のどこにでも見える。

　上背があり、カウンターの中でも目線はハイスツールに座った客と同じ高さだ。カウンター越しにあおいと視線を合わせた客は、平凡な顔立ちのなかで黒眼がやけに大きいことに気づく。光をも吸いこみそうな黒眼は見る者を不安にさせ、その一方で、ふとした拍子にどこか幼子のような印象を受けることもあるから不思議だ。

「本当に見ていなかったのか」

　自分でも思ってもみなかった言葉が口をつく。

　あおいが顎に手をあてて首を傾《かし》げる。

「染井が無罪になった事件だよ。本当に何も見ていなかったのか」

「古い話を持ちだすのね。前の事件のとき、私の調書は読んだのではなくて」

「もちろん読んださ。きみから聞いたとおりの話が書いてあった」

「だったら、それがすべてよ」

「染井が、きみを見たといいだした。事件直後に、マンションの踊り場から、街灯の下に立っていたきみを」

「つまらないことをいいだす娘《こ》ね」

「本当の話なのか。きみの調書には、そんなことはひと言も書かれていなかった」

「書かれてないのなら、そんなことはなかったのよ」

あおいは体を翻し、後ろの棚からウイスキーの瓶を取ってカウンターに置いた。シングルモルトウイスキー、ラフロイグの十年。タンブラーグラスをその横に並べる。

「染井をかばったんじゃないか」

あおいが、グラスにかち割りの不整形な氷を満たしながら、ふふっと笑った。

「京子さんとは親しいわ。しかし、当局を欺くほどの親しさではない」

ウイスキーを注ぎ、手早くソーダを足してバースプーンでそっと氷を回す。

「でも、真っ先に話を聴きに来た人には驚いた。だって、警察よりも記者よりも、弁護士が一番早く来たんだもの」

あおいはコースターを俺の前に置いてグラスを載せる。足繁く通っていたころ、いつも飲んでいた酒、飲み方だった。

「その人には、どことなく役に立ちたいと思わせる雰囲気があった」

「役に立とうとしたのか」

「さあ、私、どうしたのかしら。彼はその後、四年ぐらい店に通ってくれたけれど、突然店に来なくなっちゃった」

あおいが笑う。

手元のグラスを取りあげ、口をつけた。磯《いそ》の香り、というよりはイソジンの香りが鼻腔《びこう》に広がる。構わずに舌にのせた液体から、苦みが走った。

染井を現行犯逮捕したことで、染井の取調べを優先して関係者への事情聴取が後回しにされ、その間隙《かんげき》を縫うかたちで俺は警察に先んじてあおいのもとに辿りつくことができた。

その際、断じてあおいの口を封じたり、あるいは警察に虚偽の供述をするよう頼んだことはない。そんな欲求がまったく生じなかった、といえば嘘になる。目撃者がいなければ事件の経過を知るのは加害者と被害者だけで、被害者が死んでいる以上、加害者である染井の供述が重視され、裁判が有利に進むからだ。

だが、証拠隠滅が露見すれば弁護士資格を失うだけではなく、手が後ろに回る。あまりにリスクが大きく、端《はな》から選択肢にはなかった。また、ひと目見て、この人は他人に左右されることはないとも感じた。

ところがあおいは、こちらの気持ちを見透かしたように「何も見ていない」と語り、警察にもそのとおりの供述を行なった。

あおいはあの晩、本当は犯行の一部始終を見ていたのではないか。

疑いは胸のなかで燻《くすぶ》り続けた。根拠のない、漠然とした思いではあったものの、その疑問が店へと足を運ばせ、それは裁判が終わったあとも変わらなかった。もし見ていたならば、なぜあおいは警察に虚偽の供述をしたのか。

当初、あおいが染井をかばったのだろうと思っていた。だが店に通うにつれて、二人の関係は染井があおいを一方的に頼るというもので、あおいは染井を客の一人としか見ていないと気づいた。そこで、あおいは俺のために「見ていない」と語ったのではないかと思いついた。

初対面の人間のために警察に虚偽供述するなど普通はありえるはずもなく、突《とっ》拍子《ぴょうし》もなく自惚《うぬぼ》れも甚《はなは》だしいが、俺はその蠱惑的《こわくてき》な考えから離れることができなくなった。そしてそう考えること自体、あおいに毒されているようにも思え、これ以上のめりこむと後戻りできなくなる予感がして、「あおいは何も見ていなかったのだ」と自分にいい聞かせて店に通うのをやめた。

それから一年たって聞かされたのが、「あおいがこちらを見ていた」という染井の告白だ。

グラスの表面を指でなぞった。うっすらと浮いた水滴が、指の先を濡らす。

今夜、調査にかこつけて店をふたたび訪れたが、ここに来るのは時間の問題にすぎなかったと、ラフロイグ・ソーダの味とともに痛感した。

「そういえば、『前の事件』といったね。現在進行中の事件を知ってるのか」

「この業界は情報が回るのが早いから。中也さん、また弁護人を引き受けたそうね」

「そこまで知ってるのか」

被疑者の弁護人を警察が発表することはない。だから記者たちは、弁護人を突きとめようと接見に来る弁護士を警察署前で張り込んだり、あるいは馴染みの警察官にこっそり訊いたりする。

「情報が早いのは、『業界』ではなく『きみ』といったほうが正しそうだ」

あおいは、そんなことはないとでもいいたげに軽く首を振った。事件を知っているならば好都合で、話を切りだしやすい。

「鈴木という男に染井の店を紹介したのは、きみだと聞いた」

「黒部こと鈴木さんね。吉祥寺界隈《かいわい》でゆっくり飲める店を探しているといったから、彼女の店を紹介したの。それがこんなことになるなんて、悪いことをしたわ」

「鈴木の素性を、染井には伝えていたのか」

「もちろん。断りを入れずに組員に店を紹介したりしない。黒部さんはほとんど廃業同然だけど、それでも紹介していいという了承を京子さんにもらって店を教えた」

「鈴木は親父《おやじ》さんの代からの客？」

「まさか、父のころのお客さまで、あんなに若い人はいない。それに……」

　もっと上の幹部ばかり、といいたかったのだろうが、あおいはその言葉を宙に消して続けた。

「一年ほど前にふりで入ってきて、それからたまに飲みに来ていた」

「この店に一見《いちげん》で来た？　紹介もなく？」

「亡くなった身内に、店の存在は聞いていたそうよ。探し続けてようやく見つけたって」

「身内？」

「あちらの業界の身内」

　つまり組の人間ということだろう。

「素性は確かめたんだろ」

「おかしな人間ではないと思ったけれど、いちおう常連さまに見てもらったわ」

「その常連客というのは、桜田門《さくらだもん》か、それとも業界か」

　あおいは艶然《えんぜん》と笑ってごまかした。

「本人のいうとおり小さな組の若い人とわかったから、あとは放っておいた。いつもおとなしく飲んでたわ」

「小さな組、というのは参見組だろ、どんな組なんだ」

「あら、私がそんなにぺらぺらとしゃべるとでも」

言葉に詰まった俺を見て、悪戯《いたずら》っぽく笑う。

「冗談よ。別に隠すようなことではないから教えてあげる」

そういったものの、あおいは沈黙した。黒眼の強い瞳が、カウンターの一点を見つめて動きを止める。何かを考えているようだ。

やがて、あおいは笑みを崩さずにいった。

「一人、相談に乗ってあげてほしい人がいるの。飲食業の女性で、男女関係のトラブルなんだけど、頼めるかしら」

唐突な申し出に戸惑いつつ、うなずいた。あおいがこちらの迷惑になるような依頼人を紹介するわけがない。「いつがいい」と内ポケットから弁護士手帳を取りだした。

「できるだけ早いほうがよさそう。といっても、あなたに頼もうといま思いついたから、まだ本人にも話していないんだけど」

「じゃあ、本人に確認してから連絡をくれればいい」

「あなたの事務所に行かせるわ。急で申し訳ないけど、明日、時間をとれるかしら」

手帳をめくると、午前午後とも予定は詰まっているが、昼食の時間は空いている。

「正午からでいいかい」

「悪いわね、お昼休みでしょ。でも、そうしていただけると助かる。彼女の名前はサキハナミ、佐賀県の佐に喜ぶ、美しい花で佐喜花美」

書き留めてから手帳をポケットに戻し、あおいを見た。あおいは、よろしくとでもいうように頭を軽く下げ、「参見組のことね」と話し始めた。

「組織はごく小さく、組としての活動はほとんどなくて、事務所当番すらもう何年もないみたい。その事務所自体が組長の自宅だったというんだから、もとから組の大きさは想像がつくでしょう」

普通は組長の自宅を事務所にしたりはしない。抗争になれば事務所は真っ先に標的となるし、警察のガサが入って組員が銃やクスリを持っていれば組長まで共同所持で逮捕されてしまう。組織の本拠地となる事務所は組長の自宅と別に設けておき、連絡役の組員が常にいるよう事務所当番のシフトを組むのが一般的と聞く。

「組長は病院だか特養施設だかに入院してる。若頭《わかがしら》はずいぶん前に亡くなっていて、若頭代行がおかれているけど名目だけのよう。構成員は代行と黒部さんを入れても片手で足りるくらい」

「鈴木がここを聞いたという、亡くなった身内というのは」

「若頭のこと。黒部さんはずいぶんと可愛がられていたみたい」

「最近、鈴木はどうやって食べていたんだ」

「建設会社の下請けに潜りこんで働いていたようね。廃業に近いとはいえ、上部組織に納める月会費は払わなければならないから、生活は大変だったでしょう」

「そんなことなら足を洗えばいいのに」

呟いた途端にあおいの目が冷えて表情が消え、俺は失言に気づいた。足を洗いたくても洗えない人間はごまんといる。素直に「すまん」とひと言謝ると、あおいの目が柔らかくなった。

「同じことをいって、同じように謝った刑事がいたわ」

「警察が来たのか。いや、客としてではなく鈴木の件で聞き込みに来たのか、という意味だが」

「あれはどっちだったのかしら。やはり聞き込みだったのでしょうね、お酒は飲んでいたけど。あなたが弁護人についたことも、彼が教えてくれた」

「珍しいな、ネタ元を明かすなんて」

あおいは情報を明かすことはあっても、情報源を明かしたことはなかった。

「いいのよ、彼もあなたに伝わることを計算のうえで話したんでしょうから。真辺さんという方よ。京子さんの前の事件のことも、すべて知っていた」

「武蔵野署の真辺？」

「そう。でも彼の本籍地は本部の捜査一課。また近いうちに戻るんじゃないかしら」

「真辺とやらは、ここは古いのか」

「彼を一課に引いた理事官が父と親しくて、この店によくいらっしゃってたの。真辺さんもその方に連れられて、巡査のころから来ていた」

たかだか五年前からの客であり、しかもここ一年は顔を見せていなかった俺よりもずっと馴染みの客ということになる。どことなく面白くない気持ちが芽生え、そんな心の動きを察したのか、あおいがくすりと笑って続けた。

「真辺さんが知らないだろう情報を教えてあげる。黒部さんは、元は債権回収をシノギにしていたの。でも暴対法で締めつけが厳しくなって、二万、三万といった少額の取り立ても難しくなると、強請屋《ゆすりや》みたいなことにも手を出していた」

「ゆすり？」

これまで耳にしていた鈴木のイメージにそぐわない単語だった。

「ユスリといってもいろいろあるわ。彼のは、中小企業の経営者の浮気をネタにして、小遣い銭を強請《ゆす》るといったものだった。だけど別の組とかち合うようになって、そのうち手を引いたみたい。あの真面目な性格だもの、もとよりユスリは難しかったのでしょうね」

　事件になっていないのであれば内容的にその筋の者しか知りえない話で、おそらく鈴木の首実検をした常連客から仕入れたものだろう。だとすれば真辺は摑んでいない可能性が高い。あおいの気遣いに、自然と頬が緩む。

「染井がみかじめ料を払っていたということはないのか」

「ありえない」あおいは断言した。

「理由は二つ。一つは、黒部さんのところは組としての実体がもうないに等しい。つまりみかじめ料を払う価値がなく、それくらいは京子さんもわかるはず。もう一つは、私が紹介した店からみかじめをとるほど、黒部さんは愚かではない」

　あおいの言葉には、みかじめ料をとるようなまねをすれば私が許さないという迫力があった。

　みかじめ料であるはずがないとは真辺さんにもいっておいた、とあおいが付け足す。真辺に伝わっているならば、染井は捜査線から外れるかもしれない。楽観してよさそうだと考えていると、あおいが、可愛い共同経営者はお元気かしらと訊いてきた。染井の話題は終わりということだろう。

　最近はゴルフの若いコーチにご執心だよと答えると、あおいは明るい声で笑った。

16

いつもより早く七時前に家を出た。

事務所から徒歩八分と、職住近接の理由で独立開業時に選んだ単身者向けマンションは、コンクリート軀体《くたい》に灰色タイル貼りの築三十年、六畳一間も団地間ときていて狭苦しいことこのうえない。寝るためと割り切った部屋だから、万年床と化した布団のほかはノートパソコンが載った卓袱台《ちゃぶだい》が一つあるだけで、本も衣装箱も床に積みあげてすませている。ここ数か月、部屋で食事をした記憶はなく、キッチンのラジエントヒーターの上に置いた電子レンジはうっすらと埃《ほこり》をかぶっている。

朝早く出勤する人々の細い流れに乗って事務所に向かい、ビルの通用口でフロアの機械警備を解除して四階に上がり事務所に入る。誰もおらず電話も鳴らない、静《せい》謐《ひっ》さに満ちた朝の事務所の空気が嫌いではない。

給湯室に置かれたコーヒーメーカーをセットし、その傍らに立ったままぼんやりとポットに溜まるのを待った。できあがったコーヒーを自分のマグカップになみなみと注いで、その場で一口すする。自然と昨夜のことが思い出された。

ラフロイグ・ソーダを三杯飲み干し、その間、ほかの客が来ることはなく、一年間の空白がなかったかのように会話を楽しんだ。会計を頼んだときも、あおいはありがとうございましたというだけで、またの来店を促す言葉を口にすることはなかった。

革のキャッシュトレイに釣り銭をのせて差しだすあおいの白い手を見たとき、なぜか強烈な欲望を覚えてその手を握りしめたい衝動に駆られたが、なんとか理性と意思の力で抑えこんだ。瞬間的な葛藤は表面に現れていないはずだが、あおいが例の黒眼で咎《とが》めるように俺をひと睨みし、そしてくすりと笑った。俺はひと呼吸おいてから釣り銭を財布に収め、何もいわず何もなかったかのようにあおいの顔を見て、一つうなずくと店を後にした。

あの衝動は何だったのだろうか。アルコールによる脱抑制とは思いたくない。湯気の立つマグカップを手に、軽く頭を振って机に戻った。

机の上に町野が図書館で集めてきた記事が載っていた。総じて地味な扱いで、わかったのは鈴木鉄男が自宅アパートの一室で背後から刃物で複数回刺されていること、目撃者は見つかっていないことだけだった。被害者が暴力団関係者らしいと最後に添えてある記事もいくつかあり、それはこの事件の報道はおしまいで続報はありませんと宣言しているようなものだった。抗争ならばともかく、暴力団員の死など気にかける者はおらず、犯人が逮捕されでもしない限り続報が書かれることはない。

キャビネットから九時半に来所する依頼人の事件記録を取りだし、打合せの要点を確認する。午前と午後に二件ずつの打合せ、さらに午後には一件の法廷が入っている。

弁護士によっては手持ち事件が百件を超えるというから、四十件程度の俺は飛び抜けて忙しいというわけではない。それでも日中は法廷と打合せ、夜は起案に追われて頭と体が休まる暇はなく、特にここ数日は染井の事件に氏名冒用訴訟の発覚と、イレギュラーな出来事が立て続けに起こったため「通常」の業務が滞り気味だった。

記録と格闘するうちに土屋が、やや遅れて町野が出勤し、最後に澪が姿を見せて、事務所の一日が動きだす。

打合せを二件こなすと正午近くになっていた。内線電話が鳴る。
〈相談者の方がおみえです。1番会議室〉と土屋がいい、少しためらったあとで

〈派手な方です〉と付け足した。

　会議室は事務所入口から見て左の壁沿いに1番、2番と二つ並んでおり、事務局を囲むカウンターが入口と会議室を結ぶ廊下をかたち作っている。

　1番会議室の扉を開くと、途端にきついシトラス系の香りが鼻についた。

　八畳ほどの会議室には脚がOAフロアに固定された六人掛けのテーブルが置かれている。そのテーブルに、脱色した髪を後ろでまとめあげた若い女が座っていた。俺が入室するとスマホをいじっていた手を止めて立ちあがる。

　顔の彫りは浅く、それを補うためか原色系を多用した濃い化粧をしており、土屋が「派手」といった理由がわかる。一方で目元にはまだ幼さが残り、化粧の濃さと表情とがアンバランスに感じられた。

「きみが佐喜花美さん？　あおいさんの紹介の？」

　女がうなずくのを見て驚きと落胆を同時に味わった。あおいが紹介する相談者だから、こんなキャバ嬢然とした子供ではなく、オーナーママか高級クラブのホステスが来るのだろうと思っていた。

　いささか気落ちしながら佐喜に名刺を差しだす。両手で恭《うやうや》しく受けとった佐喜は、お店の名刺しかないという。サイドデスクから相談者カードを取りだし、ボールペンとともに渡して記入するようにいった。

佐喜は住所、氏名、携帯電話番号を書きこみ、最後に少しためらってから生年月日を書いてカードを返した。生年月日を確かめると、十七歳だ。

「……高校生じゃないよね」

風営法上、十八歳未満の者はキャバクラなどで働くことはできないが、年齢をごまかす人間は珍しくない。

「中退です」

思いのほかしっかりとした口調で、俺の目を見て佐喜が答える。

「親権者は一緒じゃないの」

「なんで親のことなんか訊くんです」

「相談者が未成年の場合、親権者の同席が望ましいとされている」

「親がいなければ話を聴いてくれないんですか」

「親じゃなくて親権者なんだけどね」

佐喜の言葉を正してから「独り暮らし?」とさらに尋ねた。

「男と暮らしてるとでも?」

「そうじゃない、同棲してるかなんてどうでもいい。親権者と暮らしているんじゃなくて、自分で働いてその稼ぎで暮らしてるのか、という質問だ」

「親のことといい、暮らしのことといい、なんでそんなことを訊くんです」

「あのな、民法上は未成年者は親権者の同意がないと契約できない。しかし例外があって、自分で商売しているとか、結婚してるとかだったら成年者と同じ扱いになる。いちいち突っかからないでくれ、あおいさんに紹介されて来たんだろ。もっと信頼してもらわないと法律相談なんてできやしない」

「ごめん。でもあたしを見てがっかりしたでしょ？　品のいいオバちゃんが相談に来るとでも思ってて、それであたしを追い返そうとしているのかと思った」

気落ちしたのは確かだが、それを表情や態度に表さないぐらいの職業的訓練は積んでいる。俺は少し驚いて訊いた。

「どうして私ががっかりしたと思ったんだ」

「何となくそんなフインキだった」

「それをいうなら雰囲気《ふんいき》な」

訂正しつつ、鋭いところがあると見直した。

「あおいさんとはどういう関係なんだ」

「仕事がはねたあと、たまにお店に行ってる。それだけ」

「お客さんを連れて？」

「まさか。前カレに最初連れて行ってもらったあとは、ずっと一人。っていうかあの店は誰にも教えたくない。居心地いいから騒がしくなると困るし。まあ騒がしい客はあおい姉《ねえ》が追いだすだろうけど」

佐喜が俺の名刺に視線を落とし、つられて視線を落とすと、原色系のネイルで五指の先が塗り分けられていた。

「今回のことだって、あたしは弁護士に頼むつもりなんてなかった。でも昨夜あおい姉から電話があって、大石先生に相談するようにって。ちょっと意外だった」

「弁護士が店に出入りしていると知ったからか」

「お客さんに弁護士がいるのは不思議じゃないけど……トラブルの解決を弁護士に頼むというのが。ほら、あおい姉は何でも自分で解決してしまいそうじゃない。自分が動くんじゃなくても、いろんなところにコネがありそうだし」

「弁護士はそのコネのうちに入らないのか」

「だから、そういうんじゃなくて」もどかしそうにいう。「陽の当たらないところで、こっそり解決する方法を知ってそうじゃない。弁護士に頼むなんて、あまりに真っ当でしょ」

物言いがおかしく笑いそうになったものの、佐喜の顔が真剣だったのでこらえた。佐喜があおいの父親のことを知っているとは思えないが、勘のいい娘なりに感じるところがあるのかもしれない。

「きみのトラブルは真っ当な方法では解決できないと?」

「相手が悪い。あたし、ストーキングされてるの。裁判官に」

表情からして冗談ではないらしいと判断し、リーガルパッドを引き寄せた。

「どこの何という裁判官」

「東京高裁の神原優祐《かんばらゆうすけ》。あまり驚かないんだね」

「弁護士なんてやってると裁判所の不祥事ネタはよく耳にする。職員に対するセクハラやパワハラ、それに裁判官同士の不倫なんてのは珍しくない。神原とはどうやって知り合ったんだ」

およそ一年半前、神原は佐喜の働くキャバクラに若手裁判官に連れられてやってきた。そのとき二人は裁判官だとは明かさず、商社の法務部で働いているといった。二人が裁判官だったと佐喜が知ったのは、神原と付き合い始めてからだ。

若手が女の子の肩や太ももをベタベタと触りながら騒がしく飲むのとは対照的に、小柄でおとなしそうな神原は、隣についた佐喜に「うるさいのは苦手なんや」と囁《ささや》いた。その言葉に若干の関西訛《なま》りがあり、佐喜がそれを指摘すると大阪の出身だという。佐喜も吹田《すいた》に住んだことがあったのでひとしきり万博《ばんぱく》公園の話で盛りあがり、帰り際にＬＩＮＥの交換をした。

その後、足繁《あししげ》く店に通うようになった神原と佐喜はアフターを共にするようになり、知り合って一年後にはホテルに泊まる間柄になる。

しかし、二人の関係はそれから三か月で破たんした。

「大阪に奥さんと子供がいたんだよ。あたしには独身だといってたくせに」

その夜、ホテルの部屋に入った佐喜は、いつものようにシャワーを浴びようとバスルームに入った。すぐにシャワーキャップを忘れたのに気づき、シャワーヘッドから湯を出したまま脱衣所に戻ると、神原の小さな話し声が聞こえた。

「塾の入学金？　期末手当を充てればええ」「そない言われてもいま忙しいんや、今週末には帰るからそのときに話そ」

奥さんとの会話だと直感した佐喜は、歯嚙みしながらシャワーを浴び、これもまたいつものように神原が風呂に入ったところで、神原の鞄からスマホを取りだした。無警戒にパスコードを入力するのをたびたび見たことがあったので、ロックの解除は簡単だった。

最新の着信として神原リカという名前が表示された。メッセージ・アプリで神原リカとの履歴を確認すると、子供の教育と金にまつわる話が延々と示され、写真アプリには学生服を着た少年を夫婦で挟んだ家族写真が保存されていた。

「あたしは不倫なんて面倒くさいのはごめんだし、公務員の現地妻なんてチンケすぎてゾッとする。帰り支度《じたく》をして、風呂から真っ裸で出てきた神原にスマホを突きつけてやったら、あいつ逆上して怒鳴りやがった。だから股間狙ってスマホを投げつけて、あいつがうずくまった隙に部屋を逃げだした」

　裁判官の単身赴任先での浮気はよくある話、しかし股間にスマホを投げつけられ全裸でうずくまる姿は面白い。笑いそうになったが、佐喜が睨んできたので笑みを嚙み殺し、さも深刻そうに相槌を打つ。

「それで終わりと思ったんだけど、店に来たんだ。来れば客だから相手しなきゃならない。半分シカトして座ってたんだけどあいつは一方的にしゃべり続けて、やっと帰ったと思ってホッとしたら、あたしが店をあがるのを外で待ってて、ビルの暗がりに引きずりこまれた」

　佐喜の体が小さく震えた。

「それで月十万円でどうかって。意味がわからず何のことって聞き返したら、月十万円払うから愛人契約を結ぼう、というんだ。あたしはセックスのサブスクかってバッグで顔を叩いたら、その場で押し倒されそうになった。店の男の子が助けてくれたけど」

　月十万。裁判官は公務員のなかでも高給取りで、地裁所長や高裁裁判長で行政官僚トップの事務次官と同額になるといい、早い者だと四十半ばで年収二千万円に達すると聞く。神原は高裁の右陪席らしいから四十代後半ぐらい、それで愛人にしようという女性に月十万、年間百二十万円の提示というのは低額だ。大阪に妻子を置いての二重生活はそれなりに大変なのかもしれない。

「それからストーキングが始まった？」

「そう。あたしをレイプしようとしてさすがにマズいと思ったのか、店には来なくなったけど、電話の着信が百件を超えたり、店が終わったら外で待っていたり、いつの間にか自宅も突きとめられて待ち伏せされたり。怖いから、最近は遅くなったら友だちのところに泊めてもらってる」

「店の人には相談しなかったのか」

「したよ、もちろん。でも、神原が裁判官だと知ったら、いい話じゃないか、愛人にしてもらえとかいうんだ。信じらんない」

「ケツモチに話を通さないのか？　女の子を守るのもあいつらの仕事だろ？」

　すると佐喜が目をしばたたかせた。

「ケツモチっていつの時代の話、今どきそんな奴らいないよ。ヤクザも今じゃおとなしくって、店にもほとんど来ない」

　染井と同じように、佐喜もケツモチの存在を言下に否定した。

「店の人間が頼りにならないとわかってから、どうした」

「むしゃくしゃして、泊めてもらう友だちが店をあがるまで、あおい姉の店で愚痴ってた。それが三日前のことかな」

「そうしたら私を紹介されたわけか」

　こくんと佐喜がうなずく。

「依頼の趣旨は、神原のストーカー行為をやめさせたい、そういうことだな」

　ふたたび、こくん。

「レイプされかけたらしいが、警察沙汰にしようと思わなかったのか。ストーカー被害も受けているといえば、警察もむげにはしないだろ」

「警察にはとっくに行ったよ。でも追い払われた」

「追い払われた？　刑事課の性犯罪係にか」

　にわかには信じがたい話だった。性犯罪は捜査一課の管轄で、所轄署では刑事課が取り扱う。ストーカー関係の性犯罪であれば犯罪被害者支援室や生活安全課のストーカー対策係と連携し、今の時代、ぞんざいには扱われないはずだ。

「刑事課？　ううん、生活安全課に回された」

「じゃあストーカー対策係か」

「そうじゃなくて、風営法担当って人が出てきた。それで、相手が裁判官だって聞いたとたんに、お前の勘違いだっていわれて。腹が立って、こんな目にも遭いました、といったら、お前十七歳だろう、なにキャバクラで働いてんだ、ガタガタいうなら店に調査に入るぞって」

「悪い刑事に当たったな。一人で行ったのか。助けてくれたという店の子は」

「一緒に行って証言してもらおうと思ったんだけど、神原が裁判官だとわかったらびびって駄目だった」

警察の対応をみる限り、ストーカー規制法による警告や命令を出してもらうことは期待薄で、レイプ未遂事件の証人も当てにならないとなると手は限られてくる。まずは神原と直接話し合うべきかもしれない。

ノートパソコンを広げて事務所の無線LANに接続し、法曹向け判例データベースサイトを呼びだした。サブメニューから裁判官検索を選び、神原の名前を打ちこむ。新任判事補として任官してから東京高裁裁判官に着任するまでの、神原の異動履歴が表示された。

関西圏の県庁所在地にある裁判所の間で異動を繰り返していて、支部へ異動したことはない。目を引いたのは、一つひとつの裁判所での勤務が長いことだ。通常であれば二、三年で異動するところを、同じ裁判所に五年留まっていたこともある。それでいて地方裁判所の裁判長を経験したことはなく、いきなり東京高裁の右陪席に納まっていた。俺は佐喜に、神原が東京高裁の判事になったのは異例であることを説明した。

「つまり、神原が優秀だってこと?」

「逆さ。問題児の可能性が高い」

　東京勤務となれば優秀な裁判官だろうと思われがちだが、必ずしもそうではない。地方都市の小規模庁や支部は裁判官が少なく、能力のない人間が一人でもいると全体の業務が滞るため、優秀な裁判官が優先的に配属される。三人の裁判官で構成する合議体の長、つまり裁判長を若くして経験するのも、そんな小規模庁や支部に配属された裁判官だ。

　これに対して東京は裁判官の数が多いため、能力のない者が何人かいても多数に埋没させて存在を薄めることができる。加えて、裁判官の人事権を一手に握る最高裁事務総局のお膝元だから、素行不良者の監視が容易で懲戒処分を行なうにも都合がいい。極端な話、東京の裁判官は、特に優秀であるか、あるいは逆に問題があるかのどちらかということになる。

　なかでも東京高裁の右陪席は、ある程度キャリアを積んだ裁判官が座るポストである一方、定員が多いうえに指揮命令系統でも最高裁と距離が近いので、能力や素行に問題のある中堅裁判官を氷漬けにするにはうってつけだという。

　東京高裁裁判長に就任した者の最初の大仕事は、優秀な「本物の」右陪席裁判官を確保することだ、と司法研修所の民事裁判教官が飲み会の席で教えてくれた。

「この神原は関西系の裁判官だから、近畿地方で裁判長になるか、大阪高裁の右陪席になるのが自然だ。それなのに裁判長の経験もなく、いきなり東京高裁の右陪席になっている。抜擢された可能性もなくはないが、問題を起こして東京高裁にトバされた可能性のほうがよほど高い」

「あいつが碌《ろく》でなしというのはわかってるよ。それでどうするの」

「東京高裁の事務局長にねじこんでもいいが、まずは面談して話し合うべきだろうな。大阪から東京まで流されてきたんだから、尻に火がついてることは本人も気づいているだろうし、これ以上トラブルを起こしたらクビが飛ぶということもわかっているはずだ。案外素直に引き下がるかもしれない」

「脅すわけ？」

「まさかまさか、話し合うだけだ。まあ、そのなかで、不倫のリスクとデメリットを指摘することはあるかもしれないが」

「お金はいくらくらいかかるの」

「さて。不法行為の差止めか男女関係の調整か、どちらの類型か微妙な事件だが、いずれにしても着手金として二、三十万は欲しいところだ」

佐喜の顔つきが厳しくなった。

「そんなに払えない」

「わかってる。あおいさんの紹介でもあるし、十万円でいい。いっとくがこれは事務所で定めている最低の着手金額だ。それに加えて、神原がきみを諦めて事件が終わったときには報酬金をもらう。こちらは二十万にしとこうか」

だいぶディスカウントしたつもりだが、佐喜の表情が緩むことはなかった。しかし受任すれば時間をとられるのみならず、事務員の労力や事務所の設備も使うことになる。事務所経費を賄うためにも最低金額は譲れない。

佐喜が、「わかった。それでいいよ」とため息をつくようにいった。

17

佐喜の相談を受けた次の日、裁判官の神原から事務所に速達が届いた。

前日の法律相談を終えたあと、佐喜に教えてもらった神原の携帯に電話をかけた。まだ昼の休業時間中だったので話ができるかもと期待したのだが、呼出音が鳴ることもなく留守番電話に切り替わった。

仕方なく「神原さんの携帯でしょうか、弁護士の大石といいます。貴殿と佐喜さんの関係のことで、至急当職の事務所でお会いしたく存じます。事務所に電話ください。電話番号は……」と伝言を残した。

しかし折り返しの電話はなく、いきなりの速達郵便が届いたのだ。

Ａ４の事務用紙一枚に手書きで、拝啓も前略もなく、そちらの事務所で会うのは断る、以下の日時場所で待つという文章とともに、東銀座の喫茶店名と時刻が書いてあった。待合せは手紙が書かれた日から二日後、つまり明日土曜日の午前十一時。歪んだ線や乱れたトメハネから神原の動転ぶりが窺えた。

改めて封筒を見ると、切手ではなく郵便料金証紙が貼られていて、証紙に記載された郵便局名は東京中央郵便局だった。東京高裁のある裁判所合同庁舎にも郵便局は入っているのに、神原は丸の内JPタワーの郵便局窓口に手紙を持参したらしい。きっと裁判所関係者の目につかぬよう注意しながら差しだしたにちがいない。

さっそく佐喜に電話をかけて知らせた。

〈神経質で気の小さい奴だからね〉佐喜は面白くもなさそうに応じる。

〈職場にある郵便局を使うことなんて、考えもしなかったと思うよ〉

「話合いが終わるまで、というよりも決着がつくまで安全なところにいてほしいんだが」

〈りょーかい、しばらくは自宅に帰らず友だちのところを泊まり歩くよ。でも、なるべく早くケリをつけてね。あちこちに借りを作るのは嫌だから〉

「努力するが、相手の出方次第だな」

〈あいつの出方？　それなら簡単に想像がつくよ〉佐喜は鼻で笑った。

〈丁寧だけど段々と偉そうになって、最後は大声で喚《わめ》き散らす。あたしと喧嘩するときはいつもそうだったから〉

「喚くのか。喫茶店だぞ」

〈喚くよ。賭けてもいい〉

自信たっぷりに佐喜は断言した。


夕方になるのを待って武蔵野署へと出かけた。

面会室に入ってきた染井は相変わらずの美貌だが、髪にまとまりはなく肌も乾燥が目立つ。留置場では、警察の用意するシャンプーや化粧水以外は使えないため致し方ないところで、逮捕されて六日目、フラストレーションもだいぶ溜まってくるころだ。

「早く出してよ」

案の定《じょう》、腕組みをして染井が不機嫌にいい放つ。

「いつまでかかるの」

「あと二週間は覚悟してもらわないとな。殺人事件絡みなんだ、そう簡単に釈放されるわけがないだろう。取調べの状況はどうだ」

「それが変なの。朝、取調室に連れだされても、黙秘しますといえばすぐに房に戻される。黙秘したら怒鳴られたり脅されたりするかもと心配したけど、何もない」

真辺は約束を守っているようだった。黙秘とわかっていても毎朝取調室に連れだすのは、取調べを怠っているわけではありませんよ、という検察と裁判所に対するポーズだ。

　みかじめ料を受けとったとされる鈴木は死に、渡したとされる染井は黙秘している。そうすると金銭の授受があったとしてもその理由は不明で、みかじめの目的があったのかの認定は困難だ。暴排条例違反で起訴される可能性は低いだろう。

「それでいいんだ」

「何かしたの？」期待に満ちた目を染井が輝かせる。

　しかし染井に真辺とのやりとりを教える気はなかった。引き換えに二十日間の勾留を許したと知れば、何をいわれるかわからない。

「それより訊きたいことがある。なんで警察はきみと鈴木の間にカネのやりとりがあったとわかったんだ」とかねてよりの疑問を口にする。

「どういうこと？」

「借用書を作ってないなら、金を払った、貰ったは当人たちしかわからないはずだろ。それをどうして警察が知ってるんだ」

「私にわかるわけないでしょう」

「考えられるのは、殺された鈴木の口座を警察が調べ、そこにきみが金を振り込んでいた。しかしまさか、ヤクザの口座に足跡を残すようなまねはしてないよな」

　染井の顔が引き攣《つ》った。

「そうなのか」心底呆《あき》れた。「なんでまた振り込みなんかにしたんだ。現金で手渡せば跡が残らないのに」

　染井は横を向いて答えない。その顔には疲労に混じって別の色が浮かんでいた。過去の依頼人たちの様々な表情が脳裡を横切り、ようやくその表情が意味するところに思い当たった。

　屈辱と羞恥《しゅうち》。

「そうか、手渡しだと鈴木が受けとらないからか」

　染井が振り向く。図星だったようで、大きな目を見開いている。

「なるほど、考えてみれば簡単なことだ。カネはきみから鈴木への小遣いだったというわけだ」

　公園で抱擁していたという松下の話を聞き、二人が交際していたとはわかったが、交際は交際でも愛人契約に近いものだったのだ。

「きみは鈴木を若い燕《つばめ》として囲っていて、毎月カネを渡していた。しかし鈴木にもプライドがあって、手渡しだと受けとらない。そこで鈴木の口座に金を振り込んでいた」

　染井の頬が赤くなる。年下の愛人を囲っていたことを見抜かれ、狼狽《ろうばい》と恥ずかしさを隠せないようだ。

その動揺に付けこみ、「だが鈴木はヤクザだろう。女から金を搾り取るのは奴らの十八番《おはこ》だ。鈴木が現金手渡しを拒んだとはちょっと考えにくいか」と挑発する。

「黒部くんをそこらへんのチンピラと一緒にしないで」

むきになって染井はいい返す。

「彼は必死に這《は》いあがろうとしていたの。組から抜けたいけど、ボロボロの組を放って一人だけ抜けるわけにはいかない。だから必死に金を貯めて、組がひと区切りついたところでやめようと思っていた。私はその間の生活の手助けをしていただけ」

「組を立てなおすつもりだったのか？　そんな簡単にいくわけないだろう。大組織がフロント企業を使って合法な投資に勤《いそ》しむ時代だぞ、中小ヤクザのシノギなんてまともにあるわけがない。鈴木ごときが一人でどうにかできるわけないだろう」

「そんなこと黒部くんもわかってた。なんとか組長の老後の目途《めど》が立つようにしたい、それで組長に引退してもらって組の解散届を出そうというのが彼なりのケジメだった」

「ふうん、義理堅いんだな」

皮肉のつもりだったが、染井は真面目な顔で大きくうなずく。

「義理堅いから、私がお金を渡そうとしても受けとらなかった。どうしようかと悩んでいたら、彼の部屋で通帳を見つけたの。名義が鈴木鉄男になっていて戸惑ったけれど、あっちの世界では通り名を使うことがあるのは知っていたから、黒部というのが通り名で、鈴木が本名だろうと思った。それで毎月お金を振り込むようにしたの」

「いくらだ」

「毎月三十万。三か月前から」

口笛を吹くまねをした。神原が佐喜に申し出た額の三倍で、生活の面倒をみる約束があるわけでもない愛人に渡す金額としては充分だろう。警察が染井に目を付けたのもうなずける。

「鈴木は、きみにカネを突き返さなかったのか」

「借りておく、といわれたわ。近いうちに必ず返す、とも。わたしは貸しのつもりなんてなかったから、悲しかった」

「なんで今まで隠してたんだ」

染井がうつむき、乾燥した黒髪が顔にかかる。

「警察からみかじめ料だろうといわれて、まさか小遣いとは明かせなかった」

「男を囲っている愛人料とはいえなかった？」

「嫌みな言い方しないで」

「四十近い女が二十代の男に肉体関係の代償としてカネを払っていた、それが事実だろ。それとも、女経営者が暴力団員にカネを貢いでいたといったほうがいいか」

「なんでそんな言い方するの」染井が睨む。

「ふざけるな、俺は怒ってるんだ」口調を強くしていった。

「お前さんの下らない見栄《みえ》のために散々振り回された。愛人料とわかってりゃ、最初から捜査官にいってたさ。そうすれば勾留だって回避できてたかもしれない。貸した金なんて不合理なことをいうから勾留されることになったんだ」

俺の剣幕に押されたのか、染井は体を引いて「ごめんなさい。今からでも取調官に話したほうがいいかしら」としおらしくいう。

「もう遅い。今さら何をいっても勾留は続くし、殺人事件で捜査されてる状況が変わるわけじゃない。いや、悪くすれば痴話《ちわ》喧嘩の挙句に殺したんだろうといわれる可能性もある。黙秘したままでいることをお勧めするよ」

投げやりにいい、沈黙が流れた。染井に居心地の悪さを存分に味わわせてから口を開く。

「確認だが、鈴木との間でトラブルはなかったんだな」

「ええ」

「痴情のもつれ、別れ話で揉めて刺したとか」

「やめてよ。十代二十代の小娘じゃあるまいし」

「どうかな。歳をとって嫉妬《しっと》深くなる女もいる」

「それは男のほうでしょう。若い子に入れあげるのは圧倒的に男よ」

議論しても仕方ないので肩をすくめた。

「そういや、鈴木が『近いうちに必ず返す』といったんだったな。きみ以外から金が入る予定があったのか」

金を返すというのは体面を保つための出まかせかもしれず、むしろそちらの可能性のほうが高いとは思ったが、念のために訊いた。

染井はしばらく考えてから頭を振る。

「わからない。でも何かしら当てはあったんだと思う」

「ほう。どうしてそう思うんだ」

「いい加減なことをいう人じゃなかったからよ」

俺は染井を見つめ、染井も臆することなく見つめ返してくる。羞恥心はもはや去り、吹っ切れた様子だった。

「本気だったのか」

「悪い？」

「いや」首を振った。「今までで一番いい顔をしているよ」

18

神原に指定された喫茶店は、歌舞伎座《かぶきざ》にほど近い交差点の角、ビルの二階にあった。午前十一時きっかりに店に入り、神原の姿を探す。顔は佐喜のスマホに残っていた写真で確認済みだ。

広い店内は余裕をもった間隔でテーブルが並べられている。中年女性のグループがおしゃべりに励み、キャッチセールスと思《おぼ》しき女性とその色香に惑わされたらしい男子学生がいて、奥の壁際のテーブルに座っている男だけがスーツ姿だった。入口に背を向けているため顔を確かめることはできないものの、それが神原だろうと見当をつける。

近づくにつれて男の様子に違和感を覚えた。頭にはフケが浮き、灰色のスーツの肩にもそれとわかるほど白いものが落ちている。体が小刻みに揺れており、よく見ると貧乏揺すりをしている。

正面に回ると違和感はますます強くなった。写真で見た顔にちがいないが、銀フレームの眼鏡レンズには脂《あぶら》が付き、ネクタイの結び目は緩み、ワイシャツの襟《えり》は乱れ、上着にはしわが寄っている。

これはかなりキているなと警戒心を強めた。

襟元のフラワーホールには、八咫鏡《やたのかがみ》に「裁」の一文字をあしらった、裁判所職員の徽章《きしょう》が付けられていた。単なる外し忘れか、それとも裁判官であることを誇示して少しでも優位に立とうとしているのか。

「大石です。神原さんですね」

名乗ると、神原は立ちあがりもせずに俺を見上げ、「弁護士の大石くんだね。裁判官の神原です」とやや甲高い声でいった。徽章の意味はどうやら後者のようだ。

神原の対面に腰を下ろし、近づいてきた店員にブレンドコーヒーを注文する。

「神原さんもお忙しいでしょうから、早速ですが、佐喜花美さんの件で……」

「大石くんは、弁護士何年目ですか」

こちらの言葉を無視して神原が尋ねる。意図をはかりかねて神原の顔を見つめたが、神原は顎を突きだし、眠たげに目を半開きにして見下ろすようにこちらを眺めていた。仕方なく「九年目です」と答える。

「九年目なら、裁判官でいえばまだ特例判事補だ。判事になる十年目まで、あと一年ある」

　どうやらキャリアの差をひけらかしたいらしい。

「私は大学在学中に司法試験に合格した。司法修習終了後に任官し、判事補を経て判事になったのは十三年前、つまり裁判官になって今年で二十三年目ということになる」

「それで？」

「裁判官と弁護士、職は違えど法曹の世界は経験の差がそのまま実力の差になる。二十三年目と九年目、比べようもない差だ」

　冗談でいっているのかと思ったが、神原の表情は真剣だ。

　一年目から法廷の内外でベテランと渡り合わなければならない弁護士は、手厚い教育・研修制度で育つ裁判官とはメンタリティが違う。法曹という言葉で一括《ひとくく》りにされるのははっきりいって不快だ。

「私から、貴重な助言をしてあげよう。二十三年目の裁判官を相手にするなんて不《ふ》遜《そん》なまねはやめたまえ」

　手櫛《てぐし》で無理に作ったような、分け目の揃っていない七三分けの下で充血した目を瞬《しばた》かせ、神原は甲高い声でいった。ちょうどコーヒーを運んできていた店員が驚いたように神原を見て、俺の前にカップを置くと急いで立ち去った。

「不遜で恐縮ですが、これも仕事でして」

「仕事だから仕方ない、というのはあまり感心しない。身の程を弁《わきま》えたまえ」

「そろそろ花美さんの話をしてもいいですか」

「なぜ下の名前で呼ぶ？　そんなに親しいのか？　おまえもグルなのか」

神原が突然大きな声を出し、女性のグループが驚いて視線を向けてきた。そちらに背を向けている神原は気づかない。

「花美さんでも佐喜さんでもどちらでもいいんですが、とにかく彼女の話をさせてください。彼女はあなたと縁を切りたがっています。金輪際《こんりんざい》、きっぱりと」

「早いところ彼女を家に帰すんだ。そうすればきみのことは見逃してあげよう」

話が嚙み合わない。

「神原さん、いいですか、彼女はあなたと別れたい、別れるといっているんです。私の言葉の意味は理解できますよね」

「私が花美に会えばすぐに解決する、さ、花美を家に帰しなさい」

「もう一度いいますよ。きれいさっぱり別れたい、顔も見たくないといっているんです。私ではなく、佐喜花美さんがそういってるんです」

「いいかね、私は花美に会わねばならない。花美を家に帰せ。頭の悪い弁護士でも、私のいっていることは理解できるだろう」

　こうまで会話が成立しないとは想定していなかった。目の前の男は、自分の発言が支離滅裂なことに気づいていないようだ。俺は方法を変えることにした。

「神原さん、あなたが佐喜さんと交際していた、この点はいいですね」

　神原は、何をいいだすんだとばかりに片眉を上げる。今度の方法は単純で、前提事実を一つひとつ確認していこうというものだ。

「佐喜さんは独身です。それもいいですね」

「当たり前だろう、つまらないことを」

「では、あなたはどうですか。独身ですか」

　神原が言葉に詰まる。

「大阪に奥さまとお子さまがいらっしゃいますよね」

「やはりそうかおまえも俺を脅すつもりだな」早口に神原はいった。「弁護士のくせに恥ずかしくないのか」

「まさか、そんなことは思ってもいません」誠実に聞こえるよう声を作る。「ですが、このままだと奥さまの知るところになるかもしれません」

「考えたのは花美かあいつが首謀者なんだな、おまえそれでも弁護士か恥を知れ」

　聞きとりづらい罵倒を無視して、確認を続ける。

「佐喜さんは、あなたが独身だと思っていたそうです。あなたは、独身だと佐喜さんに嘘をついていましたね」

「そんなわけないあいつは俺に妻がいると知って近づいた」

何を根拠にそう思うのか気になるところだが、ここは畳みかけるべきだと判断して続ける。

「あなたは、佐喜さんが店から帰るのを待ち伏せしたことがありますね」

「話し合うためだ他に方法はなかった」

「あなたに待ち伏せされて、佐喜さんは怯《おび》えています。さらに自宅に押しかけたこともあるそうですね」

「あいつが拒絶するからや！」神原が小さく叫ぶ。

「そう、まさにそこなんです」

佐喜に拒絶されていたと神原がようやく認めたので、すかさず指摘する。

「神原さん、もうわかったでしょう。佐喜さんはあなたに妻子がいることを知り、しかも退勤時に待ち伏せされ、自宅にまでつきまとわれて、あなたと別れると決めたんです。それであなたとの交渉を私に依頼した。理解していただけましたか」

神原の充血した目が吊りあがり、食いしばられた歯が剝《む》きだしになる。まずい、と思った次の瞬間、神原が立ちあがって俺に指を突きつけ、怒鳴り声を上げた。

「おんどれ、花美と何を企んどるんや！」

店内にいる人間のすべての視線が神原に集まる。ただならぬ神原の様子に、いつでも跳び下がれるよう俺は椅子から腰を浮かした。

「おまえホンマは何も知らされてへんのやろ、あの女、とんでもないタマやで。悪いことといわへんから手を引け、今なら見逃したる！」

駄目だ、こいつは。神原から目を離さず素早く財布から千円札を抜きだし、テーブルに置く。

「いいですね、佐喜さんに近づかないでください、警告しましたよ」

いい捨てると足早に出口へ向かった。

19

話合いとはいえない神原との面談から六日がたった。

武蔵野署にいる染井の勾留期間は十日間延長され、その延長初日にあたる。逆にいえば警察は十日以内に鈴木の殺人事件に何らかの目途をつけなければならない。こちらの気も焦るが、真辺が真面目に捜査していることを祈るしかなかった。

「先生、二十三条照会の回答が来ましたよ」

午後の郵便物を整理していた土屋が、弁護士会の封筒を持ってきた。偽長瀬の携帯電話番号について、弁護士会を通じ、通信会社に契約者名や契約住所を問い合わせた結果が送られてきたのだ。封筒を受けとり、すぐに開封する。

偽長瀬の番号は、株式会社テレフォングリッドという法人が契約している、プリペイド方式の携帯電話のものだった。契約住所は北区赤羽《あかばね》になっている。

パソコンに向かい、検索画面で「東京都テレフォングリッド」をキーワードに検索する。これといった結果は表示されない。次に、会社や不動産の登記情報を有料で提供しているサイトでテレフォングリッドの登記を調べた。

テレフォングリッドは三年前の三月に設立されており、登記されている取締役は一人だけで、当坊直樹《とうぼうなおき》という名前だった。当坊なる人物をインターネットで調べても、めぼしい情報はない。

「澪先生、時間ありますか？」隣のブースをのぞきこんだ。

「なあに？」

昼食後の眠気と闘っていたらしく、澪はぼんやりとした目を俺に向ける。

「官報情報で調べてほしい人名があるんですが」

当坊直樹という名を書きつけたメモを澪に手渡した。

「ああ、破産の有無を知りたいのね」

官報情報検索サービスは、官報を作成している国立印刷局が提供する、有料の官報記事検索サービスだ。破産者の氏名や住所は官報で公示されるので、名前を検索すればその人物が過去に破産手続をとったことがあるかを確認できる。

澪がこのサービスを契約しているのには理由があった。破産経験があるのに、ないと騙《かた》った相談者の破産申立代理人を受任したことがあるのだ。二度目の破産となると裁判所の審理は格段に厳しくなり、債務の免責が認められないことも多い。裁判所から過去に破産していると知らされ、澪は依頼人を問い詰めたが、逆に裁判所を欺けなかったことをなじられて逆恨《さかうら》みされたという。澪は代理人を辞任し、間をおかずして官報情報検索サービスに加入した。

弁護士は、相談者を信頼しても信用してはいけないという教訓だ。

「この人、三年前の五月に破産手続開始決定を受けてる」

澪の答えに思わず唸った。

「どうしたの」

眠気が醒めたようで、澪が興味津々《しんしん》の顔で訊いてくる。

「偽長瀬の携帯番号、法人向けのプリペイド契約でした。契約した法人の設立が三年前の三月、一人取締役である当坊の破産宣告がその年の五月。どう思います」

澪が眉間にしわを寄せた。

「ペーパーカンパニーっぽいわね。債権者が、債務弁済の代わりに法人を作らせ、通信会社と契約させた。その携帯電話を闇で売りさばけば、いい商売になる」

携帯電話を契約する際の本人確認が厳しくなり、ペーパーカンパニーを利用してプリペイド式をまとめて購入し、足のつかない携帯電話、いわゆるトバシの携帯として販売する輩《やから》がいる。もちろん違法行為で、通信会社に対する詐欺罪となる。

「登記上の本店所在地は赤羽になってます」

「ストリートビューは見てみた？」

澪にいわれ、本店所在地をグーグルマップに入力しその辺りの景色を呼びだす。

「雑居ビルみたいですね。ビルの画像からはなんとも」

「行ってきたら？　とりあえず手掛かりなんだし」

澪の言葉に押され、午後の予定を調整し事務所をあとにする。

通用口でタバコを吸っている三津野に「いつも暇そうだな。本当は無職なんじゃないの」と軽口を叩いてから駅に向かい、埼京《さいきょう》線に乗り継いで赤羽を目指す。電車から見上げる関東平野の空は今日も広く、突きぬけるような青空が広がっていた。赤羽駅で降りて雑居ビルまで歩く。

赤羽は馴染みの薄い街だが、半年足らずで日比谷商務を辞めた同期がここに住んでいた。漫画とドラマの舞台になったとかで、両者の熱烈なファンだった彼は、司法修習を終えて研修所の寮を出るとすぐにこの街で一人暮らしを始めた。弁護士を捨てて作家を目指すというその同僚の影響でディープな街という印象がある一方、埼玉との県境にあるベッドタウンというイメージもある。いざ駅東口から歩いてみると、駅前広場こそ背の高いビルに囲まれているもののすぐに三、四階建ての建物が多くなり、二十四時間営業のスーパーがあったりして、それほど的外れなイメージではないとわかった。

目的の建物は表通りから一本入った通りにあり、下調べをしていなければ探すのに手間取っただろう。建物は相当古く、路面店は今どき珍しいたばこ屋だった。窓口からのぞくと奥まったところに老婆が座って店番をしている。これで膝に猫がのっていれば絵に描いたような昭和の風景だと思い、店内に猫を探してみたが見つからなかった。

たばこ屋の横に建物内に通じる廊下があり、そこにテナントの郵便受けが並んでいた。そのうちの一つに、ラベルライターで作成された会社名が所狭しと貼りつけてあるものがある。バーチャルオフィスに特徴的なボックスだった。

軽い失望を感じたが、予想していなかったわけではない。バーチャルオフィスは、執務場所や会議室を提供するレンタルオフィスとは異なり、法人登記用に住所と電話番号を貸す業者で、電話受付や荷物の受取りを代行するところも多い。郵便受けに貼られた会社名のラベルを数えてみると、全部で十二社あった。

狭小なエレベーターかごで三階に上がり、テナントを訪ねる。受付台に、「御用の方は1番を押して下さい」というプレートと白いコードレス電話機が置かれていた。

〈いらっしゃいませ、どういったご用件でしょうか〉女性の明るい声だった。

「ここにあった会社についてちょっと訊きたいんですが」

〈失礼ですが、どちらさまでしょうか〉

「弁護士の大石といいます」

〈いま担当の者が参りますので、しばらくお待ちください〉

受付の応対は思いのほかまともで、それほど待たされることなく受付台脇の扉から白ワイシャツにネクタイ姿の、三十になっているかどうかという男が姿を現した。

「お待たせしました、VO赤羽の富永《とみなが》と申します」男は名刺を差しだした。「ご契約者さまのことでお問合せがあるとか」

俺も名刺を渡し、ここを本店所在地として設立された株式会社テレフォングリッドという会社を探していると伝えた。

「こちらにどうぞ」

富永に続いて扉を入るとそこは簡素な会議室になっていて、右手にもう一つドアがある。

「こちらで少しお待ちいただけますか」

富永は俺を座らせ、首から下げたカードをかざして右手のドアを開けて向こうへと消えた。

数分とたたずノートパソコンを片手に戻ってきた富永は、向かいに座ってモニターを開き、何やら入力を始めた。会社のサーバーか何かでテレフォングリッドを調べているのだろう、間延びした時が流れる。

「ここはバーチャルオフィスですね」

自明のことではあったが、時間潰しを兼ねて訊いてみた。

「ええ、最短三か月から利用できます。事前に申し込めば、この会議室を時間単位で使用することも。スタートアップの企業さまによくご利用いただいています」

パソコンの画面から目を上げずに富永が答える。

法律上、登記の本店所在地に会社の営業機能がなければならないという規定はなく、どこを登記するかは設立者に委《ゆだ》ねられている。バーチャルオフィスやレンタルオフィスを本店所在地として登記する企業は珍しくない。

「ありました、テレフォングリッド。三年前の三月にご契約いただいています」

「代表者は誰になっています」

富永がパソコンから顔を上げた。どうしたのかと思っていると、富永は画面に視線を戻し、「申し訳ありませんが、私から申しあげることはできません。ただ、大石さまから仰っていただければ確認することはできます」と事務的な口調でいった。

なるほど、そういうルールかと納得する。顧客情報を富永から明かすことはできないが、こちらが尋ねた情報の真偽は確認してもらえるらしい。

「登記上の代表者は当坊直樹。ただし彼は会社登記の二か月後に破産している」

破産の事実は知らなかったようで、富永は驚いたように顔を上げ、それからいやらしく笑ってまた画面に目を戻した。

「当坊さんで間違いありません。三月から五月までの三か月間のご利用契約で、料金は前払いでいただいています」またいやらしい笑みを浮かべた。「前払いでラッキーでした」

「宅配便が届いたことがあったと思う。品物はおそらく携帯電話」

「内容はわかりませんが、荷物は受けとっていますね。契約直後に段ボールが一箱届き、すぐに会社の人が取りに来て、そのあと会社とは連絡がとれなくなっています。契約の更新を勧めようと、うちの社員が当坊さんの携帯電話にかけたところ不通になっていた、という記録が」

「その当坊の携帯番号を教えてもらえないか」

電話番号がわかれば当坊の住所を突きとめることができるかもしれない。しかし富永は首を横に振った。

「残念ながら、教えられません」

「顧客情報だから？」

「連絡がとれなくなってるし破産してるし、もうお客様とはいえません。そうじゃなくて、電話番号が残ってないんですよ。サーバーに残されてるのは、初期契約情報と弊社側の対応履歴だけです」

「そこに当坊の携帯番号は含まれていない」

「ええ、会社の代表番号だけです」

「紙の契約書や当坊が提出した書類は何か残ってない？　メモとかでも」

食い下がったが、富永はもう一度首を振った。

「紙の保管は契約終了後三年でして。この契約関係の書類はもう捨ててますね。あまり長く残しておくと、いろんなところから文句が出ますし」

わかるでしょう、というように富永は上目づかいに俺を見た。

バーチャルオフィスを利用する人間は様々で、利用する事情も様々だ。テレフォングリッドのようにもとから携帯電話の詐取を目的とするような輩も少なからずいて、警察から情報提供や証拠提出を求められる機会も多い。これを拒めば警察から睨まれることになるし、諾々《だくだく》と応じていれば利用者の減少を招くことになる。二律背反の立場にある会社としては、契約書類の保管期間を短くし、内規に従って破棄したという言い訳で警察の了解を得るようにしているのだろう。文書の保存期間が過ぎたので廃棄したという弁解は、官僚の専売特許ではない。

テレフォングリッドはトバシの携帯を入荷するためのペーパーカンパニーで、当坊は会社設立に利用されたにすぎず、偽長瀬とは会ったこともないだろう。ここでの収穫は、偽長瀬の携帯電話がトバシのものだったと確定できたことで満足するしかない。

富永に礼をいって会議室を辞した。

20

事務所に戻り、「本店所在地はバーチャルオフィスで、紛《まご》うことなきペーパーカンパニー」と澪に報告する。書類作成に忙しい澪は「やっぱり」とだけ応じ、パーティション越しにのぞく俺に目もくれず、目の前の液晶モニターを睨みつけている。頭を引っこめると、カタカタとキーボードを叩く音が聞こえてきた。

脚を机にのせ、両手を上げて大きく伸びをした。弁護士の事実調査は、警察の捜査とは違って人員も時間も限られる。現場を見て関係者を訪ねるのは調査の基本だが、だからといって無力感がないわけではなく、警察や検察といった組織が羨《うらや》ましくなるのはこんな瞬間だ。

キーボードを叩く音が止まる。

「カルテと戸籍謄本の線からは追えないの」

澪の声がパーティションの向こうから聞こえた。

患者が死亡しているケースの医療過誤訴訟では、患者のカルテをはじめ、死亡診断書や除籍謄本、患者と原告の関係を示す戸籍謄本が必要だ。偽長瀬はそれらの書類を用意して相談に来ており、偽長瀬が書類をどこから入手したのかは謎だった。

入手方法を調べようと、戸籍謄本について市役所に訊いてみたものの、誰にどのような書類を交付したかは戸籍に記載された者、つまり長瀬本人にしか回答できないといわれた。

弁護士会を通じて市役所に照会することも考えたが、そうなると照会の理由が問題で、本物の長瀬に騙されたのならばともかく、彼のあずかり知らぬところで偽長瀬に騙された俺が、彼のプライバシーを犠牲にして戸籍取得者情報を開示せよというのは、法的にも倫理的にも受け容れられないだろう。結局、弁護士会を説得できる見込みはないと考えて照会を断念した。

カルテに至っては浜田武蔵野病院に問い合わせるしかなく、そうなればたちまち西島や坂巻の知るところとなるので端から問題外だった。

そんな事情を座ったまま顔を見ずに説明すると、澪は「ふうん」といって、またカタカタとキーボードを叩く音が聞こえてきた。

しばらく澪の反応を窺っていたが、打音がやむことはなく、澪の関心は薄れたようだった。

肩透かしを食らった気持ちで別の仕事にとりかかろうとしたら、「意外と簡単かも」と不意打ちのように澪の弾んだ声が聞こえた。

「何の話です」

間を外されたかたちになり、一瞬戸惑いを覚える。

「だからカルテの話よ」

膝立ちの姿勢になったらしく、澪がひょっこりとパーティションの上から顔を出す。

「中也くんさ、キミはどうやって偽長瀬がカルテを手に入れたのかと考えたでしょ」

「カルテの入手方法がわかれば、そこから偽長瀬を割りだすことができますから」

「その方向で考えるから行きづまったわけ。もっと単純に、違う方向から考えてみなさい」

澪は唇の右端を吊りあげた。もとが可愛らしい顔だけに、意地悪そうで狡猾な印象が際立つ。

「もっと単純に、違う方向から？　偽長瀬の正体とカルテの関係についてですよね。入手日とかですか」

「違う違う」ポニーテールが左右に揺れる。

「入手方法ばかり考えてて、そっちの方向に思考が凝り固まってるのかな。なぜ偽長瀬は蓮くんのカルテを手に入れたの」

「医療過誤訴訟を起こすため」

「そうじゃなくて、なぜ蓮くんなの。蓮くんはほかの患者さんと何が違う？」

「蓮くんは急性喉頭蓋炎《きゅうせいこうとうがいえん》で急死した……」

そこまで誘導されて、ようやく気づいた。

「どうやって偽長瀬は蓮くんの死因を知ったんだ」

「そういうこと」澪は満足げだ。

吊りあがっていた唇がバランスのよい形に戻り、両目の目尻が下がる。だが、そんな澪の表情の変化を楽しむ余裕はなかった。

「蓮くんの死因を知っている人間は蓮くんの親族か、病院の関係者ぐらいだ」

思わず早口になった。澪がうなずく。

「私たちが会いに行ったときに父親があれだけ病院を信頼していたのだから、医療過誤訴訟を起こそうとする人間が長瀬さんの周りにいるとは考えにくいわ」

「病院関係者に絞られますね」

「ただ病院関係者といってもいろんな人間がいるわね。医師、看護師、事務といった病院職員から、ＭＲ、機器メーカー、清掃、葬儀社といった出入り業者まで。ほかの患者さんたちも関係者といえるかもしれない」

「でも患者の死因を知ることのできる職種は限られます」

「私が気になったのは偽吉村の存在。付け焼き刃とはいえ、それなりに勉強した中也くんに疑いを抱かせないぐらいの医学知識があったんでしょ」

「確かに。そうするとやはり出入り業者ではなく医療従事者と考えるべきだ」

「氏名を冒用してまで訴訟を起こすんだから、きっと二人とも病院に恨みを持ってるんだろうな。考え易いのは、蓮くんが亡くなったときに病院にいて、その後、病院をクビになったりして恨みを持つようになった人間」

「病院にいた人間だったとしたら、証人尋問のときに姿を消した理由もわかります。証人尋問期日には病院の人間が傍聴に来る可能性がある。顔を合わせれば正体がばれてしまう」

「偽長瀬の目的は病院を引っかき回すことで、どっちにしろ判決なんて求めてなかったのかも」

澪は独り合点したようにうんうんと顔を動かし、ポニーテールが遅れてふわっふわっと動く。

その動きを見て、ふと不安に襲われた。病院を引っかき回すだけが偽長瀬の目的だったのだろうか。あの男から感じていた意思は、もっと強固で確たるものではなかったか。

「蓮くんの死亡年を教えて。その年と次の年に浜田武蔵野病院に勤めていた医師がわからないか、そっち方面に詳しい弁護士に訊いてみる」

「詳しい弁護士？」

「医療過誤追及弁護団のメンバー。二年分の職員名簿が手に入れば一番いいんだけど。職員を比較して、退職者がいればそこからあたっていけばいい」

医療過誤追及弁護団は、医療過誤を扱う弁護士の集まりのなかでも先鋭的かつ攻撃的な弁護団として知られており、医療関係者にも熱烈な支持者がいるというから職員名簿の入手もあるいは可能かもしれない。こういったときは澪の人脈の広さが頼りになった。

お願いしますと頭を下げると、澪は手をひらひらと振って頭を引っこめた。

21

澪と話し終え、ひとつ大きく息を吐いた。偽長瀬につながる手掛かりを摑んだ実感があって気分が昂ったものの、偽長瀬に辿りつけるという保証はない。むしろ澪の人脈に頼るしかない状況になり、自分でできることはないに等しく落ち着かぬ気分になる。

ブースの入口に積まれた三つの段ボール箱が目に留まった。倉庫業者から取り寄せた染井の無罪事件の記録だ。箱は倉庫業者指定のもので、見るからに頑丈そうな白い筐体《きょうたい》の側面には緑のゴシック体で「文書保存箱」と印刷され、その下に事件番号が書かれている。

立ちあがって一番上の箱の蓋を開けた。その箱には、俺が弁護人として裁判所に証拠とすることを請求した、いわゆる弁号証が詰まっていた。黒い綴り紐でまとめられた最上部の一冊を手に取り、椅子に座って読み始める。

《供述調書　住居　東京都小金井市《こがねい》　職業　医師　氏名　相川耕造《こうぞう》
　上記の者は、……日、警視庁荻窪警察署において、本職に対し、任意次のとおり供述した。》

　冒頭に定型文句が印刷された、様式第九号用紙を使った供述調書で、供述者の相川耕造は殺された相川賢斗の父親だ。

《賢斗の生育歴についてお話しします。

賢斗は、前妻・妙子《たえこ》との長男で、東京都府中《ふちゅう》市で生まれました。

妙子とは、賢斗が小学校四年生のときに調停で離婚しています。原因は妙子の不《ふ》貞《てい》でした。

　妙子は賢斗の親権を欲しがりましたが、賢斗は相川家にとって大切な跡取りですので私も親権を主張し、結局、妙子の不貞が離婚原因であるにもかかわらず、私が一千万円を払って親権を得、妙子には面会交流権も放棄させました。

　妙子との離婚は賢斗の心を傷つけたのかもしれませんが、小さいなりに不貞を理解していたらしく、離婚しても不服を言うことも反発することもなく、私の言いつけを守る、素直で明るい子のままでした。

　中学校は地元の公立に進みました。本人が将来的に都立国立《くにたち》高校に入りたいとの希望を持っていたからで、私立中学に入って学校の勉強に追われるより、公立中学で高校受験に備えたほうがよいと私が判断しました。中学校での成績は優秀で、トラブルを起こしたことはありません。

なお、私は賢斗が中学一年生のときに再婚し、同年に次男をもうけています。賢斗は私の再婚に反対することはありませんでしたし、弟ができたときも喜んでいたと思います。

高校入学後、賢斗の周りで少しずつ問題が起きるようになりました。

賢斗は国立高校の受験に失敗し、医学部受験に特化するという触れ込みの新設高校に進学したのですが、あいにく校風が合わなかったようで、次第に学校を欠席する日が増え、それとともに成績も下降し始めました。

そのころ私は開業した病院が忙しく、なかなか賢斗に目が行き届かず、再婚した妻の菊江《きくえ》に育児を任せきりでした。

賢斗が高校一年生の三学期、私は妻とともに小金井警察署に呼び出されました。賢斗が集団で中学生を恐喝《きょうかつ》したというのです。

賢斗には小遣いを充分に与えていましたので、何かの間違いだろうと思い、ひょっとしたら他の少年に金を脅し取られ、それでも足りず無理に加担させられたのではないかと考えました。

ところが刑事さんが「みんな賢斗に指示されたと供述している」と言いますので

私は驚き、「一緒にいた子らが息子に罪をなすり付けようとしているにちがいない」と思いました。

私は刑事さんに、「他の子は無職や三流高校の生徒だ、そんな子たちに一人だけ進学校の息子が混ざっているのはおかしい、無理矢理巻き込まれたに決まっている」と言い、「息子は悪くない、引き取って帰る」と言いますと、刑事さんから「身元ははっきりしてるので帰って構わない、ただ出頭要請があったら一緒に署まで来るように」と言い渡されました。

この件は、賢斗のことで私が警察に呼ばれた最初の出来事ですので、良く覚えています。

次に警察に呼ばれたのは、賢斗が二年生の時で、同級生の女子生徒に乱暴しようとしたということで逮捕されました。女子生徒の家には誘われて行ったと息子から聞きましたので、女子生徒は息子に気があったのではないかと思うのですが、女子生徒は否定し、ただならぬ物音に気づいたという女子生徒の親に取り押さえられ、強姦《ごうかん》未遂として逮捕されてしまったのです。私は弁護士をたてて示談しましたが、全件送致の原則とやらで賢斗は少年鑑別所に入れられてしまいました。

この事件については、私は美人局《つつもたせ》、つまり賢斗は女子生徒とその親に嵌《は》められたのかもしれないと思っています。

少年鑑別所に入った賢斗について調査が行なわれ、前の恐喝事件も調べられて、 こともあろうに恐喝事件の主犯は賢斗だということになってしまいました。家庭裁判所の報告書には、「面白そうだから」という理由で賢斗が他の子に金を払ってやらせた、と書かれていたそうです。

付添人の弁護士からその話を聞いて、いい加減な調査報告書に腹が立ちましたが、弁護士からは調査結果を争うより賢斗を更生させると誓約して心証を良くしたほうがいいと助言され、私は家裁の審判で土下座し審判官に監督を誓いました。私の熱意が通じたらしく、若い審判官は少年院送致ではなく保護観察処分を選択してくれました。

ですから、賢斗には強姦未遂の前歴がありますが、これは弁護士に言われて事実を認めただけで、本当は冤罪《えんざい》だったと私は思っています。》

末尾に相川耕造の署名押印と、「以上のとおり録取して読み聞かせたところ、誤りのないことを申し立てて署名押印した。」という文言、聴取した警官の記名押印がある。

調書を読んで、なんでこんな被害者の不利になりかねない内容の調書を警察が作成したのだろうと不思議に思い、四年前も同様の感想を持ったことを思い出した。

答えは簡単で、父親が警察に調書作成を要請したからだという。検察官が公判の事前準備の席で非公式に語ったところでは、父親は賢斗の人生を調書という形で残すことで染井の刑が重くなると考えたらしい。被害者遺族への配慮という建前からこんな調書を作成せざるをえなかった警察官の心情は察するに余りある。

確かに被害者の生きて来《こ》し方が具体的になれば感情移入しやすくなるだろうが、それもケースバイケースで、女性に暴力を振るっていた男の転落人生を聞かされても裁判員が同情するとは思えず、かえって逆効果だろう。

検察官も同じ考えだったようで、耕造の調書を検察官が証拠請求することはなく、だから弁号証としてこちらから請求した。

俺は二通目の調書を読み始めた。

《今、賢斗には前歴のほか、二件の前科があることを知っているかとお尋ねがありました。

私は父親ですのでもちろん知っています。しかし、それら前科についてはやむをえない事情があったのだということは申し上げておきたいと思います。

というのも、冤罪で逮捕されたせいで賢斗は高校を退学になってしまいました。幸い、私の知人が運営する高校に転入することができましたが、冤罪のショックが大きかったのか、賢斗は週のほとんどを外泊するようになり、たまに帰宅しても小遣いをもらってまた出かけるという、少し崩れた生活を送るようになってしまいました。

このような生活を送るようになったのも、元をただせば冤罪で逮捕されたからなのです。

賢斗が高校を卒業すると、私は会社の社長をしている知人に頼んで、その子会社に就職させてもらいました。しかし、賢斗の能力に照らしてみると単純すぎる労働だったようで、賢斗は次第に欠勤気味になり、一年と経たずそこを辞めてしまいました。

このときはさすがに私も途方に暮れましたが、いずれ立ち直るだろうと、生活費だけは渡すようにしていました。

数年にわたって自分探しをしていた賢斗は、いつの間にかマルチ商法グループの仲間に加わり、しばらくは羽振りが良さそうにしていました。マルチ商法といっても、なかには合法なものもあると知っていましたので、私は賢斗が加わっているグループはまともなところだろうと考えていました。

しかし、結局、そのグループは警察に摘発され、賢斗も共犯者として逮捕されてしまい、執行猶予のついた判決を受けてしまいました。この事件で賢斗は多額の損害賠償を求められましたが、私が弁護士に頼んで示談してもらいました。

賢斗は、私が示談金を立て替えたことを申し訳なく思っていたらしく、お金を私に返すために、グループの仲間と不動産投資会社を作って事業を始めました。はじめ会社は順調だったようですが、その仲間が原野商法に手を出してしまったようで、また警察の摘発を受けてしまい、賢斗も逮捕されてしまいました。賢斗は自分は無関係であることを主張して裁判で争いましたが、ついに一年半の実刑判決を受けてしまいました。

このように、賢斗の前科は、いずれも自身の生活を立て直そう、あるいは私に対してお金を返そうとした結果のことであり、やむをえない側面があることは、ぜひとも強く申し上げておきたいと思います。

賢斗は、思いやりに富んだ子なのです。

ただ、賢斗が刑務所から出てきた時、私は、当時まだ健在だった妻・菊江から、賢斗をとるか私達をとるかと決断を迫られました。賢斗を勘当しない限り、菊江と次男は家を出ていくというのです。

次男は、その年、私の母校である大学医学部に優秀な成績で入学しており、医師への道を順調に歩み始めたところでした。

私は、菊江の剣幕に負けてしまい、出所してきた賢斗に、できる限りの金を与えると同時に相川家に近付かぬよう言い渡したところ、賢斗は私の気持ちを慮《おもんぱか》ってか、この金は弟に家を譲る代金だと強がって家を出ていきました。

この勘当は失敗でした。というのも、賢斗を勘当してから半年後、自責の念からか菊江は病気に伏せるようになり、しばらくして亡くなってしまいました。また賢斗も、家を出ていった結果として犯人の家に転がりこんだのですから、勘当しなければ、今でも賢斗は元気に生きていたのではないかと思います。返す返すも菊江に従ったことを悔やまずにはいられません。

勘当することさえなければ賢斗は更生し、家族四人で今でも仲良く暮らしていたと思います。》

検察官は、被害者遺族の処罰感情を立証するために、父親を裁判員裁判の法廷に証人として呼ぼうとしたが、こちらが弁号証として証拠請求したこの二通の供述調書がネックになった。

俺の証拠請求に対し、検察官は不同意、つまり法廷で証拠として使うことに同意しなかった。相手方当事者に不同意とされた調書は、原則として法廷で使うことはできないので、この二通の調書の内容が裁判員の前で読みあげられることはない。

しかし、供述者が証人として出廷する場合は別である。

もし父親が証人として法廷に立つようなら、この自己中心的で偏った調書の内容を、一つひとつ、父親の考え方を裁判員が理解できるまで、反対尋問で徹底的に追及していくと俺は予告した。

結果、検察官は父親を法廷に呼ぶメリットとデメリットを計算して証人尋問請求を取り下げ、遺族の処罰感情が立証されることはなく、裁判員の同情を染井のほうに誘導することができた。

被害者の父親が、客観的には悪印象しか与えない被害者の前科前歴や生育歴について供述調書を作っていたのは前の事件の僥倖《ぎょうこう》の一つといえた。果たして今回の事件で、染井は同じような幸運に恵まれるだろうか。

そのとき内線電話が鳴って俺を現実に引き戻した。

22

〈神原という男性の方からお電話です〉町野がいった。

電話機の液晶には非通知と表示されている。裁判官の神原にちがいない。

〈花美を自宅に帰せといったはずだ〉

相変わらずの甲高い声だった。後ろに流れる雑踏の音からして、裁判所の庁舎外からかけているらしい。

「神原さん、仕事はいいんですか」

〈おまえに心配されることじゃない。それより花美をどこに隠した！〉

神原が怒鳴る。関西弁こそ消えているものの、声の調子は別れたときのままだ。

「佐喜さんはあなたと会うつもりはありません。彼女を追いかけるのはやめてください」

いってから不安になった。平日の午後、裁判所にいないとすれば、神原は今どこにいる。

「神原さん、まさか佐喜さんの家の近くにいるんじゃないでしょうね」

〈どこまでもクズで下劣な弁護士やなおまえ。ええから花美をさっさと帰せばいいんや、聞いとんのか、もう一度いうで花美をさっさと家に帰さんかい〉

しわの寄ったスーツを着た神原が、道端で携帯電話に大声で毒づいている姿が思い浮かぶ。何事かと通行人が神原を見て、視線を合わさぬよう慌てて顔を逸らし、足早に歩き去っていく光景まで目に浮かんだ。

神原の精神状態は想像以上に追いこまれているのかもしれない。神原が佐喜の家の近くにいることは確実で、それもここ数日張り込んでいたような口ぶりだ。

〈だいたい弁護士がなに裁判官に楯突《たて》いとんねん、こっちは高裁の判事や。いうこと聞いとったらええんや、四の五のいいよってからにこのボケが！〉

「神原さん、ちょっと落ち着きましょう。私ならいつでも話合いに応じますから、佐喜さんを追い回すのはやめましょう。どうです、これから事務所にお越しになりませんか」

ゆっくりと宥《なだ》めるようにいった。しかし神原は聞く耳を持たず、声の調子は変わらない。

〈花美を返せいいよんねん、わからんのかボケ。いつまで待たせるつもりや、高裁判事はおまえらクズ弁護士とは格が違うんやぞ大概にしろっちゅうねん〉突然声が乱れた。〈お、なんや司法巡査が来よるで、おまえか大石、おまえが通報したんか！　なんやわれ、俺は裁判官や、何すんねん〉

いいから電話をきりなさい、という中年男性の声が聞こえ、通話が途絶えた。不通音が流れる受話器を眺めた。誰かが警察に通報し、神原は警察官から職務質問を受けているのだろう。いくら大声だったとはいえ、携帯で話していただけで通報されるとは考えがたいから、神原の様子があまりにおかしかったにちがいない。

頭の中でやかましく警報音が鳴り響いていた。この一週間近く、冷却期間をおこうと神原への連絡を控えていたが、その間に事態は切羽詰まっていたらしい。

東京高裁の民事部は第二十四部まである。東京高裁ホームページに掲載されている裁判官一覧表で神原の所属部を確認し、代表番号に電話をかけて回してもらった。

〈はい、書記官の仲本《なかもと》です〉

「弁護士の大石です。神原裁判官をお願いします」

〈どういったご用件でしょう〉

裁判官宛ての電話は、弁護士からだろうといったん書記官が受けて要件を確認し、裁判官に取り次ぐかどうかを決める。

書記官は裁判所法にも訴訟法にも明記された官職の一つで、裁判に関する公式な記録を作成する権限を持つ。しかし、裁判官の命令を受けて業務を行なうとも法律で定められているため、実態としては裁判官の秘書に近く、司法修習を終えたばかりの若い裁判官が五十過ぎの書記官を顎で使う姿も珍しくはない。

行政官僚の世界においてキャリア、ノンキャリアという身分差があることはそれなりに知られているが、裁判所にも同様のヒエラルキーが厳然として存在することはあまり知られていない。

裁判官室を奥の院として扱うようなこの電話の取り次ぎも、裁判官の過剰なエリート意識を育《はぐく》む一因であり、弁護士が書記官を「裁判官のお付き」と軽《かろ》んずる要因にもなっている。

こういった「お付き」に対しては、仕える主人の名前をちらつかせるのが効果的だ。

「神原裁判官ご自身から先ほど事務所にお電話をいただいたので、折り返しました」

〈わかりました、確認しますので少しお待ちください〉

慌てた様子で仲本書記官が電話を保留に切り替える。

受話器を握りしめたまま保留音を十分近く聞かされ、いいかげん電話をきってやろうかと思い始めたころ、年輩らしき女性の声に代わった。

〈上席書記官の田代《たしろ》です〉

「神原裁判官をお願いしたんですが」不機嫌さを隠さずにいった。

〈神原裁判官は、本日お休みをいただいています。どのようなご用件でしょう〉

「さあ、私も先ほど事務所に電話があったことを知ったばかりで、どのような用件だったのかはわかりかねます」情報を引きだすためには多少の駆けひきも必要だ。

〈つかぬことをお聞きしますが、大石先生が代理人の事件で、神原裁判官が担当のものはありませんよね〉

質問というより確認の口調だった。俺を待たしている間、書記官たちは神原の担当事件簿に俺の名前があるか探していたらしい。

「ええ、ありません」

〈先生の事務所に神原裁判官から電話があったのは、何時ころでした〉

「つい先ほどだったようです」

〈どこから？　どこからかけてきたかわかりますか〉

電話線を通じて伝わる上席書記官の焦燥《しょうそう》に、神原に何かが起きていると確信した。

「質問ばっかりですね。どうしてそんなことを」

田代が沈黙した。

「まあいいや。明日またお電話します。明日は何時ころなら神原裁判官はいらっしゃいます」

〈……わかりかねます〉

「何をいってるんですか、裁判官ですよ。開廷表を見れば、いつ裁判官室にいるのかぐらいわかるはずだ」

田代はまた黙った。

「ひょっとして無断欠勤ですか。あなた方も神原裁判官がどこにいるのかわからないし、いつ裁判所に来るのかもわからない」

〈裁判官がお休みしているのは確かですが、それ以上のことはお答えできません〉

「田代さん、建前はやめましょう。裁判官が無断欠勤となれば期日や判決を延期しなければならず、書記官は当事者への連絡に追われることになるし、ひいては裁判所全体の信用が落ちることになりかねない。そちらは大騒ぎになっているはずだ。どうです、東京の法律家として私も協力は惜しみませんよ、神原裁判官からまた連絡があればお知らせしましょう。ただそのためには状況を正確に把握しておく必要がある。いったいいつから欠勤しているんですか」

電話口から逡巡《しゅんじゅん》する気配が伝わってきたが、やがて田代は口を開いた。

〈……ここだけの話にしてください。四日前に病欠の連絡があって、それからお休みになっていて、一昨日からは連絡もとれません〉

東銀座で会った日の週明けから出勤していないことになる。

「神原裁判官の自宅は確認されましたか」

〈ご自宅は関西のほうで、こちらには単身で赴任されているんですが、家にはいないようです〉

一週間近くも仕事に行かず、家にも帰らず、神原はずっと佐喜を探し続けている。ちょっと異常な事態だった。もし神原が佐喜を見つけたら不測の事態が起こりかねない。

そこまでして神原が佐喜を追っていることに釈然としないものを感じた。神原が佐喜に入れあげていることはわかるが、自ら騒ぎを大きくし、判事という職を失いかねない無断欠勤をしてまでというのは度が過ぎている。

「参ったな」思わず呟いた。

〈ええ、本当にどうしたものか……〉

呟きを勘違いしたのか、田代も相槌を打つ。

「わかりました、神原裁判官から連絡があったら田代さんに電話するよう必ず伝えます」

助かります、お願いしますと田代は縋《すが》るような口調でいい、俺と神原の関係を問い質《ただ》そうとするのを遮《さえぎ》ってフックボタンを押し、いささか強引に電話をきった。

受話器を置くことなく佐喜に電話をかける。

「今どこにいる」

〈もうすぐ家。着替えを取りに帰るところ。もう一週間になるんだよ、何とかしてよ。店にも出れないで、どうやってメシを食ってけっての〉

「いいか、家には近づくな、すぐにそこを離れるんだ」

〈えーなんでー〉間延びした声で佐喜が不満を表した。

「たぶん神原がきみの家を見張ってる」

ひっと息を呑む音が聞こえた。

〈平日の昼間だよ、あいつは仕事だろ。なんでこんなところにいるんだよ〉

怒ったように佐喜がいう。

「無断欠勤。で、ついさっき、きみを早く家に帰せと私に電話があった」

〈家を見張ってる……。ちょっと待って駅に戻るから〉

スマホを耳から離したらしく、カッカッカッという足音をマイクが拾った。

〈待たんかい！〉

男の声。神原の声のように聞こえる。

佐喜の足音が速くなった。駆けている。

「どうした、大丈夫か！」

応答がない。電話がきれた。俺は送話口に毒づいた。

「どうしたの」異変を感じたらしく澪が顔をのぞかせる。

「ストーカー被害を受けている依頼者が、加害者と鉢合《はちあ》わせてしまったようです」

受話器を戻しながらいった。

「なにそれ」

澪がパーティションを回りこんで机の横に姿を現した。表情が曇っている。

「警察に通報したほうがいいんじゃない」

すぐにかかってくるのではと電話機を見つめるが、静かなままだ。佐喜が神原に追いつかれた状況を想像し、手のひらに汗が滲《にじ》む。裁判官だから理性的に話し合うだろう、というのは今の神原の精神状態からすれば楽観的に過ぎる。

ただ、佐喜は駅に向かっていて、午後のこの時間、人通りはそれなりにあるだろうから、佐喜が暴行を受ければ通行人が警察に通報するはずだ。しかも神原は直前に職務質問を受けており、警察官がまだ周囲にいる可能性もある。

もっとも、警察がいったん佐喜を保護したとしても、神原が裁判官だとわかれば佐喜を引き渡してしまう可能性がある。現に進行している事件に対する現場警察官の判断は、必ずしも当てにならない。弁護士を逆恨みした男が拳銃を持って弁護士の自宅に押し入り、その拳銃を弁護士が取りあげたところ、駆けつけた警察官があべこべに弁護士を取り押さえ、その隙を突いて男が弁護士を刺し殺したという事件もある。

　それでも俺は、昼間、通行人、職務質問という明るい面に強いて目を向け、電話を十分間待つことにした。

「通報しなさい、ストーカーの怖さを知らないわけじゃないでしょ」

「傷害沙汰になっていたら今から通報しても間に合わない。それにストーカーは裁判官ですから警察はかえってストーカーに加勢しかねない。ここは待ちの一手です。ストーカーは中年男で依頼人は若い女性ですから、駆けっこ勝負なら依頼人が勝ちます」

「裁判官がストーカー？　なにそれ」

「あおいさんの紹介です。依頼人はそれなりに世間慣れしている子ですから、多少のことは独りで凌《しの》げるはずです」

　澪の目が真ん丸になる。

「あおいさんが依頼人を紹介したの？　あなたに？　中也くん、一年前にあおいさんの店に通うの、やめたんじゃなかった」

「ええ、まあ」予想外の、過剰ともいえる澪の反応に驚いた。

「なのにいきなり依頼人を紹介するなんて」

「でも、知り合いから久しぶりに連絡があったと思ったら、ちょっと法律相談をお願いしたいといわれること、よくあるじゃないですか」

澪が何に動揺しているのかがわからない。

「んー、でも彼女はそんなタイプじゃないでしょ」澪はまだ目を見開いている。

「何度か店に連れて行ってもらったけど、彼女はヤバイ人間だと思う。染井京子もヤバイけど、あおいさんは質が違う」

「ヤバイって、何がヤバイんです」

「気を悪くしないで。キミが彼女を気に入っていることは知ってる。そのうえでいってるんだから」

事務局に聞かれるのを恐れるように、澪は小声になった。

「たとえば私たち弁護士は、相手が好きだろうが嫌いだろうが、仕事のためならその人の最大利益を図ろうとする。仕事ってそんなものでしょ。しかし彼女は、たとえ仕事であっても、好きな相手には与えて嫌いな相手には何も与えない。というより、好き嫌いそのものを、すべからく長期的収支を考えて決めている」

「なんだか物凄く計算高い女のようにいいますね。聖人君子じゃあるまいし、人の好き嫌いがあるのは当たり前でしょう」

「そういうことじゃないの。うー、何というか……彼女の父親は警察と反社の両方に顔が利いたそうね。両方の世界に顔を利かせながら生きていくには、感情的な好き嫌いではなく常に自分の行動から巻き起こる反応というものを考える必要があるでしょ。蝶が羽ばたきすれば竜巻が起こるというバタフライ効果のように、先の先まで見通す」

「お言葉ですが、バタフライ効果は長期的な予測は不可能であることを示すものじゃ」

「いちいちうるさいわね、カオス理論はその長期的予測不能性を克服しようとするものでしょ。とにかく彼女は、父親のそんな考え方を受け継いでいるだろうと思うわけ。実際、父親が根城にしていた店を引き継いでいる」

「澪さんらしくないですね、直感で人を判断するなんて」

いいながらも、あながち否定できないと思った。澪の人物を視る眼は確かで、染井の本性を見抜くのも俺より澪のほうが早かった。

「あら、私はいつも直感で判断してるわよ。といっても私の直感は経験と観察に裏付けられた閃《ひらめ》きだけど」澪がにっこりと笑う。

「それで、結局何がいいたいんです」

「彼女なら、大概のトラブルは自分で解決できるでしょ。たとえ相手が裁判官でも、自分で解決しようと思えばできないはずがない。それを一年間もご無沙汰していたキミに頼むのだから、何か意味があるんじゃないかな」

「意味？　あの若い女の子に？」思ってもいなかった言葉に戸惑う。

「あるいは事件そのものに。ストーカーは裁判官といったわね、その裁判官にキミの事件が係属していたりしない？」

「していませんし、そいつは高裁の右陪席なので、弱点を摑んだところで係属事件には影響しないでしょう」

高等裁判所は主に控訴審を担当し、審理は裁判官三人の合議体で行なわれる。判決も三人で決めるが、裁判長の判断に右陪席、左陪席の二人が反対することはなく、事実上、裁判長の判断がそのまま判決となる。そして最高裁による上告審が形《けい》骸《がい》化している現在、高裁判決が最高裁で覆《くつがえ》されることは稀《まれ》なため、高裁裁判長は裁判実務における絶対的権力者となっている。

この傾向は最高裁お膝元の東京高裁で顕著《けんちょ》で、その裁判長ともなれば中小規模の地方裁判所所長より格上とされる。

だから右陪席の神原を脅迫、懐柔《かいじゅう》しようとも判決が変わるとは思えず、加えて神原は不良裁判官で今後の出世も見込めないから、弱みを握っても裁判に何の影響も与えられない。

俺は苦笑した。神原の不倫ネタを使って何か有利な判決を得ることができないかと考えている自分に気づいたのだ。

「まあ、澪先生のあおい評はともかく、少なくとも私は気に入られてるということですね」

「間違いなく。その女の子の依頼人は、あおいさんからのキミに対するギフト。そんな贈りものをするくらいだから彼女はキミとの交流を復活させたいと考えている」まるで占い師のようにいう。

俺は一年ぶりに「Owls' Bar」を訪ねた晩のことを思い出した。

「どうしたの、何か思い当たることでもあった？」

「逆ですよ。確かに十日ほど前にあおいさんの店に行きましたが、染井の刑事事件に関する話が中心で、女の子の話はたまたまそのときに相談されたんです。ギフトなんて、ちょっと穿《うが》ちすぎですよ」

「そう」澪は不満そうに口をすぼめた。

そのとき電話機の液晶が光り、見覚えのある番号が表示された。佐喜の携帯電話だった。事務局がとる前に受話器をひったくる。

「佐喜さんか」

〈何なのあいつ！　マジ気色悪いんですけど！〉佐喜は息を切らしていた。

「無事なのか」

〈駅前のスーパーに逃げこんで、あいつが店に入ってくるのと入れ違いに外に出て、すぐにタクシーを拾った。今も車の中。とりあえず前カレのところに逃げる〉

心の中で安堵の息を吐きながら、目顔で澪に佐喜が無事だったことを伝える。澪はうなずいて自分のブースに戻っていった。

「前カレ？　大丈夫なのか」

〈大丈夫。ひどい別れ方したわけじゃないし、別れたあとも友だち付き合いしてるし、ある程度あいつのことも話してるし〉

「何をしてる人だ？　万が一のときに神原相手に渡り合えそうか」

〈それも大丈夫。彼は……〉佐喜が声を落とした。〈そっちの筋《すじ》の人だから〉

「そっちの筋？」

「だから、あっちの業界」

運転手の耳を気にしているのか、小声でもどかしそうに佐喜がいい、ようやく気づいた。

「おいおい、大丈夫じゃないだろ、それは。ヤクザに変な借りを作れば骨までしゃぶられるぞ」

〈大丈夫だって。普段はガテン系で真面目に働いてるんだよ。そっちの人がみんな碌でなしってわけじゃないんだから〉

「じゃあなんで別れたんだ」

〈性格の不一致〉

朗らかにも聞こえる答えに力が抜ける。

「仕方ない、安全なところならよしとしよう。今後の打合せをしたい、明日事務所に来てくれ」

手帳を見ながらいった。これから夜まで数件の打合せがあり、佐喜と話し合う時間をとるのは難しい。状況を整理して今後の対策を考える時間も必要だった。明日は土曜日で事務所は休みだがやむをえない。異性の依頼人と二人きりで事務所で打合せをするのは御法度《ごはっと》だから、事務員のどちらかに休日出勤を頼むことになる。午前の半日出勤ですませたいところだ。

〈午後でもいい？〉

「あいにくだが事務所の都合上、午後は避けたい。十一時とかはどうだ」

〈わかった、行くよ〉

「くれぐれも神原には気を付けろ。非通知や知らない番号からの電話はとるな。自宅には近づかないこと。店にも出るな」

〈いいかげんクビになりそうだよ〉消沈《しょうちん》した声だった。〈店長からいつまで休むつもりだって電話があった。一週間も欠勤してるから仕方ないんだけど〉

励ましの言葉を口にしたいところだが軽率なことはいえない。「明日話そう」と電話を終えた。

23

事務所に現れた佐喜は、身なりは整えていたもののさすがに疲れた様子だった。自宅に戻れないため着替えが足りないようで、トップスもスカートもファストファッションで間に合わせている。一週間も外泊を続けていれば無理もない。

「それで、どうしてくれるの。あんたに頼んでから散々なんだけど」

佐喜は喧嘩腰だ。

「おいおい、諸悪の根源は神原だろ。私はきみの代理人で、味方だぞ」

愛用している波佐見焼《はさみやき》のマグカップでコーヒーを飲みながら俺はいった。最初に法律相談を受けた1番会議室。佐喜の前にはコーヒーカップとクッキーがソーサーに載せて置いてある。佐喜がクッキーに手を伸ばした。

「おいしい」

「だろ？　事務員が好きなパティスリーでね、いつも買ってくるんだ。昔ながらの素朴な味で、それでいて口当たりが柔らかく食べやすい」

　自分の皿も佐喜に押しやった。

「疲れているときにはこういったものを食べると落ち着く。チョコでもいいが、甘すぎないこれのほうが気に入っている」

「子供じゃないんだから、こんなに食べれないよ」といいながら、佐喜はたちまちのうちに食べ尽くした。

「それで、昨夜はどうしたんだ。前カレのうちに泊まったのか」

「連絡がとれなかった。ずっと電源が入ってません状態。仕方ないからまた友だちの家に泊めてもらったよ。でももう泊めてくれそうな当てがなくなってきたんだ、そろそろ勘弁して」

　クッキーの効果なのか口調は柔らかくなったが、それでも口を尖らせて不満の表情を作った。

「よし本題に入るか。神原は今週ずっと職場を無断欠勤してるそうだ。おそらく私と会った日からきみの家を張り込んでいたんだと思う」

「ほんとカンベン。昨日のあいつ、すごい顔だったよ。チラッとしか見てないけど、髪がボサボサで目が血走ってて、捕まったら殺されると思って必死に逃げた。ヒールだったたから、足を捻《ひね》らなかったのは奇跡だね」

「神原はもともとそんなタイプなのか？　切れたらムキになって追いかけてくるような」

「あんまそんなイメージないんだけどなぁ。どちらかというとネクラでネチネチしてて、キレると喚き散らしてから勝手にいじけるタイプ。口だけの中身のない男で、街中で駆けっこしたりするイメージはなかった」

「そんな男と付き合ってたのか」突っこまずにはいられなかった。

「最初は紳士的だったの。いろいろプレゼントくれたし。前カレはビンボー人だったからプレゼントなんかくれたことなかったし」

「ビンボー人のヤクザか。どこも似たようなもんだな」

「え？」

「いや何でもない。今でも友だち付き合いをしてるといってたな」

「うん、ご飯食べてダベるだけ。フランクで明るい付き合い。神原のことも、この前ご飯食べたときにしたし」

「メシ代はきみが出すんじゃないのか」

「鉄男はそんなんじゃないよ。別れたのだって、あたしがお金をあげようとしたら、俺は年下女のヒモにはならない、なんて鉄ちゃんが格好つけたのがきっかけなんだから」

　俺は動きを止めた。顔から血の気が引くのが自分でもわかった。

「どうしたの」佐喜が怪訝そうに訊く。

「今、何ていった」我ながら驚くほど上擦った声だった。

「ヒモになるのが嫌だといって口喧嘩になって、それで別れた」

「違う、男の名前だよ」

「鉄ちゃん？　鉄男。黒部鉄男」

　耳の中で血管の脈打つ音がこだまする。澪がいっていた、あおいのギフト。俺はようやく理解した。

　サイドデスクの電話機に手を伸ばし、内線で土屋を呼びだす。

「染井の記録を。今すぐ」

　ファイルを持ってきた土屋は、不審そうな表情を浮かべていた。どうして染井の記録が必要なのかと疑問を持つのは当然だ。土屋が立ち去ると、ファイルに綴じられている、鈴木の殺人事件を報じた新聞記事を佐喜に示した。

「これがどうしたの」

　佐喜は記事を読んで顔を上げた。表情に変化はない。

「被害者の名前をもう一度読んでみろ」

「鈴木鉄男。鉄男つながりだけど、黒部じゃないよね」

黒部が渡世名《とせいめい》であることを、佐喜は知らないようだ。そういえば染井も、預金通帳を見て初めて本名を知ったといっていた。新聞やテレビは本名で報道するため、佐喜はかつての交際相手が殺されたことに気づかなかった。

「黒部鉄男の本当の苗字《みょうじ》は、鈴木だ」

「まさか。鉄ちゃんは黒部鉄男、黒部だよ」

「組は参見組で、普段は建設現場で働いていた。そうだろ？」

佐喜の顔に動揺が浮かぶ。

「うそ……」と呟き、表情が失われた。

佐喜の双眸《そうぼう》から涙が溢れる。

「鉄ちゃんが……もういない……会えないんだ……」

涙を拭おうともせず、また新聞記事に目を落とす。

「これって包丁で刺し殺されたってことだよね……」

俺はうなずき、サイドテーブルに置いてあるティッシュ箱を佐喜の前に置いた。押印した後の印鑑を拭くためのものだが、依頼人の涙や鼻水を拭くのに使われることも多い。佐喜は一枚引き抜き、目を拭った。アイシャドウやマスカラは乱れず妙なところで感心した。

「なんで先生が事件の記事を持ってるの」鼻をすすりながら訊く。

「犯人と疑われている者の弁護人をしている」

その人間が女性であるとはいわなかった。

「本人は殺したことを否定していて、まったく身に覚えがないといっている」

ティッシュで目を拭き続けながら、佐喜は激しく縦に頭を振った。

「その人は犯人じゃない。犯人は神原だよ。間違いない」

「動機は前カレに対する嫉妬か」

今度は横に激しく頭を振る。

「じゃあなんで神原が鉄男を殺す」

「あたしがしゃべっちゃったから。神原に奥さんと子供がいるって」

先ほどの会話を思い出し、「前に食事したときに、神原との関係が不倫だったことを鉄男に話したんだな」と確認して「それはいつごろのことだ」と訊いた。

「一か月くらい前」

あおいによれば、鈴木は強請りをシノギにしていたことがあるという。一か月前、鈴木は、裁判官の神原が不倫をしていると知った。そして鈴木は、殺される直前、金が入る当てがあると染井に匂わせている。つまりはそういうことだ。

「ヤクザはヤクザか」

思わず漏らした言葉に、佐喜が悔しそうに唇を嚙む。佐喜も、鈴木が神原を強請ろうとして返り討ちにあったと考えているのだ。

「鉄男がつるんでいた人間を教えてくれ。訊きたいことがある」

「鉄ちゃんが殺されたことに関係ある？」

「神原が犯人か確かめる。そのためには、事件前の鉄男の行動を知る必要がある」

佐喜は、我那覇《がなは》という男を挙げた。鈴木の弟分で、まだ組の事務所当番があったとき、当番明けに合流してよく食事していたという。

「もの凄くガタイがよくて強面《こわもて》の人。鉄っちゃんを尊敬してた」

我那覇の番号に会議室の電話機からかけてみたが、呼出音が鳴るばかりで応答はない。

「知らない番号だからでないのかも。私がガナくんにLINEしてみる」

佐喜はバッグからスマホを取りだし、メッセージを打ち始めた。佐喜のスマホには大ぶりなビーズがいくつも貼り付けられ、煌《きら》びやかだ。

すぐに返事が来たようで、「もう一度電話をかけてくれって」と佐喜がいった。

「今どきのヤクザは知らない番号にはでないのか」呆れていった。「組や兄貴分からの呼びだしだったらどうするんだ」

「知らないよ、そんなこと。電話して訊いてみれば」

電話をかけると、今度は呼出音が鳴る前に応答があった。

〈花美の弁護士だって?〉

　太い声だった。後ろで陽気なマーチの音楽と大当たりを告げる機械音声が聞こえ、それで我那覇がパチンコ店にいるとわかった。

「ええ。我那覇さんですね、参見組の」

〈まだ組があればな。オヤジが老人ホームに入ってから、黒部のアニキ以外、組の人間とは会っていない〉

「知らない番号にはでないそうですが、組からの緊急の呼びだしだったらどうするんです」

〈いったろうが、オヤジは老人ホームだって。ホームの番号は登録してる〉

　我那覇にとっての緊急時とは、組長が危篤のときらしい。高齢化社会の波はこんなところにまで及んでいる。

〈いったい何の用だ〉

「鈴木鉄男さんのことで、会って話をしたいんです」

〈鈴木?　ああ黒部のアニキのことか〉

　さすがに我那覇は黒部の本名を知っていた。

〈アニキの事件に、花美が関係あるのか〉

「それがわからないから、あなたに話を聴きたいんです」

背後のマーチの音量がひときわ大きくなり、紛れて我那覇が小さく舌打ちした音が聞こえた。

〈仕方ねえな、これから仕事なんだ。明日の午前九時に、アニキと花美、三人でよくメシ食ってたファミレスで会おう。場所は花美に訊いてくれ〉

「仕事?」

〈パチンコ店でホールのバイトだよ。じゃあな〉

電話がきれて俺は受話器を見つめた。パチンコで遊んでいるのかと思えば、アルバイトの出勤だったらしい。パチンコ店がそれと知って暴力団員を雇うとは考えがたいから、素性を偽って働いているにちがいなく、何ともいえないいじましさを感じた。

「ガナくん、どうだって?」

「明日の午前九時に、ファミレスで待ち合わせることになった。きみたちとよく行っていた店だそうだ」

「じゃああたしが案内するよ。ここに集合でいいよね」

「申し出はありがたいが、きみがいて我那覇さんの口が重くなってはいけない。一人で行くから場所だけ教えてくれ」

佐喜は唇を曲げたが文句はいわず、新大久保《しんおおくぼ》駅近くのレストランをスマホの地図に示した。

「神原が鉄ちゃんを殺したなら、絶対に捕まえて」

「あいにくだが、私は警察じゃない。依頼人のために動く弁護士だ」

俺は釘を刺し、佐喜が不服そうに顔を歪めるのを見て付け足した。

「だが、神原が逮捕されれば、きみのストーカー問題を解決できる」

同時に染井の嫌疑も晴らすことができるが、それは口にはしなかった。鈴木が年増の愛人をしていたと知れば、佐喜は面白くないだろう。

「やれるだけやってみるさ。あと二、三日は外泊で辛抱してくれ」

佐喜がうんざりとした表情を浮かべたので、「店にも出るなよ」と注意し、佐喜が口を開こうとするのに先んじて「店には私が状況を説明するから」というと、仕方ないという顔で鼻を鳴らした。

24

我那覇は、入口に近い四人掛け席に座っていた。レストランに入った瞬間に目が合い、下から睨《ね》めつけるような視線を送ってくる。

聞いていたとおり体格のいい男で、骨が太いのか首回り腕回りの一つひとつが大きく、ついでに目も鼻も丸く大きい。頭をきれいに剃りあげていて、ただでさえいかつい顔の迫力がいっそう増している。黒いジャージの上下を着ていて、ひと昔前の生活指導の体育教師のように見えなくもないが、たくし上げられたジャージの袖口からわずかにのぞく刺青《いれずみ》が教師ではありえないことを示していた。鈴木の弟分ならばまだ二十代のはずだが、とてもそうは見えない。

スーツの胸ポケットに差した、ペン型ＩＣレコーダーの録音ボタンを店に入る前に押しておいたのは正解で、店に入ってからでは我那覇に見られボタンを押す余裕はなかっただろう。隠し録音は、ヤクザである我那覇の脅迫や恫喝《どうかつ》に備えるというより、偽証や証拠隠滅を働きかけていないという証拠を残して捜査機関から身を守るためのものだ。

日曜の朝ということもあって客はまばらで、東洋系の外国人グループが物憂げに会話し、スーツ姿の男が住宅地図を広げて朝食をとっているくらいだ。これから戸別訪問にでも出かけるのかもしれない。

我那覇は床几《しょうぎ》に座る武将のように背筋を伸ばし、腕組みをして近づく俺を睨み続けていた。テーブルには氷の入ったウーロン茶と思《おぼ》しきグラスが置かれている。

「我那覇さんですね、弁護士の大石です」

名刺を差しだすことなく名乗る。現役の暴力団員に名刺を渡すつもりはない。

「花美の弁護士だって？」

昨日の電話口のように低くはなく、かといって高音でもない、鼻の奥が詰まったような声で我那覇が問い返す。

「ええ。それとは別に、鈴木さん殺害の嫌疑をかけられている人の弁護人もしています」

意表を突かれたらしく我那覇が目を丸くする。意外と可愛らしい目で、気の抜けた顔は確かに二十代のものだ。かと思ったら顔付きがたちまち険しくなり、凶悪ともいえる面相になった。

「お前が京子の弁護人か」

「京子」という呼び方からすると、我那覇は染井と鈴木の関係を知っている。佐喜を連れてこなくてよかった。鈴木に小遣いを渡して付き合っていた女性の弁護人を務めていると知れば、佐喜はきっと文句をいう。

「そうです」

「京子がアニキを殺《や》ったのか」

「本人は否定しています。私も、おそらく別の人間が鈴木さんを殺したのだと考えています」

「そいつは誰だ」低く抑えた声には、殺気に近いものが潜んでいた。

「それがわかれば苦労しません、私も困ってるんです」

殺伐とした空気を和らげようと、下手に出て苦笑してみせる。

「だから、何か参考になることがないかと思って、あなたにお話をうかがおうと」

我那覇が顎を上げ、ふんと鼻から息を吐いた。

「花美の頼みだ、話はしてやるが、つまらんことは訊くなよ」

場の空気が緩んだのを見てとったらしく、遠くから様子を窺っていた店員が近づいてきた。ホットコーヒーを頼むと、「ドリンクバーですね」とパートらしい中年の男性は訂正し、逃げるように去っていった。

「それで何が訊きたいんだ」

「鈴木さんの……」といいかけたところで、我那覇が「黒部さんといえ。アニキが俺の前で鈴木の名前を使ったことはない」と凄みをきかせた。

「いいでしょう、黒部さんの、事件直前の行動です」

「直前の行動、な」

我那覇は腕組みを解いてウーロン茶に手を伸ばした。我那覇の大きな手のなかでグラスが一回り小さく見える。

「特に変わったところはなかったな」

「黒部さんとは連絡をとっていたのでしょう?」

「それなりにはな。ただ事務所当番がなくなってから前ほどじゃなくなった。こっちも生活費を稼ぐのに忙しくてな。これでいいか」

我那覇はウーロン茶を一気に飲み干し、席を立とうとする。

俺は内ポケットに入れていた白い封筒を取りだし、空になったグラスの横にそっと置いた。

「何のまねだ」

「時間をとらせる御礼です。ただしそれに見合う時間はいただきたい」

金を摑ませるのは一種の賭けで、相手によっては逆上する危険がある。だから万札を入れた封筒を用意していたものの、実際に使うかは我那覇の態度を見極めてからと考えていた。我那覇がドリンクバーしか頼んでおらず、自ら経済的に困っているような発言をしたので封筒を使うことに決めた。

我那覇は中腰の姿勢から座りなおし、封のされていない封筒を手に取り、両端を押すようにして口をちょっと開けて驚いた顔になった。中には三万円が入っている。金を使うのなら大胆に使ったほうがいいし、収穫があってもなくても染井に実費として請求するつもりだ。

「仕方ねえな」我那覇は寛《くつろ》いだ様子になった。「朝メシを食っていいか。抜いてきたんだ」

うなずくと、我那覇は卓上の呼出ボタンを押し、飛ぶようにやってきた中年男性に牛リブロースステーキのセットを頼んだ。

「昼も忙しくてまともなものが食えない。食えるときに食っとかないと」我那覇は言い訳がましくいう。「それで、アニキの行動だったな。何が知りたいんだ」

「黒部さんは殺される前、まとまった金が入るようなことを染井さんにいっていたそうです。何か当てがあったんでしょうか」

「京子との関係には、俺は反対だった」

我那覇は質問に正面から答えなかったが、ごまかしているのでなく、口が滑らかになって思いつくままに話をしたい様子だった。俺は遮らずに話に乗った。

「なぜです」

「アニキは男の中の男なんだ」

唐突な我那覇の言葉に真意をにわかには摑み損ね、咀嚼《そしゃく》するのに少し時間がかかった。

「つまり、黒部さんが年上の女のヒモになっているのが許せなかった？」

「舐めた口をきくなよ。アニキはそんな男じゃない」

「よくわからないな。ヒモの何が悪いんです」

「それはおまえ、女にたかってるからだよ」

「別に体を売らせてるわけじゃないでしょう。稼ぎのある女性の世話になっているだけだ」

「おまえなぁ」我那覇は素《す》っ頓狂《とんきょう》な声をあげた。「いいか、男ってのは女を食わせてナンボの生き物だ。それが甲斐性《かいしょう》ってもんだろ」

なるほど、そういう思考回路かと、珍獣を見る思いで改めて我那覇を見つめた。

「我那覇って沖縄っぽい名前ですが、そちらの出身ですか」

「オヤジはな。本当の親父のことだぞ。俺は生まれも育ちも東京だ」

「ああ、それで訛りがないんですね」

「いや、どこでそんな考え方が生き残っているのかと思って」

「甲斐性って言葉は昔からある言葉だぞ、全国どこでも一緒だろうが」

皮肉は通じず、真面目な顔をして返された。我那覇の主義思想を糾《ただ》すような暇はなく、そんな面倒なことをするつもりもない。本題に近づこうと話を換える。

「ヒモは犯罪じゃありませんけど、強請りは犯罪ですよね」

「どういうことだ」我那覇が眉根にしわを寄せる。

「黒部さんは強請りをしたことがあるでしょう。ヒモと違って法に反しますよね」

「それは違うぞ。いいか、強請りは世直しだ。しかし世直しもタダじゃできん。そこでお裾分けをもらっている。俺も相伴《しょうばん》にあずかったもんだ」

鈴木と組んで強請りを働いたことを隠すつもりはないらしい。むしろ中学生が自らの悪事を吹聴《ふいちょう》するかのように自慢したいようだ。

「どうして強請りが世直しなんですか」

「不倫だの愛人だのは世の風紀を乱す。そんな奴らの性根を叩きなおすのは世直しだろう」

「そちらの世界にも愛人を囲っている人はたくさんいるでしょう」

「少なくともうちの組にはいない。オヤジも、亡くなった姐《あね》さん一筋だった。盃《さかずき》をもらったオヤジのことだぞ。よその組織のことは知らん」

　どうやら我那覇の中では論理が完結しているようで、ひょっとしたら兄貴分の鈴木も同じ考えを持っていたのかもしれない。

「黒部さんも、あなたと同じように考えていた？」

「いったろう、アニキは男の中の男だと。一時《いっとき》こそ京子の世話になったが、最後に会ったときにはでかいカネを稼いであの女に叩き返すといっていた」

「最後に会ったときに、カネを稼ぐといっていたんですね」

「おう、臭いカラスのお宝を根こそぎもらうといっていた」

「カラス……」

　裁判官は法廷では黒衣を着用する。黒衣には「何ものにも染まらない」という寓意があるらしいが、その姿から裁判官をカラスと揶揄《やゆ》することがある。鈴木はやはり神原をターゲットにしていた。

「一緒にやろうと声はかからなかったんですか」

「かかったさ。だがバイトが忙しくてな。昔の知り合いが手を回してくれて、ようやく見つけたパチンコ店のホールの仕事だ。堅い勤め先は貴重なんだ、棒に振りたくはない。毎日シフトが入ってるとアニキにいったら、カラス退治は一人でできる、一応声をかけただけだといわれた。気を遣ってくれたんだろうな」

どことなく寂しげにも見える表情で我那覇はいったが、店員が料理を持ってきてテーブルに並べ始めると、途端に目をぎらつかせた。デミグラスソースの香ばしい匂いが漂い、我那覇はプラケースに入ったナイフとフォークに手を伸ばした。

「最後にもう一つ。警察が話を聴きに来ませんでした？」

肉を切ろうとしていた我那覇は動きを止め、「メシがまずくなるようなことを」と不服そうにこちらを見た。

「来たさ、荻窪署のデコスケが。アニキが京子と揉めて刺された、というふざけた作り話を持ってな。なんでも、京子が小遣いを渋ったので、頭にきたヒモのアニキが京子を殴って、それで京子がアニキを刺したとか、そんな話だ」

肉にフォークを突き刺した我那覇は、右手に持ったナイフを振り回しながらしゃべり続ける。

「アニキが女にカネをせびるわけないだろうと笑いとばしてやったら、署に引っぱられて、ひと晩締めあげられた。やり方が気に食わないんで黙秘してやった」

我那覇は肉を切り始めた。

「だから、臭いカラスの話を知っているのはあんただけだ。封筒に見合う話だろ。さあメシを食わせてくれ」

捜査応援に駆りだされたのであろう荻窪署の刑事は大ポカをやった。手柄に逸《はや》ったのか、痴情のもつれというストーリーを作って弟分の我那覇から供述調書を採ろうとしたが反感を買い、臭いカラスのネタを取りそびれた。

我那覇に礼をいい、伝票を摑んで席を立ったところで呼び止められた。

「ところでカラスってのは何だ」

「あなたはどう思います」

フェアではないと思ったが、我那覇の質問に質問で返した。我那覇はカラスが裁判官を指すとはわかっていないようで、警察との貴重な取引材料をヤクザに教えるわけにはいかない。

「カラスは光る物を巣に持って帰るというじゃないか。小金持ちのことを洒落《しゃれ》ていったんだろ」

「きっとそうなんでしょう」

俺がうなずくと、満足したのか我那覇はステーキを熱心に口に運び始めた。

25

事務所から武蔵野署の代表番号に電話をかけ、真辺に回してもらう。日曜だが鈴木事件を担当している真辺に休む暇はないはずだ。

「会って話をしたいんですが」

〈こちらに用はありません〉

真辺は無愛想に答え、今にも電話をきりそうだった。

「鈴木のカラスに興味はない？」

〈カラス？　何のことでしょう〉

惚《とぼ》けているのか本当に知らないのか判断がつかず、やむなくもう一歩踏みこむ。

「裁判官のことですよ」

〈……どこでそれを？〉声が一オクターブ低くなった。

「だから会って話をしたい」

真辺が沈黙し、それで気づいた。電話は大部屋に回されて周囲に他の課員がいるのだ。通話相手が染井の弁護人と知って聞き耳を立てている者がいるかもしれず、真辺としては迂闊《うかつ》なことはいえない。

「真辺さん、十分後に事務所に電話をくれ」

〈興味深いお話ですが、とりたてて珍しい話ではありません。では、これで〉

きっかり十分後、事務所の電話が鳴った。電話機の液晶には〇八〇から始まる番号が表示されている。

〈真辺だ。どこで会う〉単刀直入に真辺が切りだす。

「私の事務所で構わない」

〈そっちの事務所は避けたい。録音されてはたまらないからな〉

「隠し録音なんてしませんよ」

〈そうかもしれないが、私にそれを確かめる術《すべ》はない〉

「三鷹駅のスターバックス」

〈管内から離れた、ボックス席があるか、テーブル席でも隣と間隔のある店がいい〉

会話がほかの客に聞かれないようにという配慮だろうが、そうなると選択肢は限られ、結局はファミリーレストランに落ち着くことになる。中野の店で会うことになった。

〈いつにする？　こっちはいつでもいいぞ〉

「夕方の六時は？」

〈わかった。目印はいらない、こちらで見つける〉

真辺の自信に満ちた口ぶりに、「初対面ですよね」と訊いた。

〈先生は雑誌に載ったことがあるだろう。その写真を見た〉

確かにフリーペーパーのタウン誌に、著作権を一般読者向けに解説した原稿が、丸囲みの顔写真とともに載ったことがあった。しかしそれは一年近く前のことで、真辺が偶然読んだとしても覚えているのは不自然だ。

〈弁護士バッジは付けてこないでくれ。では六時に〉といって真辺は電話をきった。

店の中を見渡すと、一番奥の、窓からもっとも離れたボックス席で男が軽く手を上げた。

濃紺のスーツに水色のボタンダウンシャツ、ネクタイはしていない。頬はややこけ顎は細く、鉤鼻《かぎばな》で眉と目も吊りあがり、短髪と相まって剣呑《けんのん》な雰囲気を漂わせていた。

「写真とあまり変わってなくてよかった」

テーブルの横に立った俺にそう話しかけ、「座ったらどうだ」と対面の席を目で示す。おとなしく従った。

「武蔵野署の真辺だ」

「バッジを。職名と官名、階級をいってください」

声は電話のそれと似ているが、目の前の男が本当に真辺なのかはわからない。長瀬の本人確認で痛い目にあっていることもあって慎重になった。

真辺はおかしそうに唇の片端を上げ、バッジを机の上で示して「刑事組対課課長代理、司法警察員、警部」と答える。

「武蔵野署に配属される前の所属は」

「警視庁捜査一課第三強行犯捜査殺人犯捜査第四係」

あおいから聞いた捜査一課にいたという情報と一致する。

「納得してもらえたか」

「失礼しました、弁護士の大石です」

俺が名刺をテーブルに置くと、真辺はすぐに名刺を取りあげ、一瞥《いちべつ》もせずスーツの胸ポケットに入れる。確認するまでもないというふうだ。

胸ポケットに手をやったときにスーツの懐が開き、盛り上がった大胸筋にワイシャツの胸元が押し広げられているのが見えた。上半身の筋肉が異常に発達している。それも我那覇のように脂肪に覆われた筋肉ではなく、レスリング選手のように無駄のない、逆三角形のスポーツマンの筋肉だ。

店員が水とメニューを運んできたので、二人ともブレンドコーヒーを頼み、伝票は二つに分けてもらう。夕食の書き入れ時にコーヒー二杯しか注文せず気が引けたが、店員は笑顔を浮かべたままメニューを下げた。

「録音はしていないな」

真辺はテーブルに置いた右手の人差し指を軽く上げ、俺の胸ポケットを指した。ペン型ICレコーダーに気づいている。

「電源は入っていません。確認してください」

レコーダーをテーブルに置く。真辺が取りあげてクリップと軸に軽く触り、うなずいてテーブルに戻した。レコーダーは軸を捻ると電源が入り、クリップを押すと録音が始まる。真辺は取扱方法を知っているようだ。

「結構。さっそく本題に入ろうか。どこで裁判官の話を聞きつけたんだ」

「警察も摑んでるんですね」

「私たちもちゃんと働いている。弁護士の先生方には申し訳ないがな」

「それを聞いて安心しました。裁判官のことを知ってるのであれば、染井は釈放されると考えていいですね」

「まだ彼女の勾留期間は一週間残っている。今はまだ何ともいえない。そういう約束だろう」

　店員がコーヒーを持ってきたので真辺は話を中断した。立ち去るのを待って再開する。

「先生はどこで裁判官の話を聞き込んだんだ」

「先生はやめてください。何だか首筋がかゆくなる。あなたのほうが年上らしいし、大石でいいですよ」

　真辺は笑みを浮かべた。「呼び捨ては失礼だろうから、さん付けで呼ばせてもらおう。あおいさんから聞いていたとおり、ちょっと変わってるな」

「やはりあおいさんから聞いていたんですね。顔写真の雑誌も彼女からですか」

「ああ。今回の事件で染井が被疑者にあがったとき、無罪事件の記録も取り寄せた。その中にあおいさんの調書があった」

「それであおいさんの店に行き、私のことを尋ねた」

　不愉快にはならなかった。あおいが真辺に話したのは、公刊物やインターネットで調べられる公開情報がほとんどで、その範囲を超えたとしても些細なものにすぎないだろう。

「大石さんも私のことを『Owls' Bar』で聞いたろう。それと一緒だ」

俺と真辺は同時にコーヒーに口をつけた。二人の男が、バーの女性に互いのことを尋ね、それでいて互いに女性が必要以上のことを話していないと信頼している。その状況がおかしくて頬が緩み、見ると真辺の顔にも軽い笑みが浮かんでいた。

「さて、三度目の質問だ。裁判官のことは、どこで聞きつけた」

我那覇には何の義理もない。

「鈴木の弟分です。鈴木は彼に、ひと仕事するつもりだと話していた。その仕事というのは強請りで、ターゲットは裁判官です」

「弟分というのは我那覇だな。荻窪署からは何も知らない様子だと報告があったが」

「訊き方がまずかったようですね。取調室でだいぶ締めあげられたそうです」

「奴らのいうことを真に受けないほうがいい。サツに痛めつけられたが俺は吐かなかった、そう自慢したいだけだ」

「そうかもしれません。ただ、彼によると荻窪署の刑事からつまらないストーリーを聞かされ、調書に署名しろと迫られたそうです。そして警察が彼から何の情報も得られなかったのは事実だ」

真辺は苦笑しながらテーブルに両肘を立てて手を組み、その上に顎をのせた。

「どこの世界にも功を焦った挙句、すべてを駄目にしてしまう奴はいる。我那覇はそんな奴らに当たったのかもしれない」

「ヒモの鈴木が小遣いを渋った染井に暴力を振るい、それで染井が鈴木を刺したというストーリーを押しつけられたそうです」

真辺がまとう危うげな空気の濃度が増し、顔には薄ら寒くなるような笑みが浮かんだ。怒っているのだろう。

「くだらないことを。大石さんもわかるだろう、そのスジがどこから出てきたか」

「染井の無罪事件と、鈴木の暴力団員という属性。二つのミックスですね」

五年前、男から暴力を振るわれた染井は包丁を持ちだして男を刺し殺した。無罪判決にかかわらず警察は今でもそう考えているはずで、染井は暴力を受けると凶器を持ちだすという先入観が存在する。一方、鈴木はヤクザでヒモだから、小遣いをもらえなければ染井に暴力を振るうだろうという色眼鏡がある。この二つから染井が鈴木を刺し殺したというストーリーに行き着いた。

「想像力の貧しい人間が描きそうな絵図です」

「まったくだ。いっておくが、武蔵野署ではそんなことは考えていない。無罪事件で煮え湯を飲まされた奴らが考えたスジだ」

「でも武蔵野署もそれに乗ったんじゃないですか？　だから染井京子を逮捕した」

「乗りたくて乗ったわけじゃない。だが警視庁《ほんぶ》からいわれれば動かざるをえない」

「ホンブ？　捜査一課がそんな話で動いているんですか」

「署に応援派遣されてきた班に、五年前染井を逮捕した人間がいて、彼女に固執しそうだと課長も私も頭を抱えている」

真辺は「まったく、なんで俺が言い訳しなければならないんだ」と笑い、顎を手から浮かして背筋を伸ばした。

笑うと目尻がやや下がり、柔和な顔になって空気が一変した。取調室という狭い空間で剣呑な雰囲気に圧迫されていた被疑者が、迎合して口を割る姿が思い浮かんだ。油断できないと気を引き締める。

「だが、鈴木が金儲けを企んでいたという情報だけでは裁判官には辿りつかない」

「鈴木は、臭いカラスのお宝を根こそぎもらう、と我那覇にいったそうです。カラスという言葉から、鈴木の強請りのターゲットが裁判官だとわかりました」

真辺がまたコーヒーに口をつけ、カップをソーサーに置いた。強い視線をこちらに向ける。

「違うな。大石さんはほかにも情報を摑んでいるはずだ」

「なぜそう思うんです」

執拗な追及に、冷たい汗が背中を流れるのを感じた。

「だってそうだろう、カラスと聞いて裁判官を思い浮かべる者がどれだけいる？　カラスと聞いて、裁判官だと考えるだけの情報が大石さんにはあったはずだ」

　真辺は頭の切れも悪くない。佐喜のことを話すべきか迷ったが、弁護士としての守秘義務に属する情報だから、おいそれと話すわけにはいかない。

「弁護士の間では、裁判官をカラスとかヒラメとかに喩《たと》えることは珍しくない」

「だとしてもだ。鈴木は法曹界と無縁の暴力団員で、その鈴木がカラスといっただけでなぜ裁判官が思い浮かぶ。我那覇に会う前に、鈴木と裁判官がつながる情報を摑んでいたんだろう」

　あくまでしらを切るか、それとも佐喜のことを話すか。

「申し訳ありませんが、守秘義務に属することなのでお答えできません」

　真辺は立ちあがった。

「だったら話合いはここまでだ。もう少し腹の据わった男かと思っていたが、どうやらあおいさんの買いかぶりだったようだな」

「守秘義務を破るわけにはいきません」

「大石さんが私をここに呼びだしたのは何のためだ？　捜査情報を聞こうと思ったからだろう。自分の守秘義務は守るが他人の守秘義務はどうでもいいというのか。口の利き方に気を付けろ」

真辺が去ったテーブルに独り残り、やりとりを反芻《はんすう》する。

裁判官が犯人だと警察が目星をつけていることを真辺は明かした。裁判官という職業だけで犯人を特定できるわけではないといっても、警察官として不適切な行為であることは間違いなく、公になれば懲戒は確実だ。

真辺がそれだけの危険を冒したにもかかわらず、俺は弁護士としての守秘義務を盾にとり、佐喜の情報の提供を拒んだ。その原因はどこにあるのだろう。

もちろん守秘義務を守るべきことは当然であり非難されるべきことではないが、同時にそれは無難な選択をしたにすぎないということでもある。俺はその選択を後悔していた。

突きつめると、佐喜の情報を明かさなかった原因は、真辺に対する不信というより反感が強かったように思えてくる。やりとりにおいて俺は常に劣勢にあり、守秘義務を持ちださざるをえないまでに追いこまれた。真辺の実力は疑いようもなく、そして――これが一番の決め手だったかもしれないが――真辺の振る舞いは、あおいとの関係が親しいものであることを感じさせた。真辺が俺に捜査情報を漏らしたのも、あおいが俺を、職業や地位ではなく人間として保証したからにちがいない。

そんなあおいと真辺の関係に反感をもって情報を明かさなかったのだとすれば、俺は自分が考える以上にお子さまだ。

咳払いの音がした。顔を上げると、店員が真辺のコーヒーカップを片付けながら、申し訳なさそうに入口のほうに目をやった。その視線を追うと空席待ちの列ができている。俺は自分の伝票を持って立ちあがった。

26

　真辺と会った翌日の昼過ぎ、澪がばさりと俺の机に封筒を置いた。Ａ４用紙が入る無地のクラフト封筒で表書きはない。

「これは？」

「浜田武蔵野病院の職員名簿二年分」

「よく手に入りましたね」

「人脈の勝利よ」両手を腰に当てて、澪が得意げにいう。

「ネタ元を聞いてもいいですか」

「ダメ、教えてあげない。でも、とある医療関係者だから確かなものよ」

　封筒を持ちあげ、糊づけされていないベロを開いて中身を取りだした。左上をホッチキスで綴じられた二つの名簿が入っていて、そのうちの一つをぱらぱらと見ると、診療科ごとに職員の名前、役職、資格、住所、それに携帯電話の番号が記載されている。

「けっこうな人数ですね」

「そうね、でも二つの名簿を比べて男性の退職者を洗いだせば数を絞れるでしょ。問題はそこからどうやって偽長瀬と吉村を見つけだすかよ」

「名簿に生年月日の記載はありませんね。顔写真が手に入れば一番いいんですが」

「いつもの興信所を使ってみる？」

「うーん高くつきそうだ」

　離婚事件で不倫の証拠を集めたり、あるいは債権回収で債務者の所在を確かめたりと、法律事務所が興信所を使うことは珍しくなく、弁護士協同組合が特約店として複数の業者を紹介しているほどだ。斎藤・大石法律事務所では、澪の友人が所長をしている興信所を利用している。

　当然のことだが費用はそれなりにかかり、特定人物を張り込んでの顔写真撮影なら調査員二名、三時間の調査として税別八万円、調査時間が一時間延びるごとに二万円の追加料金が必要となる。感覚的には、二日間の調査で二十万円ほどの出費を覚悟しなければならない。

「キミに一人ひとりの自宅を張り込んで顔を確かめる時間、ある？」

　形だけ手帳を繰《く》ったが、張込みに費やす時間がないことはわかっていた。起案すべき書類はあまりに多く、こなすべき打合せはもっと多い。一方で、張込みほど時間のかかる作業はなく、しかも対象者が医師となれば、不規則な生活リズムからしてどれほどの時間を要するかわからない。プロに顔写真の撮影を頼んだほうがいいことはわかりきっていた。

諦めが顔に出たのか、澪が名簿を取りあげ、「退職者を抽出して、その人たちの顔写真を興信所にオーダーするよう、土屋さんに指示しといてあげる。料金交渉はキミより彼女のほうが上手だろうから」といった。

内線が鳴り、それを合図に澪は机から離れていく。

〈武蔵野署の留置管理課の方からお電話です〉

町野がいい、俺は点滅している外線ボタンを押した。

〈武蔵野警察署の留置管理課ですっ。被疑者が先生に面会を希望しとりますっ〉

威勢のいい中年男性が、十数日前と同じ台詞《せりふ》を繰り返した。

「染井京子ですか」

〈そうですっ〉

「夕方には行けると思いますので、本人にそういっておいてください」

電話をきり、染井の事件ファイルを取りだして勾留日から十四日目であることを確認する。二十日間の勾留満期が近くなり、起訴されるのか、それとも不起訴で終わるのか、被疑者の精神面が不安定になりやすいころだ。

　染井も不安になって接見を求めてきたのだろうと思い、案外かわいらしいところがあるじゃないかと笑った。

「どういうことよ、黒部くんがわたしに金をせびっていたって」

　面会室に入ってくるなり、染井は挨拶抜きに不機嫌そうにいった。

「……なんのことだ」

　いきなりの文句に面食らいながら、リーガルパッドにペンを構えた。

「刑事にいわれたの。黒部くんから金を要求されて、それで黒部くんとの関係が嫌になったんだろうって」

「なるほど、警察はきみと鈴木の関係を突きとめたらしいな。しかしそれ自体は大したことじゃない。むしろ鈴木に渡したカネが、みかじめ料じゃなかったとわかったことになる」

「わたしたちの関係はもういいの。問題は黒部くんが金をわたしにせびっていたってところよ。どこからそんな話が出てきたの」

　昨夕の真辺との会話を思い出す。「鈴木がヤクザでヒモだから。何の根拠もないただの憶測だ」

「ただの憶測？　違うわ、目撃者がいるっていうの。黒部くんがわたしを抱擁しようとして、わたしがその手を払いのけて、いい争っているのを見たって」

「口喧嘩の目撃者？　実際に口喧嘩はあったのか」

「黒部くんと喧嘩したことなんてありません！」

心底悔しいようで、「ないわよ、そんなことっ」と乱暴に付け足した。

「落ち着け。その目撃者はどんな人間なんだ」

「それがわからないから腹が立つんじゃない。刑事は、目撃者がいるんだから認めるのは早いほうがいいぞって。わたしはいわれたとおりずっと黙秘してる」

「それでいい。それより目撃者だ、目撃したという時期や場所はわからないのか」

「時期はわからない。場所はどこかの公園だって」

何かが引っかかった。公園という場所、それに聞き覚えのある単語。

「抱擁といったな、それは刑事がいった言葉そのままか」

「そうよ、刑事がはっきりいったわよ、黒部くんがわたしを抱擁しようとしたって」

「松下だ」ファイルをめくり、その単語を書きつけたメモを探した。

「なんのこと？」

「だから松下だよ。きみら二人が喧嘩していた、と警察にチクった自称目撃者。松下からヒアリングしたとき、井の頭公園できみたちが抱き合っているのを親族が目撃したといっていた。そのとき、松下は抱擁という言葉を使ったんだ。そら、ここに書いてある」

ファイルに綴じられたリーガルパッド用紙を染井に突きつけた。

染井がアクリル板越しに目を向ける。たぶん字の汚さに少し眉をひそめ、それから目を細めてしばらく眺めたあと、「うそ」と小さく呟いた。

「確かにここに書いてあるようなことはあったわ。でもちょっと待ってよ、たまま抱擁という言葉が同じだからって、わたしの部下を裏切り者扱いするの」

「まさか。でも、目撃者はきみか鈴木か、どちらかの顔見知りだ。そこでだ、きみが鈴木と公園でデートしたことは何回ある」

「黒部くんと外で大っぴらに会ったことはそんなにない……公園なんて、井の頭公園を散歩したのが二、三回くらい」

「そのうちの一回を、松下の親族である幼馴染みに見られた。さて、残りの一回か二回のデートを、ほかの知り合いに見られていた可能性はどれくらいある」

染井は首を振った。「ほとんどないわね。午後は店の支度があるから、公園を散歩したのはぜんぶ午前中だった。その時間に、わたしや黒部くんの知り合いがあそこらへんにいたなんて可能性は低いと思う。だからこそ、あの時間帯、あの場所を選んでいた」

「そこに加えて抱擁という言葉だ。どう思う」

染井は宙を睨んで考え、「先生のいうとおりね」と吐きだした。

「だが松下は、きみらが喧嘩していたなんて一言もいっていなかった。どういうつもりなんだ」

「おカネ」染井の目は虚《うつ》ろだった。

「彼は自分の店の開業資金を集めようと、あちこちに借金を申し込んでたけど、実績がないから断られ続けてた。わたしは、焦らずにここで資金が貯まるまで働きなさいって諭してた。今回逮捕されたとき、あの子に四百万円ほど運転資金が入ったネット銀行の口座を預けたから、先生に着手金を払ってもまだ三百万円は残る。きっと今ごろ全額引きだされてるわ。わたしが殺人罪で逮捕されている間に逃げるつもりよ」

額に手をあててうつむき、顔を隠した。泣いているのかもしれない。

礼儀正しい松下の姿が思い浮かんだ。よき従業員としてオーナーの不在を埋めていた彼が、金を持ち逃げするために染井を殺人罪に陥れようと心変わりしたのであれば、それなりの理由があるはずだ。

「彼だけでは描けない絵図だな」

「……どういうこと」顔を上げずに染井が訊く。

「話がよくできてる。鈴木ときみのスマホの位置情報を調べれば、松下のいう時間、場所にきみたちがいたと確認でき、それが松下の供述の裏付けとなる。そうなると口喧嘩が創作だとしても裁判所は松下供述を信用し、きみにはヒモでヤクザの鈴木を殺す動機があった、ということになる。あとは現場に何かしらきみに繋がる証拠があれば、裁判所は殺人罪できみを有罪にするだろう」

「女物の運動靴」

顔を上げた染井の瞳は潤んでいた。

「女物の運動靴がどうした」

「運動靴を履いて彼の部屋に行ったことがあるだろうって取調べでいわれた。黒部くんの部屋に、女物の運動靴の新しい跡《あと》があったみたい」

「なるほど」指を鳴らした。「現場に女物の運動靴のゲソ痕が残っていた。だから犯人を女性に絞り、きみがマトにされている」

真辺は、かつて染井を殺人罪で逮捕した刑事が警視庁から来ているといっていた。無罪判決で経歴に傷を付けられたその刑事は、さぞ復讐心に燃えているにちがいない。足跡なんていくらでも偽装できるのに、それを重視して染井が犯人だと決め打ちしている。

「どこかの刑事が喧嘩話をこしらえ、松下を誘導して供述をとろうとした。松下は松下で、金を着服できると思って話に乗った。そんなところだ」

「なんて奴らなの」

「きみには殺人罪で逮捕された過去があるからな。実は、今回の捜査にそのときの警官が絡んでいるという話もある」

「なんて奴らなの」染井は繰り返した。「いつまで祟《たた》るつもりなのよ、わたしは無罪よ！　あんな奴、殺してなにが悪い！」

宙を見つめる染井の目は血走っていて、吐いた言葉の重さに気づいていない。

俺は聞かなかったことにした。松下の裏切りによる動揺がいわせた言葉であったし、いずれにせよ無罪判決が確定していて一事不再理なのだ。彼女は闇を抱えて生きるしかない。

27

接見を終えた俺は、警察署を出るなり真辺の携帯に電話をかけた。

〈昨日の今日だぞ、どういうつもりだ〉

「私の依頼人で、裁判官からストーキングを受けている女性がいます。その女性は、昔、鈴木と付き合ってました」

〈……佐喜花美だな〉

「知ってましたか」

〈当然だ。昨夜の仕切り直しをしたいということだな?〉

「ええ。ただそれだけじゃなく、警察の本音《ほんね》を聞きたい。きのう私たちが一笑に付したはずの痴話げんか説を、染井は取調官からぶつけられたそうです」

〈確かに、昨夜から思わぬ方向に進み始めた〉口調に苛立ちが混じる。〈昨日のファミレスに来られるか〉

「いま接見を終えたところです。真辺さんが署にいるなら、もっと近いところで構いません」

〈いま私は桜田門の近くだ〉

警視庁にいたということだろう。何のために、という疑問が湧いたが、会って話をしたほうが早い。桜田門であれば昨日の店で落ち合ったほうが互いに便利だ。

「わかりました。これから店に向かいます」

事務所に戻らず店へ直行した。俺が先に着いたが、間をおかず真辺も姿を現した。

「染井を殺しで挙げようという動きが活発化している」

昨日と同じ席で、挨拶もそこそこに、真辺が切りだした。その様子には、電話口でもみせた焦りのようなものが感じられた。

「捜査一課の人間ですか」

染井が殺人罪に問われるようなことにはなるまい、と油断したことを悔やんだ。

「そうだ。上のほうもそれに同調しようとして、課長と私が止めている状況だ。まさかここまで押しこまれるとはな」

「上のほう？　警視庁刑事部の幹部ということですか」

真辺は俺を見つめるだけで答えない。

「女物の運動靴のせいですか」

「ゲソ痕のことを知っているのか」

「取調べで染井が刑事にぶつけられたそうです」

「この段階で証拠を明かすとは、あいつもまだ未熟だな。ソールマークにキズのない新品で、おまけに押しつけたように痕《こん》は鮮明だった。犯人の偽装工作の可能性が高い。犯人を女性と見せかけるためだとこちらではみている」

「じゃあ、なぜ染井を」

「裁判官が重要参考人《ジュウサン》だからだ。上は、福岡の事件のように検察にハシゴを外されるのを恐れている」

「福岡の事件？」

「知らないか。ストーカー行為を働いた高裁判事の妻を、県警が挙げようとしたら地検が地裁と一緒になって握りつぶそうとした事件だ」

　俺が大学生にもならないころの事件だ。いっとき世間を騒がせたらしいので当時もニュースは耳にしていたのだろうが、詳しく知ったのはロースクールの法曹倫理の講義でだった。

　県警が捜査中であるにもかかわらず、検察官は犯人の夫である高裁判事に捜査書類を見せて被害者と示談するように助言し、事件化を防ごうとした。捜査情報を事件関係者、しかも犯人の親族に漏らすなど通常ならばありえない。

さらに、県警が請求した令状のコピーが裁判所内で密かに作られ、裁判所上層部に報告されていた。裁判所内部とはいえ、令状審査を担当しない人間、それも犯人の夫の上司を含む上層部に連絡がいくなど、やはり通常では考えられない。

捜査情報の漏洩を疑った県警の調査によって、こうした検察や裁判所の行為が明らかとなり、身内をかばうために検察と裁判所が事件を握りつぶそうとしたと大きく報道された。蚊帳《かや》の外におかれ捜査妨害にあった警察の怒りは想像に難くない。

もともと裁判官（判事）と検察官（検事）は、戦前は司法省という同じ役所によって人事権が統括されており、戦後も「判検交流」とよばれる人事交流制度によって濃密な繋がりがある。判検交流は刑事部門こそ二〇一二年に廃止されたが、民事部門（法務省）での交流は今も綿々《めんめん》と続いていて、外部からは容易に窺い知れない司法ムラを形成している。

福岡の事件は、検察と裁判所という司法ムラの闇が深く、警察といえども容易に踏みこめないことを世間に知らしめた。

従って、いま検察に知られれば、殺人といえど鈴木事件も揉み消されるのではないかという警察の心配はもっともといえる。起訴するかどうかは検察官の専権であり、検察官が証拠不十分といえばいくら警察が犯人と主張しようと起訴されないのだ。

「幸いといっては何だが、染井がすぐに逮捕されたことで捜査本部《チヨウバ》は立たず本部係検事は出張《でば》ってきていないから、裁判官が重参となっていることは検察にまだ知られていない。しかし裁判官を被疑者として挙げれば、裁判所に忖度《そんたく》して検察が何やかやと難癖を付けてくるに決まっている。だったら最初からヤクザの情婦で手を打とうという空気ができあがりつつある」

「それを許すつもりですか」自然と詰問口調になった。

「昨日もいったが、口の利き方に気を付けろ。現場がそんな話を呑むと思うか。どんな地位にいようと殺人犯は殺人犯だ」

　真辺は大きく指を開いた手をテーブルに押しつけ、気を静めるかのように大きく息を吐いて、正面から俺を見た。

「だから情報がいる。動かぬ証拠を摑んで検察の横槍が入る前に決着をつける」

「それが、染井が殺人罪から免れる道でもあるわけですか」

「そうだ。そこでまず佐喜花美だ、彼女はどこにいる」

「彼女の名前を出したとき、すぐに反応しましたね」

「被害者の人間関係をあたるのは捜査の基本中の基本だ。弁護士は知らないかもしれないが、敷鑑捜査という」

「じゃあなぜ警察は彼女に話を聴こうとしなかったんです」

真辺が視線を外し、手元のコーヒーカップを弄《もてあそ》んだ。

「染井の逮捕を優先したせいで初動が遅れた。帳場を立ち上げもせず、染井の取調べと周辺捜査にもっとも重要な最初の数日間が費やされた。佐喜花美の存在がわかったのはその後だ。遅まきながら捜査班が接触しようとしたが、彼女は自宅からも勤務先からも姿を消してしまっていた」

「あ……」

神原と交渉する間、佐喜に姿を隠すようにいったのは俺だ。彼女はそれに従って友人宅を泊まり歩いている。おまけに知らない番号からの電話はとらないように助言もしていた。警察が佐喜から話を聴くことができなかったのはそのためだ。

「どうした」真辺が探るような視線を寄越す。

「いいえ、じゃあ警察は、佐喜花美から話を聴く用意はあるんですね」

「もちろん、すぐにでも。連絡がとれるのか」

「ええ。実は佐喜が姿を消しているのは、ストーカー裁判官から身を守るためなんです」

「その裁判官が、鈴木の強請りのターゲットだな」

「そうです」

「名前は」

「警察は摑んでいないんですか」

視線がぶつかり、無言で探り合う。

ところが夕食時とあって辺りにはカレーや肉の焼ける匂いが漂い、二人の腹が同時に鳴った。

「腹を探るのはやめろ、ということですかね」惚《とぼ》けて笑った。

真辺も笑い、「名前は摑んでいるが私の口からはいえない。もし間違った名を挙げたら大変だからな」といった。確かに警察が見当外れの裁判官を疑っていたとなれば問題だろう。

「私の口からいいましょう。裁判官の名前は神原優祐。東京高裁の判事です」

真辺がうなずく。やはり警察も神原をマークしていたのだ。

「しかし、どうやって警察は神原に辿りついたんですか。佐喜の情報がなければ、鈴木と神原の関係は浮かんでこない」

「スマホの通話履歴だ」

俺は納得した。司法の世界では長らく自白が「証拠の王」といわれていたが、今ではは防犯カメラ、ＤＮＡ、スマホが「三種の神器」とよばれ、これらの証拠が一つも提出されない刑事裁判はないといっても過言ではない。

「鈴木の通話履歴を確認したところ、連絡帳アプリに登録のない番号がいくつかあった。それらの契約者を一つひとつ洗って身元を確かめたら、なんと裁判官がいるじゃないか」

「それが神原ですね」

「ああ。現役のマル暴と裁判官が連絡をとっているんだ、何かあると考えるのは当然だろう。ただ、その繋がりが何なのかがわからない。神原が博打《ばくち》やクスリ、あるいは女を求めて鈴木に電話をかけたのかもしれないし、あるいはまったく別の事情があったのかもしれない。その辺りを捜査していたところだ。だが大石さんのおかげで、佐喜花美が二人の接点だったとわかった」

いま接点がわかったということは、神原の不倫が鈴木の強請りネタだと警察はまだ気づいておらず、こちらにアドバンテージがある。そのアドバンテージを最大限に活かすべきだ。

「ついでに強請りネタも教えますが、ここからは佐喜の代理人として話します。いいですね」

真辺が、どういうことだと不思議そうな表情を浮かべたが、唇にはどこか面白がっているような笑みがあった。

「佐喜の取調べをセッティングします。しかし条件が二つある。まず、神原から身を守るため、取調べ後に佐喜が安全に滞在できる場所を警察が提供すること。いっておきますが、警察署とかは駄目ですよ、きちんとした宿泊施設を用意してください。もう一つは、取調べに私を立ち会わせること」

腕組みをした真辺の顔から笑顔が消え、初対面時の剣呑な顔になっている。取調べに条件が付いたのが気に食わないのだろう。思わず真辺が俺の頭と足を持って雑巾のように絞りあげている姿を想像した。きっと真辺も同じことを考えている。

やがて真辺がいった。

「保護施設のことはわかった、手配しよう。しかし警察が参考人取調べに弁護人を立ち会わせないことくらい知っているはずだ。その条件は難しい」

「私は佐喜の弁護人ではありません。あくまで民事の代理人です」

こいつめ、という顔に真辺はなった。

「佐喜の弁護人でなくても、染井の弁護人だろう」

「染井は暴排条例違反で勾留されているのであって、鈴木事件とは関係ありません。佐喜の参考人取調べが鈴木事件の捜査として行なわれるなら、私は誰の弁護人でもない」

「屁理屈《へりくつ》を……」真辺が俺を睨みつけた。

しかし俺にとってもここは勝負所だ。腹に力を込めて澄ましていると、真辺が笑いだした。

「わかった、わかった」

ひとしきり笑ってから、真辺がいった。

「事情聴取の件はそれでいい。では次だ。佐喜を介して二人は繋がったが、鈴木はいったいどうやって神原から金を毟《むし》り取るつもりだったんだ。神原の動機にも関わる点だ」

「神原が佐喜をストーキングしているといいましたよね。かつて二人は不倫関係にあったんです。といっても、佐喜は独身なので神原のほうの不倫ですが。神原は独身と嘘をついて佐喜に接近し、佐喜はそれを信じて肉体関係を持ち、交際するようになった。そのうち佐喜は神原が妻帯者であると知り関係を終わらせようとしましたが、神原は彼女にしつこくつきまとい、レイプしようとしたり自宅に押しかけたりした。それで私が神原との男女関係調整を受任したんです」

「ちょっと待て」真辺が話を遮る。「佐喜は警察に行かなかったのか。その段階で神原を捜査していれば、鈴木が出てくる余地はなかったはずだ」

「警察に相談したそうですが、相手が裁判官とわかると追い返されたそうです」

片眉を上げながら皮肉混じりにいうと、真辺は顔をしかめた。

「佐喜は俺に法律相談する前に、元カレの鈴木に神原のことを話したそうです。かって不倫ネタで企業経営者を強請っていた鈴木は、現職裁判官である神原の不倫ネタは金になると考え、弟分の我那覇にも話を持ちかけた。しかし我那覇は堅気《かたぎ》の職にありついたところだったので断り、鈴木は独りで神原を強請ることにした。もし我那覇が話を受けていたら、結果は違ったかもしれませんね。相手が二人だったら、神原は返り討ちにできなかったでしょう」

真辺は顎を撫でた。「いくら相手が一人とはいえ、裁判官がヤクザを刺せるか」

「裁判官を舐めちゃいけません。刑事裁判や令状審査で毎日のように事件に接していますから、犯罪学についてはちょっとした大家《たいか》だ。法医学の研修を受けていて、どうすれば人が死ぬかもわかっているし、頭もいいから犯罪計画の立案もお手のもの。今回の犯行現場は鈴木の自宅ですよね。周到に計画された不意打ちを自宅でくらえば、いくらヤクザでもひとたまりもない」

「やれやれ」真辺はカップを大きく呷《あお》ってコーヒーを飲み干した。「世間知らずのエリートがキレると怖いものだ」

俺もカップに手を伸ばしながらうなずいた。

「ここ数日の神原の様子は尋常じゃありません。裁判所を無断欠勤していて、三日前は自宅に戻ろうとした佐喜を追いかけ回しました。おそらく佐喜の自宅をずっと見張っていたのでしょう。追いかけてくる神原を見て、佐喜は殺されると思ったそうです」

「神原は今も佐喜の自宅を見張っているのか」

「おそらく。自宅でなければ店を見張ってると思います」

「神原を見つけて行動確認班をつける」

そうしてください、といって真辺に倣い一気にコーヒーを飲み干したら、思いのほか胃に沁みて空腹であることを実感した。

真辺が伝票を取った。話は終わりということらしい。

「それにしても東京高裁の現職判事とはやりにくい。被疑者だけじゃなく上のほうともやり合わねばならん」

その言葉に、俺は動きを止めた。あるアイデアが、頭の中で急速にかたち作られつつあった。

「神原が高裁から異動になったほうが、警察は動きやすい？」

「それはそうだ。東京高裁判事が殺人犯というニュースはセンセーショナルだろうが、私にしてみれば裁判官だろうがチンピラだろうが、しょせん一人の殺人犯にすぎない。被疑者が高裁判事だと無駄に動きにくくなるだけだ」

「神原を異動させましょう」

「そんなことができるのか」

真辺は伝票を持った手を下ろして俺を見つめた。

「ネタが不倫だけなら無理でしたが、殺人ということになればあるいは」

真辺を見つめ返した。

「なるほど」真辺は俺の意図を読みとったらしい。

「強請るつもりだな」

28

一夜明け、俺は出勤した澪を捕まえて最高裁事務総局、それも人事局か秘書課に知り合いがいないか尋ねた。

最高裁事務総局は、全国四十七都道府県にまたがる裁判所という巨大組織の運営を一手に担っている。そこで働く裁判官たちは「司法官僚」ともよばれ、裁判官の出世にとって事務総局での勤務経験は必須とされる。

事務総局には七つの局と三つの課があり、このうち人事局は裁判官の人事を掌握し、秘書課は各局の連絡調整と事務総局の意見集約を担っている。そして秘書課長経験者が人事局長に、人事局長経験者は事務総長に、事務総長経験者は高等裁判所長官になることが多く、高裁長官の次は全国約三千人の裁判官の頂点、最高裁判所判事だ。

「事務総局?」

澪は妙なことを訊くわねという顔で俺を見た。

「いないわ、そんな奇特な知り合い。私が知ってる人は実務に興味のある人ばかりで、わざわざ官僚になろうとする人は皆無よ」

「つまり出世コースを諦めた人ばかりということですね」

「何いってんの、肩書だけが出世じゃないでしょ。一つひとつの事件を丁寧に解決することこそ裁判官の本分。そんなことより偽長瀬はどうなってるのよ。あおいさんに紹介された事件に集中しすぎて、そっちは疎《おろそ》かになってるんじゃない」

「だから事務総局なんです」

真面目な顔で答えると、澪は一歩身を引いてしげしげと俺を眺めた。

「ひょっとして、よからぬことを考えてる？」

「まさか。弁護士人生がかかってるんです、必死ですよ」

いいながらも笑みが浮かぶのを抑えきれなかった。これからやろうとしていることは博打であり、それを知れば澪がどんな顔をするだろうと考えたのだ。

「氏名冒用訴訟を事務所の問題といったのは、澪先生ですよ、お願いします」

笑いながら一礼すると、気味悪そうに俺を見て澪はため息をついた。

「仕方ないわね、探してあげる。ちょっと待ってて」

澪は自席に着くとスマホで電話をかけ始めた。俺もブースに戻り、起案しながら隣から聞こえてくる声を聞くとはなしに聞く。

「おはよう。この前の委員会ではお疲れさま。今、大丈夫？　……実は最高裁事務総局に知り合いがいる人を探してるんだけど……心当たりないか。うん、ほかをあたってみる」

「久しぶり……今はどこの裁判所……そう、栃木なの。ところで相談なんだけど、事務総局に勤めている同期はいない？　いえ、調査官ではなく秘書課とか人事とか……いないか。わかった、こっちで探してみて、どうしようもなくなったらまた電話する」

「教授、ご無沙汰しています、斎藤です……ええお陰さまで元気にやっています。先生は今、消費者庁の審議委員をされていますよね。それでちょっとお願いが……いいえ消費者庁への口利きではなく、同じ審議会に最高裁の事務総局の人間がいないかと思って……あ、東京地裁の所長代行が審議委員ですか。じゃあ結構です……ええ、また今度お話ししましょう」

澪に手間を取らせて申し訳ないとは思うものの、自分の心当たりは昨夜のうちにあたっていて、すべて空振りだった。今はもう澪の人脈に頼るしかない。

「先生、おはようございます……この前の集団訴訟ではご活躍でしたね。ええ、先生の尋問は痛快でした。ところでお尋ねなんですが、先生は最高裁事務総局とコネクションがあったりします？　……え、委員長なら？　日弁連の八木《やぎ》委員長ですか……わかりました、聞いてみます」

我慢できずに立ちあがって澪のブースをのぞきこんだ。澪が電話機のダイヤルボタンをプッシュしている。

「弁護士の斎藤といいます。八木先生はお手空《てす》きでしょうか……外出している。お戻りは？　私は日弁連の委員会でご一緒させていただいている弁護士です……お昼前ですね。わかりました、そのころにまた電話します。斎藤から電話があったとだけお伝えください」

受話器を置いた澪が俺を見上げた。

「いま電話したのは、日弁連副会長を務めたこともある大御所の八木先生。ひょっとしたら事務総局の上のほうと繋がりがあるかもしれない」

「八木先生のことを委員長と呼んでましたけど」

「八木先生は、今は日弁連の消費者団体連絡委員会というところで委員長をしてるの。で、私もその委員のひとり。昼前に戻るらしいから、もう一度電話をかけてみるわ」

礼をいって椅子に腰を下ろし、机上の電話機で佐喜の携帯電話を呼びだした。

〈もしもし〉

佐喜は明るくはっきりとした声で答えたが、少し息切れしているようだ。外にいるらしく風の音が混じる。

「大石だ。ちょっと話したいが大丈夫か」

〈ちょっとジョギングしていたところ〉

「ジョギング？」

〈うん、このまえ神原に追いかけられたときに運動不足を感じちゃって。家にこもっててもクサるだけだし、いいきっかけと思ってジョギング始めた。ちょっと待って、もう少しで公園に着くから、かけ直す〉

一分ほどで佐喜から折り返しがあった。

〈お待たせ〉

「体力作りはいいことだが、安全な場所なんだろうな」

〈大丈夫だよ、今は千葉だから。これまではさ、東京、それも山手線の内側ばっかり興味があったけど、千葉もいいところだね。都会なのに高い建物は少なくて空は広いし、緑も多いし、公園も多い〉

「健康的な生活を送っているところ申し訳ないが、こっちにも動きがあった」

〈やっぱり神原が鉄ちゃんを殺したの〉佐喜の声が沈む。

「そのようだ。警察も神原をマークしていた」

〈私のせいだ。私が神原のことを鉄ちゃんに話したから〉

「それはちょっと違うな。鈴木はきみから得た情報を利用しようとして、自滅したんだ。それはわかってるんだろ」

〈自滅とかヒドいこといわないでよ。鉄ちゃんがどれだけ苦労したかも知らないくせに〉

「ヤクザの苦労なんか興味がない。さあ、悲劇に浸るのはいい加減にして、元の生活に戻る準備をするんだ」

〈戻れるの！〉声が弾んだ。

「戻るためには神原を排除しなければならない。つまり警察に逮捕させる。そのためには、きみが警察に神原と鈴木について知っていることを説明する必要がある。警察にはもう交渉ずみだ。神原ときみの関係も警察に話したが、問題ないな」

〈あるわけないじゃん、相談にも行ったんだから。追い返されちゃったけど。警察と交渉したなら、ついでに説明も先生がやってよ〉

「おいおい、私が引き受けたのは男女関係調整の代理人であって、受任範囲には神原の告発も、きみの弁護も含まれていない」

　佐喜がつばを飲みこむ音が聞こえた。〈私を見捨てるの〉

「勘違いするな、取調べには私も立ち会う。警察との調整はしてやるが、説明はきみが直接するんだ。そうすれば重要証人として警察がきみを守ってくれる」

〈ありがとう！　どうすればいい？〉

「明日の午前十時、事務所に来てほしい」

〈明日でいいの〉

「もう一つ仕込まなければならないことがあって、今日いっぱいかかる。明日の十時でどうだ」

〈わかった。じゃ、明日〉

佐喜との話を終え、続けて真辺の携帯電話を呼びだす。

〈真辺だ〉

「佐喜花美の件です。彼女に連絡がとれました」

〈いつ話が聞ける〉

「その前に、警察の動きはどうなっています」

〈ちょっと待て〉

真辺が移動する気配が伝わってきた。刑事課の大部屋から出たのだろう。

〈署の幹部には話を通した。神原は現在捜索中で見つかり次第、行確《こうかく》班を張りつける。裁判所のほうはどうなっている〉

「いま窓口を探してるところです」

〈急ぐんだ。昨夜の幹部会議で問題になったのはやはり被疑者の身分だ。警視庁《ほんぶ》は及び腰で、裁判所との話がまとまらなければ染井を被疑者として地検に差しだすかもしれない〉

裁判所を敵に回すくらいなら、警察は冤罪の一つくらい目をつぶるということか。市民からは見えない不可視領域は政治の世界のみならず司法の世界にも確実に存在し、それを承知で動いている俺も警察幹部と同じ穴のムジナだ。

「厳しい状況ですか」

〈悲観する必要はない。裏を返せば、話さえまとまれば神原を挙げられるということでもある。検察に通知する前に、少なくとも東京高裁から異動、できれば判事の職から離れていてほしいというのが幹部の希望だ。かといって警察が裁判所に直談判するわけにもいかない。そんなことがマスコミにバレたら捜査情報の漏洩、便宜供与と大騒ぎになって署長や刑事部長の首どころの話じゃなくなる。裁判所がたまたま神原を異動させたというかたちが望ましい。いわんとすることはわかるな〉

「よくわかります。裁判所は何とかしますが、神原には必ず尾行を付けておいてください。奴はいまも暴走しているが、これが暴発となると何をするかわからない」

〈今日中には見つけだすつもりだ。それで、佐喜の事情聴取はいつできる〉

「その前にもう一つ。染井ですが、暴排条例違反はどうなります」

〈殺人犯を逮捕できればそんな微罪に興味はない。不起訴だ〉

「そのときは起訴猶予ではなく嫌疑不十分にしてください」

不起訴処分の裁定には実務上、起訴猶予と嫌疑不十分の二種類がある。本当はこのほかにも「罪とならず」や「嫌疑なし」といった裁定もあるのだが、ほとんど使われていない。起訴猶予は、有罪にする証拠はあるものの裁判をするまでもないとして検察官の裁量で不起訴にすることをいう。これに対して嫌疑不十分は、有罪とする証拠が集まらなかったことを理由として不起訴にするもので、刑事裁判での無罪に相当する処分だ。

〈心配性だな。大胆なのか神経質なのかわからない。あおいさんが気にするはずだ〉

真辺は含み笑いの声でいった。あおいという言葉に動揺し、動揺を誘うのが真辺の目的だとわかりながらも動揺してしまった自分を恥じる。

「嫌疑不十分。いいですね」

〈わかったわかった。染井から鈴木に渡った金が、みかじめの趣旨だったという証拠はないから、検事は嫌疑不十分にするしかない。満足か〉

「満足ですね。明日の午前十時三十分にうちの事務所に来てください。佐喜に会わせます」

〈よし〉真辺は満足そうに電話をきった。

29

昼前、パーティションが反対側からトントンと叩かれた。立って隣を覗くと、澪が電話の送話口を手で押さえている。

「八木先生が話したいって」

俺は急いで澪の机に回った。

「最高裁事務総局の人間を探しているといったら、どんな事情なのか知りたいって。キミが直接話したほうがいいでしょ」受話器を渡しながら澪がいう。

「初めまして、大石です」

〈八木です、こんにちは。あなたの話は斎藤さんからよく聞いている。優秀らしいですな〉

好々爺《こうこうや》らしいふくよかな声に褒められ、澪を見た。電話を替わったあと、澪は座っている椅子の座面を右に左にと回転させながらこちらを見ている。ここは謙遜しておくのが礼儀だろう。

「いえ、決してそんなことはありません。斎藤には助けてもらってばっかりで」

澪がうんうんとうなずく。

〈はは、斎藤さんはよく頑張ってらっしゃる。今の消費者弁護活動を支えている一人でしょう。あなたもいい先輩を持った〉

俺が澪の大学の後輩だと知っているということは、話を聞いているというのはあながち嘘ではなさそうだ。

〈さて、最高裁事務総局の人間を紹介してほしいとは、どんな事情ですかな〉

「裁判所の危機管理に関することです」

あらかじめ用意していた台詞《せりふ》を吐く。

〈ほう、危機管理〉

八木は意表を突かれたようで、澪も目を丸くしている。

「はい、放置しておけば裁判所、ひいては司法全体が国民の信頼を失いかねない事態が発生しています。最高裁に連絡しておくべきだろうと思い、それで事務総局のつてを探していました」

〈なるほど……その、危機管理を要する事態とは、いったいどういうものかね〉

まともに取り合ってよいものかわからない、とでもいいたげな困ったような口調だった。

「裁判官に殺人犯がいます」

椅子の上でふざけていた澪の動きが止まり、電話線の向こうからも息を呑む気配が伝わってきた。俺は無言のまま八木の反応を待つ。

〈冗談をいっているのではないでしょうな〉

「冗談でこんなことはいえません」

〈それはそうだ、あまりに突拍子もない。斎藤さんから妄想癖があるとは聞いていない。ふむ。確認だが、あなたは、私欲から人脈を探しているわけではないのだね〉

「私欲？　私がですか？　まさか、自分のためならこんな面倒くさいことはしません。この時間を別の事件の処理に回して報酬を稼ぎます」

澪が両目をぐるりと回してみせ、ついでに座面ごと体をくるりと一回転させた。

〈細かな事情は聞かぬほうがよさそうですな〉

「クライアントの秘密に関わるところもありますし、八木先生のためにも詳細はお知りにならないほうがよろしいかと」

〈ふむ〉

八木は沈黙した。熟考しているようだ。

〈わかりました。事務総局の知人にあたってみます。政府の会議に事務総局から出席している人間がいますから、彼なら適任の人間を紹介してくれるでしょう。少し待っていてもらえますかな〉

八木が電話をきり、俺は受話器を澪に返した。手のひらが汗で湿っている。澪がウェットティッシュで受話器を拭きながら尋ねた。

「どういうことなの、裁判官が殺人犯って」

澪に、佐喜と我那覇、そして真辺から聞いた話をかいつまんで説明する。

「まったく、いつの間にそんな大騒動になってたの。おまけにやっぱり氏名冒用訴訟には関係ない話じゃない」

「関係なくはないですよ。大規模火災をニトログリセリンの爆風と衝撃波で消火する技術があるのを知ってますか」

澪は受話器をぬぐう手を止め、顔を強張らせて俺を睨んだ。

「キミ、まさか……」

しかし澪が言葉を継ぐ前に俺の机で内線が鳴った。

デスクに戻りながら「誰?」と声を張りあげると、土屋が「最高裁事務総局の方です」と返した。椅子に座るのももどかしく受話器を取りあげる。

「弁護士の大石です」

〈初めまして、大石先生〉

どこか不遜な響きをもつ、男性のバリトンの声だった。

〈私は最高裁の秘書課で働いている、村田《むらた》といいます。課長が八木弁護士からお話をうかがい、命《めい》を受けて私がお電話を差し上げています。何でも、我が社に重大な危機が迫っていて先生がその情報をお持ちとか。よければお聞かせ願いたい〉

「この電話で？」

〈会って話す必要がありますか〉

傲岸《ごうまん》な物言いに、この相手に遠慮は不要と判断する。

「では、この話はなかったことにしてください、せっかく心配して忠告してやろうというのに。裁判所がマスコミに叩かれて国民の信頼が失われていくのを、黙って指を咥《くわ》えて見ているがいい。ご愁傷《しゅうしょう》さま」俺はいい放った。

エリートは、他人から強く物をいわれたり怒鳴られたりすることに慣れていない。だから、いきなり強く叱責されると驚いて混乱し、従順になる。東京地検特捜部が得意とする取調べ方法だと西島から教わった。

〈ちょ、ちょっと、焦らないでください。会って話をする必要があるのか確認しただけじゃないですか。会う必要があるのであれば喜んで足を運びます。いかがでしょう、麹町《こうじまち》に我が社がよく使うホテルがありますので、そこでお会いするという

のは〉

「我が社」という言葉が癇《かん》に障った。裁判官はよく裁判所のことを我が社と言い表す。裁判官だと第三者に知られないようにするためというが、ならば知った者だけの席では使う必要はない。しかしどんなときも「我が社」という裁判官は少なからずいて、そこには司法権を独占する組織の一員だという選良意識が色濃く漂っている。

不愉快な気持ちをそのまま声に乗せた。

「いいでしょう、午後八時にそのホテルで。村田さんの携帯番号を教えてください。ショートメッセージを送りますので、折り返しホテルの名前と住所をお願いします。何番ですか」

村田は携帯番号を教えることを躊躇《ちゅうちょ》するように口ごもり、だが電話をきられるのを恐れてか十一桁の番号を告げた。すぐにスマホのショートメッセージにその番号を打ちこんで「テスト」とだけ書いて送信する。

「今、テストメールを送りましたが、着きましたか。では返信をお願いします」

すかさず電話をきる。

「うまいこと引きずりだすものね」

澪が感心したような、呆れたような表情でパーティションから見下ろしている。

俺は笑顔を返した。

30

ホテルに入り、まっすぐフロントへと向かう。カウンターのホテルマンの前に立つと、一分《いちぶ》の隙もない笑顔に迎えられた。

ホテルは麹町中学校の近くにあり、正面に車寄せが大きくとられ、吹き抜けのロビーは開放的な雰囲気を漂わせている。ホームページによると部屋数は百六十室、シングルルームが中心だがダブルにツイン、スイート、それに和室もある。部屋は総じて広めで、シングルでも二十平方メートル、ツインルームだと三十平方メートル近くある。全国チェーンのビジネスホテルだとシングルで十三平方メートルくらいだから、かなり余裕のある造りといえた。

「宿泊をお願いしたいんですが」

予約なしの宿泊客とわかっても、ホテルマンの笑顔は変わらなかった。

「お客さま、申し訳ございません、当ホテルは本日満室をいただいております」

心底申し訳なさそうな口調で断りの言葉を告げる。

「一五〇五号室の村田さんの同行者です。急に私も泊まることになっちゃって。村田さんに確認してもらっても構いません」

ホテルマンの笑顔がさらに深くなった。業務上の必要があるとはいえ、豊富な種類の笑顔の使い分けに感心する。

ここは事務総局がよく使うホテルだと村田はいっていた。ならばホテル側も事務総局の急な宿泊に備え、常に二、三室は確保しているはずだと踏んでいた。

「村田様のお連れさまでしたか、いつもご利用ありがとうございます。それでしたら、あいにく村田様と同じツインタイプの部屋はふさがっておりますが、ダブルの部屋をご用意できます」

「すみませんね。ところで、村田さんはもう到着してますか。ここで落ち合うことになってるんですが」

「はい、もうお越しになられております。では、こちらにご記入をお願いいたします。お名前と電話番号だけで結構でございます」

チェックイン・シートに迷うことなく村田のフルネームと最高裁の代表番号を書き入れる。ホテルマンは一瞬顔を強張らせたように見えたが、すぐに笑顔でカードキーを差しだした。チェックアウト時刻と館内設備の説明を、もとより宿泊するつもりのない俺は適当に聞き流し、あてがわれた一二〇四号室へと向かう。

部屋に入るとすぐに内線電話で一五〇五号室を呼びだした。

はい、と不審そうな声で村田が応えたのを俺は「大石です。一二〇四号室にいます。すぐに来てください」といって返事を聞かずに受話器を置く。

五分後、部屋のチャイムが鳴り、チェーンロックを掛けたまま扉を少し開けると、スーツ姿の男が立っていた。長身で、豊かな髪の毛を中央で分け、頬は痩せているが肌の艶《つや》はよい。スーツは紺青色で嫌みでない程度の光沢があり上物とわかる。総じて品のよさが感じられ、言い換えれば鼻持ちならないエリート臭が鼻についた。

男が一人であることを確認してチェーンロックを外し、部屋に招じ入れて「村田さんですね」と確認する。

「そうです。これはどういうことなんですか、大石先生」村田は不服そうだ。

「まあまあ、こちらへどうぞ」

廊下の奥へと村田を通す。部屋は仕切壁で二つに区切られ、ベッドの置いてあるスペースが奥、その手前の空間にはローテーブルと二人掛けソファ、二脚の椅子で構成される応接セットが設えてある。村田はテーブルの前まで進んで立ち止まった。

俺が名刺を差しだすと、村田も名刺入れを取りだした。村田の名刺には「最高裁判所事務総局秘書課　課長補佐」とある。

ソファを勧めたが村田は座ろうとしない。

「メールで一五〇五号室でお会いすると伝えたはずですが」

わずかに怒気を含ませて村田がいう。部屋替えのことを不満に思っているようだった。

「あなたがたはこのホテルをよく使われているようですから、念のため部屋を替えさせてもらいました。隠しカメラなどがあっては困りますので」

村田が頰を引き攣らせたところを見ると、的外れな懸念ではなかったようだ。しかし村田を責める気にはならない。自分が司法官僚で見知らぬ弁護士から面談を求められれば、やはり隠し録音や録画を試みるだろう。

「いささかスパイ映画の見すぎではありませんか」

「そうかもしれません。しかしそれだけ機微に触れる話でして、万が一のことも考えざるをえないんです。もしここでの会話が外に漏れることがあればとんでもないことになる。さあ立って話をするのも何ですから、座りませんか」

俺の物言いに気圧《けお》されたように、村田は腰を下ろした。俺はその対面に座る。

「これも念のためです」

ローテーブル脇に置いていたブリーフケースからポータブル・スピーカーを出してテーブルに載せ、スマホに無線接続して音楽を流す。軽快なトランペットとピアノによって奏でられるジャズの音が部屋に満ちた。もし村田がスーツのポケットにレコーダーを入れていたとしても、二人の会話を拾うことは困難だろう。

「そんなに重大な話なんですか」

俺の周到さに村田は気を呑まれているようだ。いささか大仰かもしれないが、これだけやれば情報の重要性が伝わる。俺は真面目な顔でうなずいた。

「このホテルは、どんなときに使うんです」

焦《じ》らすように話題を逸らすと、村田はもどかしそうな顔をしつつ「終電を逃した職員が泊まることもありますが、主には国会対策です。国会議員の質問主意書への答弁を考えたり、答弁を事務総長や事務次長にレクチャーしたり。まあそんなところです」と口早に答え、「そんなことより」と俺を促した。

「わかりました、お話ししましょう」

両膝に肘をついて体を傾けた。つられて村田も身を乗りだす。

「東京高裁判事が、殺人事件の被疑者になっています」

村田は、俺を見つめながらゆっくりとソファの背もたれに体を預け、腹の上で指を交互にして手を組んだ。俺は、感情の抜け落ちた村田の顔から衝撃を推し量り、充分だと判断する。

「あなたの言葉は理解したが、信用性には疑問がつく。そんな話はまったくこちらには入ってきていない」村田が棒読みにいった。

「あなたがたに話が入るとすれば検察からでしょう。ところが彼らもまだ知らない話です。知っているのは捜査にあたっている所轄署と、警視庁のごく一部。警察庁にさえまだ届いていないかもしれない」

「そんな話をなぜあなたが知っているのです」

「村田さん、弁護士というのは裁判官と違って市民のそばにいるんです。三宅坂《みやけざか》の奇巌城《きがんじょう》から見えないものは多い」

三宅坂は最高裁の所在地、奇巌城は庁舎建物の姿形からついた最高裁を揶揄する言葉だ。

「そんな皮相的なことを聞いているのではありません。あなたがなぜ殺人事件の被疑者を知っているのか、具体的な理由を教えてほしいのです」

「だから市民のそばにいるからですよ。私の依頼人が、被疑者の判事からストーカー行為を受けていて、そのストーカーは仕事を放りだし、今も血眼《ちまなこ》で依頼人を探している」

仕事を放りだしていると聞き、村田が反応する。

「ひょっとして無断欠勤を続けている東京高裁の判事ですか」

「そうです」

村田が呻《うめ》いた。俺の話を戯《ざ》れ言《ごと》と切って捨てるわけにはいかないと悟ったのだ。

「東京高裁に無断欠勤している判事がいるという情報は、事務総局にも入ってるんですね。そう、被疑者はその判事です。名前は神原優祐、東京高裁の右陪席」

村田は組んでいる両手の親指をせわしなく動かし始めた。

「捜査はどの程度進んでいるのです」

「刑事が逮捕という言葉を口にする程度まで」

「なぜ神原判事はそんなことを」

「警察は、被害者が神原さんを強請ろうとして逆に殺されたと考えています。私の依頼人の話を聞くかぎり、そのスジ読みは外れていない。被害者は暴力団の構成員でした」

「先生の依頼人は、神原判事にストーキングされているんですね。暴力団員の強請りネタは、その女性との関係ですか」

さすがに裁判所組織の中枢《ちゅうすう》にいるだけあって頭の回転は悪くない。

「おそらく。神原には大阪に妻子がいて、依頼人との関係は不倫だ。職場や妻子にばらすとでも脅されたんでしょう」

「神原判事と大石先生の依頼人はどこで知り合ったんです」

「キャバクラ。神原は独身だと嘘をついて、依頼人は真面目な交際のつもりでした。結婚しているとわかって別れようとしたんですが、神原は納得しなかった。そんなときに暴力団員が神原を脅そうとして、逆に殺された。いま神原は、身を隠している依頼人を必死に探しています」

「先生の依頼人を探してどうするつもりなのでしょうか」

村田は体を捻ってトラウザーズのポケットからハンカチを取りだし、額《ひたい》の汗を拭った。

「さあ。でも四日前、依頼人はたまたま神原に出くわして必死に逃げました。そのとき依頼人は、殺される、と思ったそうです」

「神原判事は先生の依頼人と心中しようとしている……」

「警察が動いていますので、そんなことにはならないでしょう。残された問題は、いつ神原が逮捕されるかだけです」

「ちょっと待ってください、冤罪という可能性はないのですか」

逮捕という言葉に動揺したのか、息を乱して村田が訊く。この期《ご》に及んで冤罪の可能性をいう村田に少し失望した。頭の回転は悪くないが、ピントがずれている。

「そりゃあ可能性はあるでしょう、裁判で有罪が確定したって再審冤罪の可能性は残るんだ。いいですか村田さん、裁判所にとっての問題は、現役の東京高裁判事が殺人罪で逮捕されることであって、冤罪かどうかは二の次です。そしてあなたは危機管理のために私の話を聴きに来た。違いますか」

村田がふたたび額の汗を拭い、ゆっくりと呼吸を整えた。呼吸が鎮《しず》まるのに合わせ冷徹な官吏の顔に戻っていく。

「ついでに私見をいえば、神原が無罪になる可能性は低いと思います」

「なるほど。取り乱してしまったようです、仰るとおり私の役割は危機管理であって真実の追求ではない」

村田は、すっかり自分の役目を果たそうと腐心する官僚の顔になっていた。こうなれば、職務のためなら多少のことは目をつむる。望んだ展開になりつつあった。

「警察は神原判事の逮捕状を請求するつもりなのですね。具体的にはいつ」

「一両日中には」

「それを防ぐ手立てはありますか」

「検察を通じて警察に圧力をかけようと考えているなら、諦めたほうがいい。警察は、福岡の事件の二の舞になることを警戒しています。不審な動きがあればすぐマスコミにリークする」

福岡の事件、といったときに村田の顔に苦痛が走ったように見えた。

「しかし、このまま指を咥えて見てるしかない、というわけではないのでしょう。それなら大石先生も私を呼びだしたりしないはずだ。何かお考えがあるはずです」

村田は期待のこもった視線を寄越した。

「実は、私が相談したかったのは、逮捕のタイミングについてなんです」

「逮捕のタイミング？　じゃあ、大石先生は」

「ええ、警察の意向を受けてここに来ています」

村田は口を開けハンカチを握りしめて固まった。

「……まさか弁護士が警察の犬とは」

これにはさすがにムッとした。「私は侮辱されるために来たんではない」と不機嫌にいうと、失言を悟った村田は「すみません、私は愛犬家でして、とっさに犬といってしまいました」という訳のわからぬ弁解を口にする。

「今の発言、高くつきますよ」

俺は失言を村田の記憶に刻みこもうと強調した。

「わかりました、すみません。それで警察の意向は」

「神原を東京高裁から異動させてほしいとのことです。警察は、この件で裁判所と事を構えるつもりはありません。検察から横槍が入らない程度のポストに神原を動かしてもらい、その異動が終わったタイミングで逮捕したい。もちろん殺人犯を野放しにはできませんから、できるだけ迅速に。個人的には、裁判官職から外して司法行政職などに動かすのがいいと思います」

「警察は、東京高裁判事の肩書がなくてもいいのですか。社会的地位のある人間を逮捕したほうが世間受けがいいし、警察内での点数も高くなると聞いたことがありますが」恐るおそるといった様子で訊く。

「捜査担当者は、裁判官だろうがチンピラだろうがしょせん一人の殺人犯にすぎない、といってました」

「それは素晴らしい考えです。感服しました」調子よく村田がいう。

「ではお言葉に甘えさせてもらいましょう。神原判事……神原には、新しいポストを用意します。民間に出向させるのが一番いいのでしょうが、難しいな、短時間で受け入れ先を見つけることはできない」

村田の言葉に呆れた。受け入れ先さえ見つかれば、殺人犯を民間企業に出向させるつもりなのだろうか。

「そうすると仰るように司法行政職だが……最高裁事務総局付きはどうでしょう」

「マスコミは『最高裁事務総局職員である神原優祐容疑者』と流すでしょうから、最高裁の名前が頭に出てしまいます」

「それはダメですね。そうだ、研究事務職はどうです？　ちょうど司法研修所の司法研究員枠が空いています。最高裁の附属機関だから異動も簡単だし、教官でもないから『司法研修所職員』で記者発表できる」

「まあ適当なポストを見繕《みつくろ》ってください。ところで、裁判官は、意思に反して異動させられないことになっていますが、その点は大丈夫なんですか」

もっとも気懸かりな点だったが、問題にもならないというように村田は笑って答えた。

「ああ、先生は弁護士だからご存じないでしょう。裁判官は、毎年八月に任地や異動時期の希望を書いたカードを出すことになっていて、多くの者が『一任』を選択して提出します。一任、つまりすべて任せますということですね。おそらく神原もそう書いて提出しているでしょうから、何も問題ありません」

俺は「一任以外を選ぶと出世できないんでしょう」と訊いてみたが、村田は笑ってごまかした。

「では、さっそく人事異動にとりかかります」

「どれくらいかかります」

「明日の朝イチで発令できるよう、今夜中に必要な決裁をとります。発令さえしてしまえば、あとは何とでもなりますから」

村田が立ちあがり、礼をいって辞去しようとする。

「村田さん、座ってください。まだ話は終わっていません」

俺は声を低くして力を込めた。

「私はボランティアでこんな危険な、警察と裁判所の橋渡し役をしたわけではありません。見返りがあってしかるべきと思いませんか」

村田が怪しむ顔で俺を見下ろした。目には不安と興味が交錯している。

「座ってください」重ねていうと、村田は従った。

俺はスーツの内ポケットから折り畳んだ紙を取りだし、丁寧に広げてから村田の前に置いた。Ａ４用紙に三行の文字が印刷されている。上から順に、事件番号、原告名、被告名だ。

「この訴訟事件についてご相談があるんです」

村田の顔に、はっきりと侮蔑《ぶべつ》の色が浮かんだ。

31

駅から事務所へ、赤茶けた落葉に覆われた道をゆっくりと歩く。

午後十時を過ぎても人通りは絶えず、冷たい夜風から身を守ろうと上衣の前をかきこんで歩く人の姿が目立つ。

俺は両手をポケットに突っこみ、機械的に足を動かして体を前へと運んでいた。

村田を相手に自分の欲求を吐きだしたあとには、重くのしかかっていた肩の荷を下ろした解放感と、法曹としての一線を越えてしまった罪悪感とが残り、極度の疲れが思考力を奪っていた。ホテルを出てすぐ、談合結果を真辺に伝えようとスマホに手が伸びたが、内容が内容だけに事務所から電話したほうがいいと思いなおして事務所への帰路についた。

ビルの店子《たなこ》たちはデザイナー以外は店じまいしたようで、窓から見える灯りは二階を除いて消えていた。

斎藤・大石法律事務所の事務局二人は定時の五時きっかりに帰宅するし、澪も夜は弁護士会の集まりやゴルフレッスンで忙しい。

俺は通用口の鍵を開け、入ってすぐの壁に取り付けられたセキュリティ装置にカードキーを差しこんで暗証番号を打ちこみ、事務所フロアの機械警備を解除した。すべては何度となく繰り返された習慣による行動で、背後に注意を払う用心深さはなく、だから後頭部にいつもにはない違和感を覚えたときも、なおカードキーを抜こうとしながら闇に落ちた。


激しい頭痛とともに目を覚ました。二日酔いかとまず疑った。

三十五が近づくにつれ二日酔いになることが増え、しかも前夜の記憶をなくしていることがある。といっても記憶の全部を失っているわけではなく、ところどころ記憶をなくす、いわゆる島状健忘というやつだ。加齢によるところが大きい、誰でもそうなると医者は慰めてくれるが、他人の秘密を扱う職業の者にとって記憶をなくすことは恐怖でしかない。飲んでいるときに依頼人の秘密を話していたら懲戒問題になりうるのだ。

だが、後頭部だけが割れるように痛いというのは初めての経験だった。いつもはこめかみのあたりが締めつけられるように痛む。あまりの痛みに右手を後頭部にやろうとしたが、手は動かなかった。左腕を下に横臥《おうが》していて、右手は背中に回っている。その右手を動かそうとしても、左手が重石《おもし》になって動かせないのだ。

混乱しながら右手と左手を背中でこねくり回し、どうやら両手の親指が紐のようなもので結ばれているとわかった。

そこでようやく自宅のベッドで寝ているのではないと気づく。

目の前にあるのは、書棚に差された契約書式全集だ。

仰向《あおむ》けになり、自分が事務所の会議室の床に寝ていると認識する。会議室の書棚を床から見上げるのは初めての経験だが、テーブルの脚といい、書棚の品揃えといい、1番会議室にいるのは間違いない。

腹筋を使って上半身を起こそうとしたら、途端に首が絞まり窒息しそうになった。悶絶《もんぜつ》していると目の隅に首から伸びるネクタイの剣先がテーブルの脚に結んであるのが映った。

慎重、というより臆病になって軽く足を動かそうとした。すると両足も足首のあたりで縛られている。首が絞まらぬ程度に少し顔を上げ、目を動かして下半身を見たら、白色の結束バンドで両足首がテーブルの脚を挟んで固定されていた。

「起きたか」神原の声だ。

声がした会議室の入口に顔を向ける裾の汚れた灰色のトラウザーズと土のこびり

ついた黒い革靴が見えた。

革靴がテーブルを回り、神原の上半身が視界に入る。容貌の変化に驚いた。

髪は色が抜けて真っ白になり、顔には深いしわが刻まれ、目は赤く充血している。背広は着ておらずネクタイもなく、ワイシャツにはところどころ染みがつき、襟首と袖口は黒ずんでいる。

「そんな目で見んなよ。狂ってるんとちゃうで」

口調には抑揚がなく、まるで無関心な様子で俺を見下ろしている。その目に感情の動きを窺うことができず、俺は怖気《おぞけ》立った。

「こんな面倒くさいことやりたくないねん。さっさと花美を帰せばよかったんや」

いいながら、無造作に俺の脇腹をつま先で蹴りつけた。手加減はなく、肋骨が折れたかと思うほどの痛みに身をよじって叫び声をあげた。

「大袈裟やな。そんなんやったらよう耐えられへんぞ」

神原は相変わらず無表情に見下ろしている。

「耐えるって、何が！」脇腹の痛みに悶《もだ》えながら大声で訊いた。

ようやく神原の顔に人間らしい表情が浮かぶ。薄ら笑みだ。

「ほんまに生意気やな。まずは口の利き方から教えたらんとな。この口や」

神原は右手に持った黒い物体を、俺の顔に真上から叩きつけた。

鼻から口にかけて痺《しび》れが走り、次いで焼けつく痛みを感じ、遅れて温かくぬめった液体が頬を伝う。声をあげることもできず右に左にと体を捻り、顔を大きく動かしたためにネクタイが絞まる。しかし鼻腔から喉に流れこんできた、頬を伝うのと同じ液体、血液で激しく咳こんでそれどころではなかった。空気を求めて喉の血を吐きだそうとするが、その間もネクタイは絞まり続けて頸《くび》の血管を圧迫し、意識が薄れかけた。

すると髪の毛を摑まれて頭が引き起こされ、わずかにネクタイが緩められた。血にむせながら目を開けると、神原が右手の人差し指を俺のネクタイから離すところで、ほかの指で握っている凶器が俺の目に入った。

靴下だ。足首のところを神原は握っていて、くるぶしからつま先部分にかけて涙滴形に膨らんでいる。細長い袋に砂や石を詰めこんで作るブラック・ジャックと呼ばれる鈍器で、本格的なものは革袋に砂鉄を詰めたものらしいが、靴下に小石を詰めるだけでも充分な威力がある。手軽に作れるスラッパーとして家庭内暴力に用いられることも多い。

染井もこれで相川から幾度となく折檻《せっかん》を受け、逮捕されたときに撮影された彼女の身体の写真には、ところどころ浅黒く変色した背中や太ももが写っていた。

「世話の焼けるこっちゃ、自分で自分の首しめてどないすんねん」

髪を摑んだ左手で神原が俺の頭をぐらぐらと揺らす。堪《たま》らずに口の中に溜まった血を吐きだし、神原のワイシャツを汚した。

「何するんや！」

神原は俺の頭を床に叩きつける。カーペット敷きのＯＡフロアとはいえ、後頭部から前頭部へと突き抜ける衝撃が走った。

「まあ、ええ。おまえには訊きたいことがあるねん」

神原は俺の顔を覗きこんだ。呼吸する度に鼻から血が流れ、生温かい感触を肌に残す。

「わかっとるやろ、花美や。どこにおるんや」

俺は首を振った。痛みと衝撃で話すことができず、ただの無意味な動作だったが、神原は拒絶の意思表示と受けとったようで、また薄ら笑みを浮かべた。

「頑張るんか。そやな、これくらいは耐えな依頼人に申し訳が立たんな。めんどいけどこっちも気張らなあかん」

神原は、テーブルに載せていたらしい白いビニール袋を振り、中身を床に落とした。金槌やラジオペンチ、小型の糸ノコといった道具がゴトゴトと音を立てて散らばる。

「百円ショップは便利やな、これだけの道具を揃えて千円で釣りがくるんやから。

さ、始めよか」神原は床から白く丸いコンパクトケースを拾った。「まずはお約束の針からや。裁縫針は一セットにひい、ふう、みい、よ、いつつ。まあ片足ずつということやな」

神原が俺の左足の甲を押さえ、その時になって靴下を脱がされていることに気づいた。

足を曲げ伸ばしして抵抗しようとしたものの、テーブルの脚がわずかに動いただけだった叫び声をあげたくとも窒息と恐怖で声が出ない。

異物が入ってくる感覚とともに、焼け火箸を押しつけられたような痛みが左足の親指から脳天へと走り抜け、体が仰け反る。

「まずは一本目。きれいに爪の間に入ったで。爪ひとつに針一本ずつや」

同じ痛みが人差し指、中指と続けて走って俺は叫んだが、喉からは掠れた音が出ただけだった。

「あと二本や。さくさくいこな」

二度悲鳴をあげようとしたが、やはり掠れた音が出るだけだ。全身の筋肉に力が入って体が強張り、とめどなく汗が噴きだす。

「針がのうなった、次は金槌や。針の刺さった爪を叩くから、動くんやないで」

ゴッという鈍い音が足元から響き、指がなくなったかのような感覚が訪れ、次にそれまでに倍加する痛みが頭に上ってきた。また叫び、ようやく悲鳴らしい悲鳴が出たが、それと同時に神原がまた金槌を振り下ろした。

「安心し、指はまだついとん。切るともう使えへんから、まずは潰していくで。ノコで切るのはその後や。片足に五本しかあらへんのやからな、大切に使わんといかん。また人差し指、中指の順で小指までいくで」

神原は淡々と金槌を振り上げ続け、その度に俺は声をあげ続けた。

「なんや小指は、指の形が変わってしまったで。日本人は小指の関節が少ない者《もん》が多いらしいから、衝撃を関節で吸収できへんのやろな」

次第に意識が遠のいていくが、完全な意識消失はなかなか訪れない。

「反応が薄うなったなあ、最初のようにもっとびくんびくん跳ねんかい」

膝頭に衝撃がきて、それまでとは違う痛みが走った。

目を固くつむり、これは夢だと自分に言い聞かせる。事務所で拷問されるなんて、あるわけがない。その一方で、夢も痛みも突きつめれば脳で生じる電気信号にすぎず、意識というものもしょせんは脳が見せる錯覚であって、生理学的な死だけが問題だとすれば、この程度では死なないとも考える。すると不思議と痛みが遠ざかっていった。

ふと俺は、いつの間にか指を砕く音が消えて、静寂があたりを包んでいることに気づいた。

目を開けたら、神原の顔が間近にあった。

「人は痛覚に慣れへんいうけど、嘘やなぁ。中世史で、拷問吏の苦労は苦痛の継続にあったっちゅう説を聞いたけど、ホンマかもしれん」

神原は金槌を放り投げて俺の頬を右手で掴み、顔をさらに近づけて目を覗きこんできた。

「今、これは夢やと思うてへんかったか」

神原の目は、虚ろな黒い穴だった。

「組員が電話してきて金払えいうたとき、おれも夢や思うた。花美がヤクザとグルやとわかったときの絶望がわかるか。花美はハナからおれを嵌《は》めるつもりやったんや、美人局《つつもたせ》なんぞ古い手を使いやがって」

朦朧《もうろう》としながら「佐喜はゆすりと関係ない」といったが、神原の表情に変化はなく、それで「殺すことはなかった」と半分無意識にいった。

「殺す以外にどんな方法があったちゅうねん。ヤクザに食いつかれたら骨までしゃぶられ、警察に行かんことにはにっちもさっちもいかんことは知っとる。警察に行けば不倫がバレて仕事も家も終わりや。関西回りのおれが東京にトバされた時点で後はない、不倫で警察沙汰になれば退官を強制される。この歳で弁護士開業したところで、どないして暮らしていける。殺すしかなかったんや」

動機の幼稚さにおかしくなった。不倫がばれて弁護士になるくらいなら殺したほうがまし、というのは裁判官のエリート意識のなせる業《わざ》だろう。笑いたかったが神原に摑まれた頰の筋肉は動かなかった。

神原が左手で床をまさぐり、ラジオペンチを取りあげる。

「次は歯や。ドリルがあれば穴を開けたいところやが、さすがに売ってへんかった。しゃあないから一本ずつ抜いていこな。違う刺激でおまえも目を覚ますやろ」

「待って」かすかに声が出た。「しゃべります、何でもしゃべりますから、やめて」

神原は不思議そうな顔をした。何のために痛めつけていたのか、忘れているようだった。

「何でも話します」血でむせながら必死にいう。

「佐喜さんは都内にいません。でも詳しい場所は知りません。でもでも、明日ここで打合せをします」

神原は「花美がここに来る?」と呟いて頰から手を離した。

そして気怠げに立ちあがり、サイドテーブルの電話機を俺の顔の横に置いた。

「花美にかけ。ここからの電話ならあの女も出るやろ。ほんで、今の話、もう一回、あの女の口からいわせろ。でまかせやったら、その舌を根っこから切ったる」

神原が受話器を上げることなく外線ボタンを押し、スピーカーから発信音が流れる。神原は暗記しているらしい佐喜の携帯番号を途中までプッシュしてから手を止め、受話器を持ちあげるとすぐに戻して外線をきった。

「ようしゃべられんと怪しまれるから、口をすすぐんや」

神原は、テーブルからミネラルウォーターのペットボトルを取り、キャップを開けて俺の口に突っこんだ。口から水が溢れ、零《こぼ》れた水が頬と床を濡らした。神原にいわれたとおりに口をすすぎ、顔の横の床に吐きだす。

ふたたび神原がペットボトルを口に突っこみ、今度は歯に当たった。ブラック・ジャックを叩きつけられて歯がぐらついているようで、脳に釘を打たれたような激痛が走る。それでも水を口に含んで、一気に飲みこんだ。水は気道に入ることなく胃へと流下する。ほんの少し人心地がついた。

神原がペットボトルをテーブルに戻し、代わりに光る物を握った。

刃体が厚くてそれなりに長さもある、出刃包丁だ。

百円ショップで売ってるようなものとは違い、刃が鈍《にび》色を放つ、しっかりとした木柄《もくえ》のものだ。まだ新しそうに見えたが、マチには錆《さび》が浮き、口金には赤黒い汚れがこびりついている。その汚れの原因を考え、体が震えた。

「もし余計なことというたら、わかっとろうな」

俺は包丁から目を離すことができず、首を縦に動かした。

神原が今度こそ十一個の数字をプッシュする。

〈もしもし、佐喜でーす〉

電話機のスピーカーから場にそぐわぬ明るい声が流れた。

〈もしもし。もしもーし〉

接続がよくないと思ったのか、佐喜が声を大きくした。

神原が顎をしゃくる。俺は顔を横に向け、電話機に向かって話しかけた。

「弁護士の大石」声が震える。「明日の予定を確認したい」

〈えー、今日決めたばっかりじゃん。いくらなんでも忘れないよー〉

佐喜の声に、泣き叫んで助けを求めたくなる衝動を必死に堪えた。パニックを起こせば助かるものも助からない。水を飲み、依頼人の声を耳にして思考力が戻りつつあり、同時に体中の神経が悲鳴をあげ始めていた。

「酒、飲んでるのか」

〈うん、ビール。やっぱり運動するとビールがうまいね！〉

「そうか、スポーツジムに通い始めたんだったな」

〈え？〉

次の言葉をいわせないよう、遮るようにして佐喜に命じる。

「それより明日の予定だ。いってみろ」

〈午前十時に先生の事務所でしょ〉声の明るさが翳り、不安げに佐喜がいう。

「そうだ」

神原を見ると、神原はうなずいて「き・れ」と無言で唇を動かす。

俺は押し寄せる苦痛を押し殺し、会話に集中した。

「では明日。埼玉は冷えこむみたいだから、気を付けろよ。じゃあな」

神原がまた受話器を軽く持ちあげて電話をきり、俺を見ながら「埼玉におんのか」と確認する。うなずき、「詳しい場所は私も知らされてません」と答えた。

「まあここで待てばええやろ。おまえはもう用なしやな」

神原は包丁を俺の体の上にかざした。ちょうど心臓の真上だ。

「待て、待ってください」声を絞りだす。「事務所の定時は九時。事務員が出勤してこの会議室を見たら、警察を呼びます」

「呼べへんようにすればいいやろう。三人も四人も一緒や」

三人というのは鈴木、佐喜、そして俺か。包丁の刃に天井灯の光が当たる。吸いこまれるように見つめると、刃にもぽつりぽつりと錆が浮いていた。錆の原因は鈴木の血だろう。俺は慌てていった。

「事務員は二人で、パートナー弁護士もいます。全員を殺すことはできません」

俺の言葉を、神原はゆっくりと吟味する。

「そら大仕事やな、めんどいことはよおせんで。おまえがなんとかせい」

「電話をかけて、事務所に来ないよういいます。ただ今日はもう遅い、明日の朝、かけさせてください」

「なんやひと晩生き延びたいんか。往生際の悪い奴やの」神原はくすくすと笑った。

「今すぐかけんかい。まず弁護士から、電話番号は何番や」

「スマホの電話帳に入ってます」

「なにい？　おまえのスマホでかけなあかんのか、めんどいなあ。やっぱり来た順に殺すか」

神原の集中力は限界にきている。この一週間、極度の緊張に晒《さら》されていたことは、真っ白になった頭を見ればわかる。面倒くさいという言葉を連発していることからも精神に障害をきたし始めていることが窺え、短絡的に犯行に及ぶかもしれない。所内に潜んだ神原に事務所の三人が次々と刺し殺される光景を想像し、身震いした。

「事務所の電話機にも短縮登録されています！　斎藤弁護士は短縮1番。私が2番。事務員は4番と5番です」

「3番が抜けとるやないか。3番はどこや」

　俺は少したためらってから、「裁判所の代表番号です」と答えた。

「なんや裁判所か」

　裁判所という言葉が神原を刺激するのではないかと恐れたが、もはや関心がないらしく、神原は表情を変えずに電話機の短縮1と書かれたボタンを押して澪の携帯を呼びだす。

　少しの間をおいて「留守番電話に接続します」というアナウンスが流れる。この時間帯、澪はゴルフレッスンを終えてコーチと食事に行っているはずだ。

　神原が舌打ちする。さすがに留守番電話では、弁護士に翌日の出勤を諦めさせることはできないとわかっているらしい。

「次は4番や」

〈はい、土屋です〉四回目のコールで応答した。

「大石です、夜分にすまない」

〈珍しいですね先生、こんな時間に。どうしたんです〉

「明日の午前中、国会図書館でコピーしてきてほしいものがある。染井京子の無罪事件の、判決翌日の新聞記事が欲しいんだ。全国五紙と地元紙。事務所に出るのは午後でいいから」

〈国会図書館？〉

「そう、国会の図書館だ」

よろしく、と告げる間もなく神原が電話をきった。続けて短縮の5番を押す。

町野の番号だが応答はなく、呼出音が二十回以上鳴ったところで神原は諦めた。

「三人かけて一人しか捕まらんちゅうのはどういうことや」神原が不満を漏らす。

「仕方ない、三十分後にもう一度かけるで。それまで休憩や」

神原が椅子に座ったのを見て、ひとまず死の危険が去ったことを知った。

鼻血は止まっていたが、足指の痛みは耐えがたく、額や脇の下が汗で濡れているのがわかる。体が火照《ほて》ってきたことからすると早くも熱が出てきたのかもしれない。まだ指は切り落とされずにすんでいるが、何本かは骨折しているだろう。舌で軽く前歯を押してみたら歯根がぐらついていて、頭に響く痛みがある。抜かなければならないかもしれない。それも命が助かればの話だ。

《ピーンポーン》

耳に親しんだ、間の抜けた音が事務所に響いた。

事務所入口の、外来者用インターホンだ。入口はオートロックで、事務所に入るにはカードキーをかざすか、インターホンで用向きを告げて事務局に解錠してもらわなければならない。

神原が椅子から立ちあがり、テーブルを回って会議室ドアに近づいた。汚れた靴がドアのそばで止まり、内開きの扉がわずかに開く。事務所入口を窺っている様子だった。

ふたたびインターホンが鳴る。

そのまま十数秒がたっただろうか、今度はエレベーターが到着したことを知らせるチンッという音がして、続けてかごの戸が閉まる音が聞こえた。

「帰ったようやな。誰やったんやろ」

呟きながら神原が会議室のドアを閉め、椅子に腰掛けたときだった。

ガキンッと木が折れるような、それでいて金属が擦《こす》れるような、異様な音が大きく響いた。

「なんや！」

神原が泡を食ってドアに近づいた次の瞬間、弾けるように扉が開いて神原の体がテーブルに打ちつけられる。出刃包丁が床に落ちた。

何者かの下半身が見えたと思ったら、テーブル天板の下に見えていた神原の足が消え、代わりに神原の頭が降ってきた。侵入者が、背負い投げか何かで神原を背中から床に叩きつけたのだ。

侵入者は床にのびた神原の体を裏返し、スーツのサイドベントを跳ねあげて腰のケースから手錠を取りだし、背中に回した神原の両手首に嵌める。
天板の下で侵入者と目が合った。侵入者が笑った。
真辺だった。

32

「だいぶやられたな」

俺を助け起こしながら真辺がいう。答える気力もなく、神原が座っていた椅子に腰掛けた。左足の痛みは酷く、歩くのは難しそうだ。

「こいつ、俺を殺す気だった……」

真辺に拘束された神原は気を失っている。

こわごわと左足指に視線を向けた。すべての指の爪に裁縫針が刺さっていて、中指と薬指は第二関節あたりから針の先端が飛びだしていた。爪はぜんぶ青黒くなって浮いており、今にも剝がれそうだ。指自体も腫れあがっていて、なかでも中指は不自然に反り返り、小指は指先が潰れている。この二本は骨折しているだろう。自分の指ながら、見ているだけで気分が悪くなってきた。

「針を抜いてください」真辺に頼んだ。

俺の顔と左足を交互に憐れみの眼差しで見て、真辺は「そのまま病院に行ったほうがいい。救急車を呼ぼう」としごく真っ当な助言を寄越した。

「いいから抜いてください！　この状態に耐えられないんです」

「仕方ない」真辺は床に片膝をつき、両手を俺の左足甲の上にかざした。「一本ずつがいいか、まとめてがいいか」

「まと……」めて、といい終わらないうちに真辺の手が動いた。瞼《まぶた》の裏で白い閃光が走り、気を失いかける。体を折り、腹の底から「ふざんけんなこのクソポリ！」と怒鳴った。

真辺が立って両手からパラパラと針をテーブルの上に落とした。俺は大きな呼吸を二回、三回と繰り返す。

「真辺さんは、誰から連絡を受けたんですか」気を紛らわそうと訊いた。

「あおいさんからだ。佐喜花美が、大石先生の様子がおかしいと、あおいさんに電話してきたそうだ。それで私に連絡があり、ここに急行した」

「神原に尾行を付けてなかったんですか」

非難の調子がこもるのは避けられなかった。真辺に助けられたとはいえ、警察が神原を見張っていればこんな目に遭うことはなかったのだ。

「佐喜の自宅と勤務先に行確班を派遣したが、神原の発見には至らず、両所を監視して姿を現すのを待っていた。実はこの事務所にも一班張りつけていたんだが、夕方になり事務所がカラになってその班は引きあげた。まさかその後に大石さんが戻ってきて神原に襲われるとはな」

天井を仰いだ。何ともツイていない。

「礼をいうべきなんですかね」

「礼なら二階の人にいうことだ。裏口でタバコを吸っていた彼が、エレベーターで悲鳴のような変な声が聞こえた、と教えてくれなければ踏みこむ決断はできなかった。それに彼がいなかったら、ビルの中にも入れなかった」

三津野がヘビースモーカーでよかった。今度ショッポのカートンを贈ろう。

「だが、これで逮捕監禁、傷害の現行犯だ」

真辺は床に散らばる金槌やラジオペンチ、出刃包丁を見ながらいった。特に出刃包丁に注目している。

「現行犯は待ってください。事務総局との約束が果たせなくなる」

痛みに耐えながら、明日付けで神原を異動させる約束を、最高裁事務総局の村田に取りつけたと説明した。

だが、真辺の反応は冷淡だった。

「現行犯逮捕でこれだけ物証があれば、検察が横槍を入れる余地はない。そんな約束はもはや無意味だ」

「無意味じゃない、意味はある。私が村田との約束を守ることができる。私は、村田に、警察は神原が異動したあとに逮捕すると約束したんです。私がそれを反故《ほご》にすれば、村田も約束を守らないでしょう」

「あちらの約束はこいつを異動させることだ」真辺は神原を足先で小突いた。

「協議の目的は、こちらは検察の横槍を防ぐため、あちらは組織の体面を保つため。ところが、協議とはまったく関係のないところでこちらの目的は達成された。だから約束は無用になったといっている」

そこまでいって、真辺は何かを悟ったように俺を見た。

「そうか、おたく、あちらと何か自分のための約束を交わしたな」

図星だったので返事をしなかった。

「その約束をあちらに守ってもらうためには、今こいつを逮捕されたら困る、そういうことか」

「真辺さん、事務総局に話を持ちかけたのはこっちで、私は警察の意向を受けて接触したんだ。それを、警察の都合が変わりましたからなかったことにしてください、事務総局の事情なんて知りません、というのは道理に合わないでしょう」

「何をいうかと思えば。道理にかなわぬことのほうが多く、無理を通せば道理が引っこむのが世の中というものだ。裁判所もそれくらいはわかっている。記者発表までに異動がすすめば、あちらも何とか体面を繕えるだろう」

「それじゃマスコミが納得しない。逮捕されて慌てて異動させたと、かえって書き立てられることになる。警察が逮捕したときに東京高裁判事でないことが大切なんです」

「……」

「真辺さん！」

俺がしつこく声を出したところで、真辺が両手を肩の高さに上げた。

「わかったよ。元はといえば、事務所の見張りを引きあげた我われにも落ち度がある。今回はあおいさんに頼まれて来たのだから、おたくの指示に従おう」

「ありがとうございます」

俺は胸を撫でおろした。

「ただし被害届は出してもらう。こいつは重参として署に連行し、今夜はトラ箱に入れる。おたくに対する傷害で逮捕状をとって明日の朝に執行、それでいいな」

「いうことありません、それでお願いします」

安心したことでいっそう痛みが増し、吐きそうだった。

「ちょっとこれ、どういうこと！　なんで入口が壊れているの！」

悲鳴にも似た澪の声が事務所入口から聞こえた。真辺が会議室のドアに立つ。

「あなた誰？」

真辺を誰何《すいか》する澪の声には、あからさまな警戒がこもっている。

「澪先生、その人は警察官。命の恩人です」

椅子から立つこともできぬまま、姿の見えない澪に話しかけた。

「死にそうな声だして、どうしたの」

澪が会議室に姿を現し、真辺はドアから体をどけた。会議室に足を踏み入れた澪が、俺を見て後ずさる。

「その顔……」

「ただの鼻血です。鼻の骨が折れているかもしれないし、前歯もぐらついてますが、なに、大したことじゃありません」

精一杯の軽口だったが、澪は笑わずに会議室の床を見回した。床は血と水で汚れていて、おまけに真辺の足元には神原がのびている。

「死んでるんじゃ、ないわよね」

真辺がかがんで神原の鼻に手を近づけた。

「呼吸はしている。ちょっと意識を失っているだけだ。活を入れてもいいが、暴れられても困るのでこのまま署に連れていく」

　真辺は神原を軽々と肩に担ぎ、澪を見た。

「斎藤先生、彼を病院に連れていってから武蔵野署まで送ってください。この時間なら警察病院がいい。病院には私からも連絡しておきます」

　真辺が俺を振り返る。

「大石さん、この部屋はこのまま保全しておいてくれ。明朝、鑑識を入れる。間違ってもその包丁には触れないように」

　真辺の姿が消え、澪が俺に向きなおった。真剣な表情を見て、今夜のことを一から説明しなければならないと気が重くなったが、澪から発せられた言葉は俺の意表を突いていた。

「ねえ今の人、ちょっといい感じじゃない？　連絡先、教えなさいよ」

33

レントゲンの結果、やはり左足の中指と小指は骨が折れていて、残りの三本はひびが入っていた。金槌が百円ショップで売られている軽いもので、下がカーペット床で衝撃を吸収したことからその程度ですんだのだろうと、医師はつまらなさそうにいった。ＣＴで頭部に異常は見られず、入院の必要はないとのことだった。

くるぶしまで石膏ギプスで固め、その上をネオプレン製ソックスで覆ってもらい、松葉杖をつきながら病院をあとにした。

ジュリエッタの助手席に乗りこみ、武蔵野署へと向かう。痛み止めの薬が効き始め、疲れもあって強烈な眠気が襲ってくる。そんな俺の膝の上に、澪は後部座席に置いていた封筒を置いた。

「なんですかこれ」

「浜田武蔵野病院の職員名簿と退職者の顔写真」

「早いですね」興信所に依頼して一日しかたっていない。

「医師の退職者は三人しかいなかったから。興信所にハッパをかけたら一日でやってくれたわ」

封筒を開けようとしない俺に、澪はもどかしそうに「開けないの」と訊く。

「ちょっとぼーとしていて。そういえば、澪先生はどうして事務所に来たんです」

「土屋さんよ。いつもは区の図書館でコピーする新聞記事を、国会図書館でコピーしてこいっていう変な電話があったって。私の携帯にも同じころに電話がかかっていたし、ちょうどその写真を手に入れたところだったから、様子見がてら事務所に行ってみようと思ったわけ」

「今日はゴルフレッスンじゃなかったんですか」

澪は横目で俺を睨んだ。

「その写真のために、一回分ふいにしたの」腹立たしそうにいった。「興信所の所長に会ってそれを受けとって、ついでに食事にノンアルコールで付き合ってた。今どき電波の入らない地下の店があるなんて、信じられないでしょ」

「すみません、俺のために」

「えらく殊勝ね。まあいいわ、真辺さんに出会えたから」

膝の上の封筒を開けた。二年分の名簿の左隅に写真がクリップで留めてあり、手に取ると一人について三枚ずつ、合計九枚あった。繰っていったが、見覚えのある顔はない。

「ハズれですね、偽長瀬も偽吉村もいません」

期待していただけに落胆が大きくてしかるべきだったが、不思議と落ちこむことはなく、そうか二人は浜田武蔵野病院の退職医師ではなかったのかという感想が浮かんだだけだった。神原の拷問に遭い、命さえあればいいじゃないかという捨て鉢な気持ちになっているのかもしれない。

「すみません、ちょっと眠っていいですか」

「いいわよ。といってもすぐに着くけど」

目を閉じた。骨折の痛みは意識の遠くで疼《うず》く程度で、心なしか前歯のぐらつきも収まったような気がする。街道を走る車の中で瞼を閉ざしていると、街灯と対向車のヘッドランプの明かりで瞼裏の明滅が不規則という規則性を持って繰り返される。明暗の催眠に身を委ね、うつらうつらとし始めたところで脳裡に一つの苗字《みようじ》が浮かんだ。

相川。

目を開けて膝上の名簿を見た。昨年、一昨年のいずれにも相川耕造という名前がある。その名前は各診療科のところではなく、名簿の冒頭に、理事長、理事に続く名誉理事として記載されている。

「どうしたの？」澪が訊いた。

「相川という苗字があります」

「相川？」

「前の事件の、被害者の苗字と一緒です」

「前の事件？　何のこと」

「染井京子の前の事件ですよ。相川というのは、殺された被害者の苗字です」

「無罪になったＤＶ絡みの事件？」

「そうです」

澪が難しい顔をして口を閉ざした。

「思い違いをしていたのかもしれない……」俺は小さく呟いた。

34

打合せどおり、神原は朝になって俺への傷害罪で逮捕された。

その二日後、村田が事務所に電話をかけてきて、神原の十日間の勾留が決まったと知らせた。

〈大変な目に遭われたそうですね〉村田はどこか楽しそうだった。

〈勾留裁判官から報告を受けました。勾留質問で職業を訊いたところ、神原は裁判官と答えたそうですが、勾留裁判官の判断で調書上は公務員と記載したそうです。警察発表や検察官の調書と齟齬《そご》があってはいけませんからね〉

逮捕時の警察発表では「職業：公務員、勤務先：司法研修所」とされていた。事件概要も被害者、つまり俺の意向を理由に知人に対する傷害としか公表されておらず、詳細な犯行態様は伏せられている。

〈大石先生のおかげで何とか間に合いました。警察の方ともお話ししましたが、神原を現行犯逮捕しようとしたところ、通常逮捕にしてくれと先生が頑張ってくれたそうですね。いやまったく、東京高裁判事として現行犯逮捕されていたらと思うとゾッとします〉

村田は異常な機嫌のよさだ。事務総局内で彼の評判が上がったのだろう。

「お役に立てたのなら幸いです。しかし、無償奉仕でないことはお忘れなく」

〈もちろんですとも。例の件、もう『長《ちょう》』には話を通してあります。あとは周りの人間ですが、これも一両日中には手を打ちます〉

村田の声には嘲笑の響きが含まれているように感じ、いや、そう感じたのは心に疚《やま》しさがあるからだろうと思いなおした。

そんな俺の心中を見透かしたかのように村田がいう。

〈先生、これから訊くことは本気にしないでくださいね。もし万が一、私たちが約束を守らなかったらどうなります〉

「どうにもなりません。強制する術は私にはありませんから」

答えを聞いて村田が嬉しそうに笑う。笑い声には、優位に立っていると確信した者の傲慢さが含まれていた。

「もっとも、今のところ私はマスコミの取材に応じていませんが、取材依頼がないわけじゃない。拷問されたことを話せば、興味を持つ記者さんもいるんじゃないかな。『東京高裁判事、不倫相手の代理人を拷問』『被害者は加療二か月の重傷』なんていうタイトルは、読者の興味を惹くでしょうか。おまけに傷害の勾留期限が切れた途端、殺人で再逮捕となるわけでしょう。きっと記者さんたちは綿密に取材してくれますよ。私の爪に針を突き刺しているときは東京高裁判事だったのに、翌朝にはただの公務員となっていた事情も含め、とても細かくね」

村田の哄笑《こうしょう》が止まる。俺は愛想よくいった。

「もちろん私は取材を受けたりしませんよ。万が一のことなんてないでしょうし」

〈本気にしないでくださいって断ったじゃないですか。大丈夫です、万が一なんて起こりません。その代わり……〉

「みなまでいうのはやめましょう、村田さん。あなたも私も、守秘義務のなんたるかを知る法律家同士です。お互い、これきりです」

35

松葉杖をつきながら法廷への廊下を歩く。神原が勾留されて四日がたっている。

村田はきっと約束を守っている。そう自分に言い聞かせ、肩で重い扉を押し開けて法廷に入った。前回と同じく、被告席にはすでに二人の弁護士が座っている。

誰も同行せず一人で入廷した俺を見て、坂巻は笑みを浮かべ、西島は渋面を作った。二回も依頼人を同行することに失敗した俺は、坂巻にはさぞかし無能に見えていることだろう。

定刻の十時になり、平岡《ひらおか》裁判長を先頭に裁判官たちが法壇に姿を現した。書記官が事件番号と事件名を読みあげる。三人の裁判官は着席し、いつもどおり手元に書類を広げたが、その表情は見るからに硬かった。

平岡裁判長がちらりと俺を見た。その目には興味と畏れが混じり合っている。俺は無表情を保ち続けた。きっと裁判長は、この若造のどこに事務総局を動かす力があったのかと訝《いぶか》っているにちがいない。平岡裁判長も、これで高裁長官レースで同期に先んじることになる。

「それでは開廷します」裁判長が口を開く。

坂巻は前のめりになって裁判長を見つめている。証人も原告本人も連れてきていない俺を、裁判長が激しく叱責するのを期待している。

だが坂巻には残念なことに、俺が叱責されることはない。今から裁判長が告げる言葉によって、この訴訟はなかったことになる。

「当裁判所は原告に対し、訴状の貼用印紙を追加するよう補正命令を出していましたが、本期日までに補正に応じていません。本来ならば命令で訴状を却下すべきところですが、訴訟がすでに係属しているため、これに代わる判決を、改めて言渡期日を定めるまでもなく直ちに言い渡します。主文、本件訴えを却下する。訴訟費用は原告の負担とする。理由は省略、以上」

却下判決の理由は村田に「一任」していたが、貼用印紙不足とは考えたものだ。訴状に貼る印紙の額は原告が請求内容に応じて計算するが、最終的な算定は裁判所が行なう。補正命令も、命令を出す裁判所と命令を受ける原告代理人、つまり俺が口裏を合わせればいくらでもあったことにできる。

早口に判決を宣告し、裁判官三人は逃げるように法壇の後ろの扉へと消えた。その間、坂巻は動かない。いや、あまりのことに動けないのだろう。隣の西島も同様だ。

原告の請求を認めないと判断する請求棄却判決と違って、訴えの却下判決は訴訟そのものがなかったことになる。その却下判決が言い渡されて閉廷した以上、当事者の訴訟活動は無に帰した。

法壇後ろの扉が閉まってしばらくしてから、ようやく坂巻が動く。

「異議！」

裁判官のいない法壇に向かって叫ぶ。

「違法な訴訟指揮、無効な判決だ！　異議がある！」

「先生、裁判官は退廷していますので……」

書記官が坂巻を宥《なだ》めた。当然、この書記官にも話は通じているのだろう。

「こんな馬鹿な話はない！　いきなり却下判決だと！」

坂巻が書記官に詰めよる。それを横目に俺は静かに立ちあがり、松葉杖をつきながらゆっくりと誰もいない傍聴席を抜けた。坂巻からも西島からも見咎《みとが》められることはなかった。廊下に出て扉を閉めるときに西島に一瞥をくれると、被告席に座ったまま額に手をあてて何やら考えこんでいる。

書記官室で判決書を受けとり、澪の待つ弁護士会館の地下駐車場へ向かう。

「本当にやったってわけね」

ジュリエッタの助手席に乗って判決書を渡すと、澪が怒ったようにいった。

「自分が何をしたのかわかってる？　弁論と証拠以外の方法で判決に干渉したのよ。裁判官の独立を侵害し、判決を掠めとった」

「裁判官たちは、自らの出世のために事務総局の意向に従ったんです。彼らの独立を侵したわけじゃない」いいながら、詭弁《きべん》だとわかっていた。「ともかく氏名冒用訴訟は終わった。不当に始まった訴訟を終わらせただけです」

澪がため息をついた。「まだ終わりじゃないんでしょう」

「付き合ってくれますか」

「経営パートナーとして見届ける。まったく、何てことなの」

澪が車を発進させ、相川耕造の自宅に向けて走り始めた。

36

六日前、神原の拷問に遭い警察病院で治療を受けた俺は、被害届を書くために澪の車で武蔵野署へと赴いた。

署では刑事課の大部屋で真辺が待っていた。真辺と名刺交換を終えた澪は、俺が被害届を書き終わるまで待つといってくれたが、無理に帰した。澪の睡眠時間を削るのは気が引けたし、澪の目的が真辺にあるような気もしたからだ。

大部屋に面した取調室で書類を記入しながら、真辺に、今回の殺人事件の捜査過程で相川という医者が関与していないか尋ねた。

「相川耕造？　浜田武蔵野病院の相川先生か？　相川先生なら警察医だ」

東京都には監察医制度が導入されており、死因不明の死体は文京区大塚《おおつか》にある監察医務院で検案と解剖を受ける。しかしこの監察医制度の対象となるのは二十三区だけで、監察医務院の検案班が常駐する立川市を除き、都の他の市町村では、警察から嘱託を受けた臨床医が検案を行なう、いわゆる警察医制度が今も残っている。

「じゃあ、鈴木の事件現場にも相川氏が臨場した？」

「ああ。嫌がらず現場に来てくれる、開業医にしては珍しく熱心な先生だ」

警察医に嘱託されると、病院の診療時間内や夜間休日であっても呼出しがかかるため、嘱託を敬遠する開業医が多いと聞く。

「相川氏は、勤務医じゃなく開業医なんですね」

相川賢斗は、父親が開業医の裕福な家庭に育った、と記録にあった。

「相川先生は浜田武蔵野病院の創業者の一人だ。武蔵野医師会の会長も務めた浜田先生と二人で開業したと聞く。共同創業者の浜田先生はもう亡くなっていて、相川先生も第一線は引退したらしい」

俺は頭を抱えて机に両肘をついた。

「どうした、顔が真っ白だぞ。痛みがひどいのか」

「相川賢斗」頭を抱えたままいった。

「何？」

「内縁の夫です、染井京子の。つまり、彼女が無罪になった事件の被害者」

「事件記録は読んでいる。相川賢斗がどうかしたのか」

「相川耕造は賢斗の父親です」

真辺は少し考え、「確かなのか。相川姓は関東では珍しくないぞ」と、早合点を窘《たしな》めるかのようにいった。

「染井の無罪事件で、賢斗の父親の供述調書を弁号証で請求したんです。名前は耕造でした」

「同姓同名もありうる」

「開業医の相川耕造が何人もいるとは思えない。お訊きしますが、鈴木事件で染井が被疑者となったのは、鈴木との間で金のやりとりがあり、現場から女物の運動靴のゲソ痕が見つかったからだけですか」

真辺は大部屋に目をやって取調室の扉を閉めた。大部屋には当直の刑事が四、五人、無線機の置かれた机を囲んで座っている。

「いいや、事件現場から微物が見つかっている。染井の髪の毛だ」

顔を両手でこすった。納得がいった。染井のDNA型は、前の事件のときに警察庁のDNAデータベースに登録されている。現場から発見された微物のDNA型を照合すれば、すぐに染井のものとわかる。

「毛髪は鈴木の服に付着していたから、事件前後に染井が鈴木と接触したと思われる。当初我われは重要視したが、鈴木が染井と付き合っていたとわかってからは見方を変えた。二人が交際していたのであれば、犯行とは別の機会に髪が服に付いた可能性があり、決定的な証拠にはならないと判断した」

「髪の毛は誰が見つけたんですか」

「それは鑑識だろう。鑑識が微物採取を終えるまで、他の者は現場に入れない」

「確かですか。確認することはできませんか」

「ちょっと待ってろ」

　真辺は扉を閉めずに取調室から出て、当直員と何やら言葉を交わし、大部屋を出ていった。

　俺は椅子に深くもたれて力を抜いた。ワイシャツは事務所に常備しているものに着替えたが、スーツはそのままだ。地が紺色だからあまり目立たないものの、鼻から噴きでたものか口から吐きだしたものか、血が黒い染みとなって全体に散っている。無表情に金槌を振るう神原の顔がよみがえって体が震えた。しばらくは夢に見そうだ。

　別のことを考えようと、警察医をしているという相川耕造に思いを馳せる。この耕造が賢斗の父親だとすれば事態は一変する。これまで染井の事件と氏名冒用訴訟、二つは別個独立したものと考えていたが、いずれも相川耕造の復讐劇だった可能性が出てくる。

　真辺が音もなく戻ってきて取調室の扉を閉めた。

「微物を見つけたのは、相川先生だった」眉根に深いしわを寄せて真辺がいった。

「今夜の鑑識当直に臨場した者がいたので話を聴いた。鑑識が微物採取を終えた後、死体を検案していた相川先生が毛髪を見つけて捜査員に教えたとのことだった。採取忘れかと班長が怒って担当係を吊るしあげようとしたのを、相川先生が、襟元の折り返しの非常にわかりにくいところにあったのだからと取りなした。そんな騒ぎがあったからよく覚えているとそいつはいっている。担当係は、絶対に見落としはなかったと主張していたそうだ」

その担当係に落ち度はない。髪の毛は相川耕造が持ちこんだものだ。

「意趣返しか」真辺が訊く。

うなずき、限界にきている疲労と眠気をおして説明する。

「相川耕造は警察医の立場を利用し、染井の髪を鈴木の殺人現場に持ちこんだ。この事実から二つのことがわかります。一つは、耕造が染井の髪の毛を入手できる立場にあったこと。でもこれは簡単だったと思います。染井は飲み屋を経営していて毎日店に出ていた。店に通えば髪を手に入れる機会はあったでしょう。染井に耕造の写真を見せれば、店の客かわかります」

乾燥してかさつく唇を舐めると、神原に痛めつけられて腫《は》れており、血のかさぶたがあって鉄の味がした。

「もう一つは、耕造が染井に罪をなすりつける機会を窺い続けていたこと。染井が賢斗殺しで無罪になったのは四年前、店を開いたのは三年前。耕造が浜田武蔵野病院の第一線を引退して警察医を始めたのはそのころでは？　武蔵野一帯の警察医として登録し、染井に濡れ衣を着せることができそうな死体が出るのを待ち続けた。染井の店に通っていたのは、常連客の顔を覚えるためでもあった」

「それで鈴木の死体が出たときに、相川先生はすかさず髪を仕込むことができたわけか。しかし店の客の現場に呼ばれるのを待つというのは、かなり分の悪い賭けのようにも思える」

「どうでしょう。警察医は死因不明の死体の検案を広く行なう。染井の店は地元の常連客が多いと聞いてますから、武蔵野市や周辺市町村に網を広げておけば客の現場にあたる可能性は低いとはいえない。死亡診断書や検案書を書くのは耕造ですから、多少不自然であっても染井の髪を有効活用、つまり染井を被疑者に仕立てあげられそうな状況であればいいと割り切れば、あながち分が悪いともいえない」

　真辺は吟味《ぎんみ》する顔だったが、俺が限界だと見てとったらしく話をまとめにかかる。

「微物の件は明日の朝、改めて調べさせる。これは立派な証拠偽造罪だ。偽の証拠を作って真犯人を逃す方向に捜査を誘導したのだからな。場合によっては相川医師の身柄をとる」

真辺の声から怒りが漏れた。警察医という、いわば身内の裏切りを腹立たしく思うのは当然だろうが、先走られて耕造を逮捕されては困る。耕造が偽長瀬である可能性があり、逮捕されると氏名冒用訴訟が明るみに出てしまうかもしれない。耕造の逮捕は、氏名冒用訴訟の決着がつくまで待ってもらう必要がある。

「耕造の取調べは待ってください。事情は必ず説明しますから、今は耕造が警察医を始めた時期だけを確認してもらって、あとは放っておいてもらえませんか」

「捜査を妨害されて黙っていろと？」

「耕造が髪の毛を持ちこんだという客観的な証拠はない。いま取り調べても、のらりくらりと弁解されて無駄になるだけです。それより、真辺さんは神原の捜査を優先してください。予定どおり佐喜に会わせますから、十時半に事務所でお待ちしています」

タクシーを呼んでもらい自宅に帰ると、着替えもせずに万年床へと倒れこんだ。

37

相川耕造の家は、浜田武蔵野病院からほど近い、仕舞屋《しもたや》やアパートが建ち並ぶ一帯にあった。榊《さかき》の生け垣の向こうに日本家屋が見える。マンション用地にできそうな広さだった。

門は瓦屋根に格子戸《こうしど》を備えたもので、隣に巻上げ式シャッターの車庫扉があった。覗き窓から中を覗くと、見覚えのある白い旧式クラウンが駐まっている。

格子戸から玄関までのびる自然石の道には葉脈だけとなった落ち葉が溜まり、脇からは雑草が生えている。

家の造りも土地の大きさも違うが、俺は長瀬の家と同じ匂いを嗅ぎとった。子供を失くした家というものは共通した匂いを放つものなのだろうか。

戸籍によれば、耕造に残された家族は次男の勇二《ゆうじ》だけで、澪が入手した職員名簿によると彼は浜田武蔵野病院の内科に勤めている。

耕造がこの家に独りで暮らしていて、きょう在宅していることは真辺から連絡を受けている。

澪が、門柱に備え付けられたインターホンのボタンを押す。

〈はい〉老年男性の声だった。

「弁護士のところの者ですが、訴訟の書類をお届けに参りました」

澪が告げ、判決書を手にした俺は生け垣の陰に隠れる。

カラカラと玄関戸が開く音がして、下駄の音が近づき、格子戸が開けられた。

「西島先生のところの人かな？」

聞き慣れた長瀬の声だった。生け垣の陰から踏みだし、「長瀬さん、お久しぶり」と声をかける。

耕造は、腰を抜かすように尻もちをついた。

釈放された染井に、事務所で真辺から預かった耕造の写真を見せた。

「タカシさん」染井は迷いもせずに答えた。

「タカシさん？」

「その方のお名前」

「店ではそう名乗っていたのか。どれくらいの頻度で店に来てたんだ」

「週に一回くらいかしら。奥さまに先立たれたとかで、いつも独りで、少し寂しそうにお酒を飲まれてました」

「タカシさんが、相川賢斗と似てると思ったことはない？」

「いいえ、ありません。というか、そんなこと考えたこともない」

戸惑ったように染井はいった。

「どうだ、いま考えてみると似てるところはないか」

染井は足を組み、額に手をあててうつむき加減で考え始めた。釈放されてすぐに美容院に行ったのだろう、脂気が抜けていた髪には見事な艶《つや》が戻っている。

「ないわ。賢斗の自堕落《じだらく》な雰囲気に比べて、タカシさんは端正で乱れることはなかった」

「酒の飲み方や雰囲気じゃなくて、顔が似ていないかということだ」

「顔？」染井は高い声を出した。「……わからない、そんな目で見たことはないし、賢斗のことは思い出したくもないし」

「タカシさん、鈴木とは面識があったのか」

「二人が直接話すことはなかったけれど、互いに顔は知っていたと思う。ねえ、どういうことなの」

染井の店で、耕造は客の顔を頭に叩きこんでいた。警察医として現場に臨場したとき、死体が染井の店の客かどうかを見極めるために、三年間も。

そして耕造は、鈴木という大当たりを引いた。

尻をついたまま驚愕の表情を浮かべている耕造の正面で、俺は松葉杖を支えに中腰になった。

「残念ながら、あなたの訴えは裁判所によって却下されてしまいました。これが判決書です」

耕造の膝の間に判決書を落とした。

「却下判決ですので訴訟がなかったことになります。十四日以内であれば控訴することができますが、私は代理人をお引き受けいたしかねます」

耕造が俺の顔を見つめる。何をいわれているのか理解できないという表情だ。その善良そうな顔を見ているうちに、俺のなかに怒りが湧いた。

「ちなみに、別人の名義で訴訟委任状を作成することは有印私文書偽造という犯罪に、他人の名前を使用して裁判をすることは弁護士と裁判所に対する偽計業務妨害にあたります。あんたのやったことは立派な犯罪なんだよ、偽長瀬こと相川耕造」

俺の怒りに触発されたのか、耕造の目にも怒りの色が浮かんだ。それを見て、俺の怒りがさらに膨らむ。

「息子を死なせた女が無罪になって怒ったか。女の弁護士まで憎かったか。それで長瀬になりすまして俺を嵌め、勝ち負け関係なく判決が出たら本物の長瀬に判決書を送りつけて、俺が懲戒されるよう仕向けるつもりだったんだろ。あいにくだったな、却下判決は訴訟がなかったことになるから本物の長瀬には何の不利益も生じない。それでも懲戒請求はできるだろうが、もし懲戒請求されたらあんたの犯罪を告発してやる」

「依頼人を脅すつもりか。弁護士の守秘義務はどうした」

耕造が憎々しげにいった。

「勝手なことを。知らないようだから教えてやるが、依頼人の不当な攻撃から身を守るためなら弁護士の守秘義務は解除される。告発するというのは脅しじゃない、本気だ」

腰を伸ばして耕造を見下ろし、指を突きつけた。

「いいか、相川賢斗は染井京子に暴力を振るっていた。日頃から殴り、蹴り、レイプし、それで行き着いた先があの事件だ。そのことを忘れるな」

「中也くん」澪が窘める。

死者を鞭打つ行為に思えたのかもしれないが、事実は事実だ。人は誰にでも自らの身を守る権利があり、染井はそれを行使したにすぎない。しかし日本の正当防衛の成立要件は厳格で、包丁を持ちだした時点で彼女に正当防衛が認められる可能性は低く、事故と主張したほうが見込みがあったのでそう弁護したまでだ。だから染井が無罪になったときも俺は良心の呵責《かしやく》を感じることはなく、彼女に殺意があったと知った今でもそれは変わらない。

俺は息を大きく吸って怒りを鎮めた。

「その判決書であんたとはお別れだ。じゃあな」

38

「あそこまでいう必要、あった？」

車に戻っても澪は釈然としない様子だ。澪の愛車は、耕造の車庫が見える路上に駐めてある。澪はドライビングシューズに履き替え、手袋をはめた。

俺は肩をすくめる。

「あれでも抑えたほうです。それに、彼にはすぐ動いてもらわないと困るから挑発する必要があった。そら、動きだしました」

車庫の扉がゆっくりと開き、クラウンが滑り出てくる。澪は近づきすぎないよう気を付けながら後を追った。

耕造の運転は丁寧かつ慎重で、横断歩道手前の徐行、黄色信号での停止を欠かさず、尾行は難しくなかった。五日市《いつかいち》街道を経由し、高井戸《たかいど》入口から首都高速へ。霞が関出口で降り、国会通りを内幸町《うちさいわいちょう》へと走る。予想したとおりのルート、予想したとおりの目的地だ。耕造の車は、全面が黒い鏡で覆われているかのような外観の高層オフィスビルの地下駐車場へと入っていく。

澪が目で俺に問う。

「隣のビルの地下駐車場も時間貸しをやってます。そちらに駐めましょう」

俺の誘導に従い、澪は地下駐車場に入る。

松葉杖を持ってエレベーターで一階に上がり、いったん道路に出てから耕造の車が消えたビルに入館する。エントランスの傍らでタリーズが営業している。

「キャラメルラテが飲みたい」澪が呟く。

「帰りに買ってあげます。今は急ぎましょう」

エレベーターホールには東西向い合わせに三つずつエレベーターが並び、東側は低層階用、西側は高層階用だ。西側のエレベーターを使って十八階で降りる。廊下を南へと進めば、突きあたりが最終目的地だ。

観音《かんのん》開きのガラスドアの向こうにはダークブラウンの重厚なウッドウォールが聳《そび》え立ち、金文字楷書体で「日比谷商務法律事務所」と彫刻されている。

松葉杖に体重を預けてドアを開く。事務局で外来者を知らせるブザーが鳴り、監視モニターに俺たちの姿が映しだされているにちがいない。

入ってすぐの右手には常時施錠されたドアがあり、その向こうは弁護士や事務員の執務エリアで、カードキーがなければ入ることはできない。左側には廊下が伸び、その左右に会議室が並んでいる。

ボスは一番奥の右側の会議室を好んで使う。陽当たりのよい角部屋で、日比谷公園を一望することができる。その部屋の窓際に立ち、公園の林や公会堂、対岸の霞が関の官庁街を眺めていると、自分が日本の中枢にいると錯覚することができる。

執務エリアのドアから顔見知りの事務員が飛びだしてきた。突然の来訪に戸惑っているようだったので、俺はとびきりの笑顔を見せてから奥の会議室まで歩き、ためらうことなく扉を開けた。

西島と耕造が、マホガニーのテーブルを挟んで向かい合って座っている。

「困ったことがあれば、まず顧問弁護士に相談。教育が行き届いてますね」

二人は呆気《あっけ》にとられている。

「氏名冒用訴訟の事後策のご相談ですか。控訴は勧めませんよ」

俺は部屋に入った。後に続く澪が会議室の扉を閉める。

「無礼にもほどがあるぞ！」西島が吠えた。

「無礼ですか。警察に行ってあなたを有印私文書偽造、偽計業務妨害罪の教唆犯《きょうさはん》として告発することもできるんですよ。こうして話合いに赴いたんですから感謝してほしいものです」

「何のことだ」西島はしらをきる。「ふざけたことをいっていないで、すぐに出ていけ」

さすが練熟の弁護士だけあって立ち直りが早い。一方の耕造はまだ事態を理解できていないようで、攻めるならこちらのほうだ。

「この弁護士はこういう人です、耕造さん」

松葉杖をついて耕造の横に立つ。

「氏名冒用訴訟はあなた一人が考えて実行したこと。今の発言は、そう主張しているに等しい」

「耳を貸すな、相川先生。こいつは口から生まれてきたような男だ」

「そのままお返しします、西島先生。ねえ耕造さん、あなたが西島先生と知り合ったのは、今から四年くらい前じゃないですか」

耕造が、どうしてそれを、の表情で俺を見た。

「私がこの事務所を辞めたのが四年前なんです。染井の無罪判決の直後。その際に西島先生の顧問先四社が私を選んでくれた。この西島先生はそれがお気に召さなかったらしい」

「おいおい、私をそういうふうに見ていたのか。仕事を紹介してやっただろうが」

「労力ばかり多くて儲けの少ない仕事をね。まあそれはいいんです、経済的に助かったのは事実ですから」

座らせてもらいますよ、と耕造の隣の席に腰を下ろす。耕造と二人で西島に対峙する位置取りだ。澪は部屋に入ったところから動かず、扉を背に立っている。

「でも先生が私に仕事を振っていたのは、今回の訴訟に私を引き入れるため。いってみれば撒き餌《え》で、氏名冒用訴訟が食わせ餌だった。間抜けな私は、この斎藤先生の忠告も聞かず、まんまと餌《えさ》に食いついた」

「被害妄想も甚だしい。善意は素直に受けとるものだ」

「吉村雅也医師が偽者であることを黙っていたのも善意からですか」

「吉村雅也？　誰だそれは」

「語るに落ちましたね、西島先生」俺は笑った。「あなたが相手方の協力医の名前を忘れるなんて、ありえない。敵の専門家証人の経験や経歴、つまり専門家適格を徹底的に調べあげるのがあなたのやり方だ。私も病院側証人である医師や看護師の専門家適格は調べたが、依頼人の連れてきた医者がまさか偽者とは思わなかったから、吉村医師については専門分野と論文の有無を調べたぐらいですませてしまった。しかし敵であるあなたは違う。病院のネットワークも駆使して彼を調べ、吉村雅也という医師が今はドイツに留学していて経歴書の勤務先にいないと気づいたはずだ。そして意見書が本物か疑問を持ち、こちらに釈明を求めてしかるべきなのに、あなたは何の行動も起こさなかった」

「どういうことなんだ？」

蚊帳《かや》の外に置かれていると感じたらしく、耕造が割りこんだ。澪が穏やかな声でいう。

「西島先生は偽吉村の正体を知っていたとしか考えられないってこと。原告の意見書は、医学的にもしっかりした内容だったそうだから、誰かしら専門家が原告に協力している可能性が高い。そうすると意見書を作成したのが吉村医師じゃなかったとしても、その誰かさんが専門家証人として法廷で証言するかもしれない。だったらその誰かさんの正体を突きとめようとするのが普通でしょ。ほとんどの弁護士は、意見書の作成名義に疑問が生じた時点で相手方に釈明を求める」

「釈明を求める？　どんなことを訊くのだ」

耕造が澪に尋ねる。この場では一番話が通じそうだと判断したのだろう。

「私だったら、『吉村医師は数年前から海外に留学していて経歴書の病院には在籍しておらず、意見書の作成名義に疑問がある。そこで原告に対し、いつ、どこで、どのようにして吉村医師から意見書の交付を受け、どうやって吉村医師の本人確認を行なったのか、証拠とともに明らかにするよう求める』っていうところかしら。放置しておくのはちょっと考えられない」

耕造が澪の説明に納得したのを見計らい、俺は西島にいう。

「なぜ釈明を求めなかったのですか、西島先生。それは、釈明を求めるまでもなかったからでしょう。あなたが何もせずに尋問期日を迎えたのは、偽吉村の正体を知っていて法廷に現れることはないと確信していたからだ。違いますか」

西島は答えなかった。

俺は隣の耕造に語りかけた。

「西島先生はね、人の欲求と弱味を見抜くのがとても上手な方なんです。一代でこの日比谷商務法律事務所を築きあげることができたのも、その能力に負うところが大きい」

俺は西島を一瞥し、西島は顔を背けた。

「もちろん弁護士としても優秀だ、私の弁護技術はすべてこの人から学んだといってても過言じゃない。でも私が袂《たもと》を分かったのは、この人が、自分の欲求のためなら他人を利用することを何とも思わない弁護士だったからなんです」

俺は耕造のほうに身を乗りだした。四年前に接触したという推測が当たったのであれば、当時の西島の行動は想像でき、それを利用して耕造を取りこむことができる。

「耕造さん、西島先生はどこかの経営者の集まりで紹介されたんじゃないですか。

そして西島先生は自分から私のボス弁だったということを明かし、『大石の無責任な弁護活動でご子息の名誉を傷付けたことに深く責任を感じている』とか何とか、それらしいことをいった」

耕造の反応を窺い、自分の推測が外れていないことを確かめながら話を進める。コールド・リーディングの要領だ。

「はじめは相手にしなかったが、西島先生は賢斗さんの法事に進物《しんもつ》を欠かさず、あなたのちょっとした相談に乗ったりして、次第にあなたは西島先生への信頼を深めていった」

耕造は西島を見た。西島は窓の外を眺めている。否定すればより不利になるだけと割り切っているのか。引くべきときには潔《いさぎよ》く引くのも弁護戦略の基本の一つ、決着は意外と早いかもしれない。

「染井京子が吉祥寺で店を開いたことも、きっと西島先生が教えたんでしょう」

耕造がうなずいた。西島は相変わらず窓の外を見ている。窓から射しこんだ陽に染まる顔は、いっさいの感情を押し殺した見事なポーカーフェイスだ。

「染井京子が男たちに接客し媚びを売る姿を見て、あなたは面白くなかったはずだ。笑いながら楽しげに話す彼女を目《ま》の当たりにしたあなたは、息子を殺された憎しみ悲しみがいや増して、とても正気ではいられなかったでしょう」

「あの女を殺そうと刃物を持って行ったことがある。店に火をつけようとエタノールを持ちこんだこともある。だがいつも、それくらいでは足りないと思いなおした。あの女には生き地獄を味あわせなければならない。人前に姿を見せられなくなるくらいの恥辱。最後には殺すつもりだが、それまでに充分な苦しみを与える。まずは、まんまと逃れた殺人犯の汚名を被ってもらうところからだ」

「染井京子は、あなたのことを端正にお酒を飲む人と評していました。だが心の中は違った」

染井は耕造のことを嫌っておらず、むしろ好人物として見ていた。その耕造が、身を焦がさんばかりに復讐の炎を燃やしていた。つくづく人の心なんて外面《そとづら》からはわからない。

「でも、鈴木さんはただの店の客でしょう。その死を利用して染井を陥れることに罪悪感はなかったんですか」

染井と鈴木の関係を耕造が知っていたとは考えられない。

耕造が鈴木の死体に染井の髪を付着させたのは、染井が殺人犯であると警察を誤導するためだ。

しかし、二人が交際していたのなら染井の髪が鈴木の襟裏に付着していても不自然ではなく、実際に警察は、二人の交際を理由に髪の毛は重要証拠にならないと判断した。

　二人が交際していたことは、耕造にとって最大の誤算だった。

「あの店で楽しんだことはない。酒を飲んでも水の味しかせず、女の店員と話しても心が浮き立つことはなかった。客の死を利用したことに罪悪感はないのかだって？　あるはずがなかろう。あの店の客が死のうと何を感じるでもない」

「染井の髪の毛はどこで手に入れたんですか。店で？」

「賢斗の遺品だ。二人が暮らしていた部屋から賢斗の遺品を引きあげたとき、洗面所に置いてあったブラシに長い髪の毛が残っていた。触るのも汚《けが》らわしかったが、おまえが事件をただの事故だと主張していることは検事から聞いていた。将来、使い道がないとも限らないから、袋に入れてとっておいたのだ」

「つまり染井の刑事裁判のときから、あなたは復讐を考えていたということだ。私に矛先を向けたのは無罪判決のせいですか。裁判にあなたが傍聴に来たことはありませんよね」

「傍聴に行ったことはない。検事から弁護人のおまえがどんな主張をしているかを聞いて、とても法廷にはいられないと思った。息子が女に暴力を振るっていただと？　死人に口なしとばかりに嘘八百を並べよって、殺されたうえに侮辱されるのはとても耐えられない。無罪判決でおまえに矛先を向けた？　違うな、最初からおまえは憎悪の対象だった。西島先生の申し出は渡りに船で、私が西島先生を利用したんだ」

陽射しのなかにいる西島が、耕造に目を向けた。

西島が一方的に耕造を利用したのかと思っていたが、どうやら互いに相手を利用したというのが真相らしい。耕造がそのように考えていたとは、西島も気づいていなかったのだろう。

「耕造さんが鈴木さんの死を利用することを、西島先生は知っていたんですか」

耕造が首を横に振り、それを見た西島が「染井京子が逮捕されて、初めて知った」といった。

「西島先生からは、警察医の立場を利用したことが知られれば、警察は決して許さないだろうと忠告された。西島先生は、もともと私が警察医の嘱託を受けることにも反対だった」

「そうでしょうね。西島先生の目的は私を陥れ、中傷し、懲戒させることであって、それは警察の手を借りずとも、氏名冒用訴訟という民事レベルで充分に可能だ。警察を巻きこめば自分の周りに思わぬ捜査が及ぶかもしれず、不確定要素が多くなる。この人は、自らは黒子に徹し、私が慌てふためくところを見られればそれで満足だった。染井なんてどうでもいい、自分に後ろ脚で砂をかけた私だけが問題だったんです」

俺は松葉杖を引きよせ、椅子の肘掛けに手をついて立ちあがった。

「さて、話もひと区切りついたことですし、これで失礼します。これから警察に行って、すべてを説明したいと思いますので。お二人が自首されるなら、ご一緒しますよ」

西島が俺を睨みつけ、耕造は「自首？」と調子の外れた声をあげる。

「氏名冒用訴訟での有印私文書偽造と、偽計業務妨害ですよ。あなたが実行犯で、西島先生は教唆犯。いや、共謀共同正犯かもしれませんね。まさかこのままですむと思っていたわけじゃないでしょう」

「だが長瀬さん本人には何の不利益もないと、おまえがいったではないか」耕造が抗議する。

「耕造さん、実際に害が生じたかということと、犯罪が成立するかということはまったく別問題です。それに、私はあなたの嘘に振り回されたわけだし、損害が生じていないとはいえない」

黙りこんだ耕造に代わり、西島が口を開く。

「大石、回りくどい言い方をするな。何が欲しいんだ、率直にいえ」

「交渉をしたいということですか、西島先生」

「交渉？　体《てい》のいい恐喝じゃないか！」耕造が大きな声を出す。

「あなたのクライアントはこのように仰ってる。私も恐喝と思われるのは心外だ。やはり警察に行きましょう」

「恐喝とは考えていない、ウィン・ウィンを目指す交渉だ。互いにプロだろう、落とし所を見つけることはできる」西島は自信に溢れた声でいった。

「でも耕造さんがそれに納得するかどうか」

「相川先生、この男との交渉は私に任せてくれ。警察沙汰になるとあなたは困ったことになる」

「耕造さんのために、ですか。先生ご自身のためでもあるような気がしますが」

西島は俺の皮肉を無視し、重ねて耕造に「任せてもらっていいですな」と迫る。

耕造は西島の顔を数秒間見つめ、それから諦めたように目を閉じてうなずいた。

「相川先生も交渉に同意したぞ。さあ座るんだ」

俺は今度は耕造から距離を置き、テーブルの端の席を選んで座った。

「大石、そちらの条件をいえ」

「まず、耕造さんは染井と私からいっさい手を引く。具体的には、染井の店に足を踏み入れない、染井に接近しない、染井の風評を口にしない。私に対しても同様です。次に、偽長瀬として私と契約した弁護士報酬のうち、勝訴した場合の成功報酬をお支払いいただく。きっかり一億円の支払命令を勝ちとったとして、成功報酬は税別でおよそ七百四十万円。まあこれは七百万円にまけてあげましょう」

「おいおい、一つ目の条件はともかく、二つ目の条件は少し強欲《ごうよく》すぎやしないか。被告代理人としていわせてもらえれば、原告が勝つ可能性はなかったと思うが」

「協力医の証言次第だったと思いますよ。もし協力医が本物で証言も実現していれば、原告の請求が認められる可能性は充分にあった。ところが、協力医が偽者だったのですから話になりません。そして、偽者を連れてきたのは耕造さんであって、代理人の私の責任ではない。依頼人の都合で契約が履行できなくなったのですから、成功報酬を要求するのは当然でしょう。私が会った偽の吉村医師は、耕造さんの次男で賢斗さんの弟、相川勇二さんですね」

　耕造は無言だったが、かすかに首が縦に動いた。

「それにしても高額に過ぎる」

「あなたがたの行為の悪質性に鑑《かんが》みれば妥当だと思いますが。まあ、二つ目の条件は三つ目の条件をお話ししてからもう一度検討しましょう。三つ目の条件、それは西島先生が顧問を務めている芸能事務所や芸能人、スポーツ選手の代理人業務を、今後すべて私との共同受任とし、報酬は労力に応じて按分すること。この条件が守られる場合、二つ目の条件は三百万円に減額する」

西島が大袈裟に驚いた表情を作り、次いで怒りの表情を浮かべ、最後に何もわかっていないなとでもいうようにため息をつく。

「無法にもほどがあるぞ」

「先生、今の反応はいただけない。教科書そのままだ。相手の条件を聞いたときは、まず無茶だと驚き、過大だと怒り、決裂やむなしと諦観を見せる。先生が私に教えてくれたんですよ」

西島が苦笑を浮かべた。今さらのように手元のリーガルパッドに万年筆を走らせ、三つの条件を箇条書きにしてじっと見つめる。やがて「耕造さんと二人きりで話したい。隣の部屋で十分ほど待っててくれないか」といったが、俺は却下した。

「私が出した条件は、耕造さんと西島先生の利益が相反します。三つ目の条件を呑めば耕造さんの金銭的負担は軽くなる代わりに、先生はエンタメ・ロイヤーの業務を私に差しだすことになる。私たちが席を外せば、きっと先生は耕造さんを説得して、耕造さんが七百万円を払う代わりに三つ目の条件を撤回させようとするでしょう。でもね先生、それだと私は納得できない。なぜなら、この交渉は耕造さんのみならず、先生の罪をも免除するための話合いでもある。耕造さんだけが不利益を被って先生がお咎めなしでは、道理が通らない」

「人聞きの悪いことを。私は常に依頼人の最大利益を考えている」西島の声に先ほどの自信はない。「やむをえない。相川先生、いいですね」

　ところが耕造は首を横に振り、「あの女を諦めるなど……この三年間を無駄にしろというのか」と首を絞められたかのように呻いた。

「しかし相川先生、断ればこいつは警察に行く。それはブラフではない。昔からこいつは、些細な問題を大ごとにするのが得意なんだ。ちょっとマッチを擦ったつもりが、こいつの手にかかるといつの間にか大火事になってしまい、周りが慌てて火を消そうとしているところで火事場泥棒のように根こそぎ美味《おい》しいところを持っていく。それがこいつです」

「お言葉ですが問題が大ごとになるのは、もともと重大な問題であるのにみんな気づいていないか、気づいてるのに知らないふりをしているからであって、私はあるがままをあるがままに見てふさわしい対応をしているだけだ。いい忘れるところでしたが、氏名冒用訴訟の却下判決に対する控訴もやめてくださいね」

　耕造が迷ったように西島と俺を交互に見る。

「警察沙汰は避けるべきだ」西島がいう。

「耕造さんは決心がつかないようですから、もう一つ判断材料をあげましょう。勇二さんのことも考えてみてください。吉村医師を演じた彼も、幇助犯《ほうじょはん》、つまりあなたがたの立派な共犯者だ」

「あの子には手を出させん！」耕造が立ちあがった。「あの子を巻きこむな！」

俺は右手でテーブルを強く叩いた。その音に耕造が怯《ひる》む。

「巻きこんだのはあんただろうが！　染井京子は諦めない、でも勇二は巻きこむなだと。駄々っ子じゃあるまいし、どちらかを選べ！」

耕造は動きを止めていたが、やがて力が抜けたように椅子にへたりこんだ。それを見て西島がいう。

「大石、合意成立だ。どうする、契約書か覚書でも作るか」

「まさか。こんな内容、書面にはできません。ここにいる斎藤先生が証人です」

そこでようやく存在を思い出したとでもいうように、西島が澪を見た。

「それに今後、西島先生とは顔を合わせる機会が増えるでしょうから、しっかりとお二人を監視させていただく。合意が守られなかった場合のペナルティはいうまでもないでしょう」

「斎藤先生」西島が皮肉な口調で澪に呼びかけた。「こんな男とパートナーを組むなんて、大した度胸ですな」

「いいえ」澪が答えた。「こんな男を産みだしたなんて、あなたはどんな化け物なんですか、西島先生」

39

帰りの車中、澪はハンドルを両手で握って視線をフロントガラスの向こうに固定し、黙ったまま助手席の俺を見ようともしなかった。

「いいたいことはわかります」

テイクアウトした二つのキャラメルラテを手に、助手席から俺は話しかけた。

「こんな決着でいいの」澪が前を向いたまま叩きつけるようにいう。

「西島は民事訴訟を悪用し、耕造は染井京子に濡れ衣を着せようとし、あなたはそれを知りながら沈黙と引き換えに個人的な利益を得ようとしている」

澪の憤りは激しい。

俺は「耕造のやろうとしたことは、理解できなくもないんだ」といった。

赤信号で停まった車内に静寂が降りる。

やがて澪は根負けしたように俺を見て「どういうこと」と尋ねた。

「息子が殺されて、犯人が無罪になった。しかも法廷では息子のＤＶが暴かれ、判決も死んだのは自業自得だといわんばかり。親として復讐しようと思うのは当たり前じゃないかな」

「でも、判決は法に則《のっと》って下されたのよ。判決も弁護人も、非難されるべき謂《い》われはない」

「だから、視点が違うんだよなあ」頭をヘッドレストに預けた。

「法に照らせば無罪判決は妥当だし、弁護人である俺が責められる理由はない。そんなことはきっと、耕造もわかってる。だからといって納得できるものじゃないし、納得できなくても当然だという話なんです。法による判決というのは、あくまで法という一つの価値観、ものの見方による結論であって、みんなが皆、納得できるものではない」

「でも法には従う必要がある」

「まさにそこですよ。法は規範であり従う必要はあるが、納得する必要はない。消費者訴訟をやってる澪先生ならわかるでしょう。消費者側は負けてばかり、勝つのは決まって大企業。そんな訴訟を先生が続けてるのは、心の中に納得できないものがあるからじゃないですか」

澪はハンドルにかじりつき、「私は法に従って闘っているわ」と反論する。

「それは澪先生が弁護士だからですよ。法という手段をとりえないとき、人はどうすればいいんでしょう」

「私に訊いてるの」

「いいえ、自問してるんです。西島だって、弁護士倫理からみればろくな弁護士じゃないが、耕造にふさわしいアドバイスをしていたとみれば無能とはいえない。たとえそれが自分の欲求と結びついていたとしても」

「共同受任するといってたわよね。自分を陥れようとした人間よ、平気なの」

「平気じゃありませんが、まったく目の届かないところで悪巧みされるよりましです。罠があると用心していれば身の躱《かわ》しようがあるし、それにエンタメ・ロイヤーへの階段は魅力的だ」

「あなた、本当にあの男の弟子ね」澪がため息をついた。

「俺が顧問先を奪ったのを、西島はよほど腹に据えかねたんでしょうが、こうなったからには遠慮はしない。食い尽くしてやります」

「彼の怒りは、愛弟子に裏切られたっていうのも大きいんじゃない」澪が皮肉っぽくいった。

「あなたも申し訳ないと思ったから警察に突きださずに恩情をかけた。違う?」

「現実問題として、西島を私文書偽造と業務妨害の教唆で立件するのは難しい。警察から事情を聴かれれば、西島は、一般論として説明したが耕造がそれをやるとは思わなかった、というでしょうし、耕造が偽長瀬を演じていたことについても、知ってはいたが守秘義務があって誰にも告げることはできなかった、と弁解するはずです。これが現実的な落とし所ですよ」

澪からの反論はなく、車内にエンジン音が響く。

「ただ」慰めにもならないことを告げる。「真辺たち警察は、鈴木の現場に染井の髪を仕込んだ耕造の証拠偽造を許さないでしょう。立件される可能性が高い」

「じゃあ、今日の取引はご破算？」

首を横に振る。

「俺が取引をしたのは、氏名冒用訴訟の私文書偽造と業務妨害だけ。鈴木事件の証拠偽造まで含まれてません」

「呆れた。そこまで見越していたわけ」

「人を呪わば穴二つ、という言葉はいつの時代も正しい。そういうことです」

40

俺は戸をくぐった。腰をかがめたときに力が入り、左足が痛んだ。

「いらっしゃい」カウンターの中のあおいがいう。

左足を軽く引きずりながら歩き、一番奥の席に座った。ギプスは指だけで大きめの運動靴なら履くことができる。スーツを着たときの違和感が少ないよう、最近は黒一色のスニーカーを履いていた。

あおいが香りの付いたおしぼりを差しだす。

「松葉杖は、もういいの？」

俺はうなずき、松葉杖を使っていたことをあおいに教えたのは誰だろうと気になった。

「真辺さんよ」

顔に出たのか、あおいがいった。

「電話をもらったの。顚末《てんまつ》を教えてくれた。京子さんは不起訴になったそうね」

「ああ。店をたたんで東京を離れるそうだ。恋人を殺され部下に裏切られ、おまけに昔の男の父親に狙われたと知ったのだから無理もない。いずれ戻ってきそうな気もするが」

「そうね、彼女みたいな人は東京から逃れられないわ。花美ちゃんと違ってね」

「佐喜も東京を離れるのか」

「自然に目覚めたそうよ。農ガールか狩りガールを目指すって。どこに行くかは訊いてない」

「意外と向いてるかもな。根性がありそうだから」

あおいが笑う。

「ハイボール？　それとも違うのにする？」

「ラフロイグをストレートで」

あおいは俺の顔を見つめ、何かに納得したようにうなずいてショットグラスを棚から取りだした。カウンターに載せ、ボトルから琥珀色《こはくいろ》の液体を縁のぎりぎりまで注ぐ。俺の前にコースターを置き、グラスをゆっくりと運ぶ。

半分ほど一気に呷った。熱い塊《かたまり》が喉を通って腹の底へと落ち着く。鼻から大きく息を吐くと、磯の香りが鼻を抜けた。あおいがチェイサーの水をそっと置く。

「災難だったわね。無理して話さなくてもいいのよ」

「ありがとう」礼をいい、ショットグラスに視線を落とす。「しかし報告だけはさせてくれ。本当はもっと早くに来なければならなかったんだが」

残りのウイスキーを呷り、あおいがふたたびグラスを満たした。

「神原は、佐喜の居場所を聞きだそうと事務所で俺を待ち構え、会議室で俺の足の爪に針を突き刺し、ついでに指を叩き折った。道具はすべて百円ショップで買ったらしい。笑えるだろ？　百円で買った針や金槌で裁判官が弁護士を拷問するんだ、きっと風刺画にしたら面白い。同じことをやりたいと思っている裁判官はごまんといるはずだ」

顔を上げて笑みを作ったが、あおいは真剣に聞いている。

「佐喜に電話をかけたあと、あいつは俺を殺そうとした。いや、俺だけじゃなく事務所のみんなも。自分が話したせいで澪先生や土屋、町野が殺されるところだったと思うと……」

「でもそんなことは起きなかったし、花美に電話したからあなたは助かった。それで充分じゃない？　現実の世界では、仮定の話は何の力もないし意味もない。もし、に囚われて自滅するのは愚か者よ。今の結果に満足しなさい」

あおいの口調は思いがけず強く、俺はあおいの顔を見つめた。漆黒の瞳が濡れているように見えた。俺はグラスを呷った。

そのとき、外の喧噪《けんそう》が店の中に流れこんだ。首を捻ると、入口の戸が開いて若いカップルが店内をのぞきこんでいる。

「ごめんなさい、もうカンバンなの」あおいが声をかける。

酔っているらしい男が何やら文句をいったが、女が宥め、あおいに一礼して戸を閉めた。顔見知りなのかもしれない。

「よかったのか」

「いいのよ」

それだけの会話で、場の雰囲気が解《ほぐ》れた。

「ラフロイグ・ソーダをもらおう。とにかく、助かったよ。きみは命の恩人だ」

少しおどけていった。

「礼なら真辺さんにいいなさい。電話したらすぐに動いてくれたんだから」

タンブラーをカウンターに置きながらあおいがいう。

「彼、あなたのことを買ってるわよ。面白い男だって」

「警官に気に入られる弁護士というのもぞっとしないな」

あおいが微笑を浮かべ、空《から》のショットグラスを炭酸の泡が浮くグラスに置き換える。俺は思いきって声をかけた。

「看板なら、一杯どう」

あおいが問うような目で俺を見る。

「営業中は酒を飲まないといって、まだ一緒に飲んだことがないだろ。今ならいいはずだ」

弁解するように俺はいい、あおいが笑う。温かく柔らかな音だった。


〈了〉

本書は、二〇二一年三月にＰＨＰ研究所より刊行された作品に、加筆・修正をしたものです。

フィクションであり、実在の人物、団体等とは一切関係ありません。

著者紹介
田村和大（たむら　かずひろ）
1975年生まれ。福岡県出身。一橋大学法学部卒業。ＮＨＫ報道記者を経て、現在、弁護士。第16回『このミステリーがすごい！』大賞・優秀賞を受賞し、『筋読み』にて2018年にデビュー。
著書に『筋読み』『血腫　「出向」刑事・栗秋正史』『操る男　警視庁捜査一課・ヨミヅナ』（以上、宝島社文庫）、『正義の段階　ヤメ検弁護士・一坊寺陽子』（双葉社）、『ジャベリン・ゲーム　サッチョウのカッコウ』（ハルキ文庫）がある。

ＰＨＰ文芸文庫　消えた依頼人

2023年８月21日　第１版第１刷

著　者	田　村　和　大
発行者	永　田　貴　之
発行所	株式会社ＰＨＰ研究所

東京本部　〒135-8137 江東区豊洲5-6-52
文化事業部　☎03-3520-9620（編集）
普及部　☎03-3520-9630（販売）
京都本部　〒601-8411 京都市南区西九条北ノ内町11
PHP INTERFACE　https://www.php.co.jp/

組　版	朝日メディアインターナショナル株式会社
印刷所	図書印刷株式会社
製本所	東京美術紙工協業組合

　ISBN978-4-569-90330-9